CONTENTS

装幀・本文デザイン
松田行正＋杉本聖士

組版　株式会社 明昌堂
校正　株式会社 鷗来堂

小説　ブラック・ジャック

B・J vs. AI
第一話

1

「弓部大動脈置換術《きゅうぶだいどうみゃくちかんじゅつ》をおこなう。開胸！」

ブラック・ジャックのメスは、早くも患者の心臓へ到達していた。

向かいに立つ第一助手の医員は息を呑《の》んで、B・Jと呼ばれるその男の手さばきを見つめていた。手術を始めてまだ数分と経《た》っていないのに、この無免許医はすでに上行《じょうこう》・弓部大動脈の良好な視野を獲得しつつある。隣に立つ器械《きかい》出しの看護師も指示に追いつけないほどだ。男は術野《じゅつや》を指差していった。

「ここだっ。弓部大動脈が三倍の大きさに膨れ上がっているぞ。よくいままで保《も》ったものだ」

手術室のモニタに術野が大きく映し出される。この映像はリアルタイムで心臓血管外科の医局にも流れ、科長や医員が見入っているだろう。

「人工心肺確立。ただちに全身冷却して心停止だ！　脳保護法は中等度低温療法を併用した選択的脳灌流法《かんりゅうほう》とする！」

この患者は弓部大動脈瘤《りゅう》をかかえた六〇歳の会社社長だった。彼は今朝、自社の送迎車で出勤途中に胸を押さえて倒れ、急遽《きゅうきょ》この県立病院へ運び込まれたのだった。

弓部大動脈とは心臓のすぐ上に位置している太い血管で、文字通り弓のようにカーブして心臓から送り出された血液を下半身へ送り込む主要ルートのほか、頭部と上肢、すなわち脳と右腕と左腕にも血液を送る弓部三分岐と呼ばれる三つの枝を持つ幹となる動脈部分だ。さらに根元の上行部分

は心臓を動かす冠動脈《かんどうみゃく》にも枝分かれしている。患者は動脈硬化によってこの全身血液輸送の根幹ともいうべき大動脈が嚢《ふくろ》状に拡大して解離を起こし、ほとんど破裂寸前の状態となっていた。

大動脈瘤の多くは自覚症状がない。だがもしも破裂したら致死性の高い疾患だ。この社長は自分の心臓に爆弾をかかえていながら、仕事が忙しいと健康診断や入院を拒み続けてきた。しかしブラック・ジャックと名乗る無免許医にだけは、一度みずから出向いて検診を受けていたのだという。そして自分に何かあったときは彼に手術をお願いすると、日ごろから周囲の者や家族たちに伝え、日付の入っていない小切手まで用意していたのである。

まさに彼が倒れたとき、運転手はそのことを思い出し、まっさきにB・Jへ電話をしたのだった。運転手がこの県立病院へ社長を運んで三〇分後にB・Jは自分の車を飛ばして到着すると、すぐさま着替えて手術室へと向かったのである。

膨れ上がった大動脈瘤は破裂して突然死に至る大動脈解離を生じやすい。この患者は倒れてからの緊急CTでスタンフォードA型に分類され、一刻も早い手術が必要となったのである。今回の患者の場合、その動脈瘤の位置から、ステントグラフト内挿術でエントリーを閉鎖して切り抜ける低侵襲《てい しんしゅう》治療の適応は不可能だった。いったん血液を止めて弓部三分岐を含む動脈瘤の部分を切除し、人工血管に置き換える以外に方法はない。

だが人工心肺を用いる弓部大動脈手術は、昔もいまも患者の身体に負担をかける手法だ。弓部大動脈は脳や心臓にも血液を送る動脈である。弓部の分岐を含む部分の修復をおこなう際には、つまり大切な脳の保護もなされていなければならない。血液循環が滞れば、脳はたちまち酸素不足の虚《きょ》

血《けつ》によってダメージを受ける。患者の身体を冷やすことによって代謝を抑制し、酸素消費量を極力抑えた上で手術をおこなうわけだが、その許容時間は決して長くない。たとえば摂氏二〇度に冷やした場合であっても、循環停止が四〇分を超えると脳障害後遺症の確率は増加して、手術の意義はほとんど失われてしまう。

Ｂ・Ｊは人工心肺から選択的脳灌流の導入に至るまですべての過程において自ら手を動かし、手術を進めていた。各分岐にも動脈硬化粥腫《じゅくしゅ》は認められたが、バルーン式カニューラ挿入の手つきは鮮やかだった。そのことも向かいに立つ第一助手にとっては驚きだった。多くの手術ではある程度まで分担作業がなされるのが通常だからだ。しかしこの男は最初から最後まで自分の手でやり遂げようとしている。

ふだんからこの男は、たったひとりで手術をおこなっているのだ――と第一助手はようやく察した。あるいは公立病院の医師を信用していないのだった。

人工心肺の管が設置され、さらに大動脈の分岐にも選択的脳灌流の管が挿入される。患者の体温はじりじりと低下していった。全身が摂氏二五度になったそのとき、Ｂ・Ｊが声を上げた。

「よしっ、心臓停止だ。人工血管への置換に移る！」

人工心肺装置が停止される。これから心臓は止まり、脳以外への血液の循環はなくなるのだ。時間との闘いが始まる。

Ｂ・Ｊは三つの分岐を含む弓部大動脈をすばやく切除し、人工血管をあてがった。人工血管の形状を完璧に見抜いた上での切除だ。第一助手の医員は懸命に止血に努めた。

吻合《ふんごう》は身体の奥に位置する下行大動脈《かこう》からおこなう。やはりここでも第一助手は目を瞠《みは》った。下行大動脈は手前から見えにくい場所にある。とりわけこの患者は奥まっている。もしもこの吻合でしくじれば、出血がひどくなって術野が覆われ、糸で縫えなくなってしまう危険性があるのだ。

しかしB・Jと呼ばれるその男の腕は確かだった。さらにそれぞれの分岐や人工血管同士の吻合も瞬く間におこなってゆく。心臓を停止してからの手術時間は二時間半が限度とされる。通常は一時間から一時間半で縫い終えなくてはならない。

だがB・Jは告げた。

「心拍再開。復温開始！」

第一助手の後ろで動いている医員たちが感嘆の呻《うめ》きを漏らした。

「……速い！　たった三〇分で……！」

「やるう……」

手術室内にいる誰にとってもそれは同じ思いだった。医局でモニタを見ている科長たちも同様だろう。

B・Jは術部を見つめている。第一助手も、隣にいる看護師も、やはり同じように目を向けていた。直接それを見ることができない助手たちも、人工心肺装置を操作する臨床工学技士たちも、手術室の全員がモニタを見ていた。

心臓が動いた。

まだたった一度の拍動だった。心臓が震え始める。さらに次の拍動があった。目の前の光景を見

つめていた第一助手は、背筋にぞくぞくと興奮が走るのを感じた。患者の心臓が再び動き出して、これほど自分の心を――そう、心をだ――動かされたことは初めてだったのだ。思わず目の前の無免許医を見上げる。男はまだ心臓を見下ろしていた。その目つきは熱かったが、そこには必ずこの患者の心臓は動くという確信が宿っていた。

「動いて。頑張れ、もっと頑張れ」

看護師が小声で呟《つぶや》くのが第一助手に聞こえた。

その声は、目の前の男にも届いたかもしれない。

心臓は拍動を続けていった。いま縫いつけられたばかりの人工血管のなかを、赤い血液が堂々と、誇らしげに流れてゆく。全身に血液が運ばれ始めたのだ。この電撃のような速さの手術なら、きっと術後の合併症もほとんど心配ないだろう、と第一助手は感じた。一般には下半身への循環停止時間が長ければ臓器障害の可能性が高くなる。しかしこの速さならば、いったん血流が停まったことさえ患者の身体は気づいていないのではないか、と思えるほどだ。

体温が戻り、B・Jはいった。

「回復！」

すべての縫合を終え、バイタルがいずれも正常であることを確認すると、B・Jは「終了！」とひと言残して手術室を出て行った。

廊下で患者の家族と心臓血管外科の科長が待っていた。B・Jは家族と短い言葉を交わし、五

〇〇〇万円の金額の入った小切手を受け取ると足早に去ろうとしたが、科長が慌てて呼び止めた。

「術後管理、リハビリは当院が責任を持っておこないます……。正直なところ、これほどすばやい処置はわたしどもには無理だった……。礼をいいたい……」

「今夜から離床できるでしょう。では失礼」

頭を下げる科長を残して、B・Jはひとり去って行った。科長はその後ろ姿を見ながら呟いた。

「信じられない……。あれが無免許医だとは……」

男の噂《うわさ》は聞いていたが、その手術の腕を見たのは初めてのことだった。

うつむき加減で科長は医局に戻り、どっかりと椅子に座り込んで息を吐くと、PCのオンライン上に相手を呼び出し、モニタ越しに語りかけた。

「先生、ご参考になりましたか」

「ありがとうございます」

モニタの向こうでその男はいった。正面からカメラで捉えた顔が画面の端に映っている。髪はくせ毛なのか左右に逆立ち、そしていくらか右目の瞼《まぶた》が下がっている。いまブラック・ジャックがおこなった手術は、最初から最後まですべて映像として記録され、リアルタイムでこの医師のもとにも転送されたのだ。彼もまた手術のすべてを見届けたはずだった。

彼は険しい顔で応え、そして黙ると腕組みをした。

科長は回線を切った。

2

「先生《ちぇんちぇい》」

B・Jが自宅のソファでいつものようにパイプをくゆらせ目を閉じていると、テレビを見ていたピノコが舌足らずの声を上げた。

「先生のことが出てゆわのよ」

ピノコがテレビを指した。いままでテレビの音に気を向けていなかったのだ。B・Jが顔を上げると、白衣を着た男性がどこかで記者会見をしている様子が映し出されていた。

「このように、今回当大学の医学研究科と工学研究科が共同開発いたしました《サージェリー・プロ》は、世界で初めて人工知能による心臓血管手術を可能にしたロボットであります」

マイクに向かって発言している男の下に、「多古芦《たこあし》大学医学部附属病院・多田隈俊明《ただくまとしあき》准教授」とテロップが示されている。右の瞼がわずかに下がって見える。

記者会見場には彼を含めて三人の白衣姿の人物が座っていた。ひとりは獅子《しし》のたてがみのような豊かな白髪を持つ男で、おそらくはこの大学の教授で病院の理事なのだろう。もうひとり、説明を続けている男の横には、栗色に染めた髪を短く切った女性が座っていた。

「近年、高度医療におけるＡＩ化が盛んに進んでおります。当大学附属病院でも、これまで医学研究科と工学研究科の共同研究によってさまざまな先端ＡＩ技術の導入をおこなってまいりました。この《サージェリー・プロ》は、これまで難しいとされてきた種々《しゅじゅ》の心臓血管手術にも対応し、新

時代のＡＩ医療を切り拓《ひら》くものです」

熱心に語りかける男の言葉に割って入るように、白髪の教授がマイクを口元に近づけていった。

「あー、この《サージェリー・プロ》は、近年普及している海外製の手術支援ロボットとは異なり、ここにおられる当医学研究科の多田隈准教授と、工学研究科の阿川《あがわ》准教授によって新たに開発されたものであります。従来の手術支援ロボットは術者が精巧なロボットアームを操作することで、より低侵襲な治療を目指すものとして発展してまいりました。今回の《サージェリー・プロ》は執刀医のアーム操作に対して、人工知能によるサポートを加え、フィードバックさせることによって、より正確で緻密な外科手術を可能としたものでありまして……」

「それだけではなく、人工知能自身が自律的に手術もおこなえるのです」

多田隈という准教授が被《かぶ》せていった。彼は立ち上がり、スクリーンに示したロボットの白い外観を指差し、さらに熱を込めて記者団に語りかける。

「車の自動運転のように、《サージェリー・プロ》は人の手を借りなくても、みずから術野を視認し、状況を判断して、最適な手術をおこなうことができるのです。当院を含む多くの手術例を映像に撮り、それらを人工知能にディープラーニングさせた成果で、その機械学習はここにいる工学研究科の阿川准教授の研究によって可能となりました。《サージェリー・プロ》を使用すれば、きわめて困難とされてきた手術も、これからは安全に、すばやくおこなえるようになるでしょう。術死率も格段に下がるものと期待されます」

記者団が質問の手を挙げたがっているのを察したかのように、彼は会場内を見渡し、ゆっくりと

次の言葉のために口を開ける。画面に彼の顔がアップになる。

「わかりやすく申し上げれば……」

その男はいってのけた。

「これは世間で天才外科医といわれるブラック・ジャック氏の技術を凌駕《りようが》するものであると考えます」

「ほら、先生の名前をいってゆ」

ピノコが再び画面を指す。ピノコは自分をいまの姿にしてくれたB・Jのこととなると目ざとく、また聞き逃しもしないのだ。

無数のフラッシュが焚《た》かれる。この発言部分はワイドショー番組のようなメディアにとって、もってこいの見せ場となったようだ。番組は再びその部分の映像を繰り返し、大きなテロップを掲げた。

《世界初のAI手術ロボット誕生
「ブラック・ジャック氏を凌駕する」と開発者》

「なにさ、失礼しちゃう！　この人、先生を馬鹿にちてゆわ」

「放っておけ」

B・Jはそういったが、ピノコはテレビに当たり散らす。画面でアップになっているその男の

顔にクッションを投げつけた。

ピノコは外見こそ幼稚園児のような小さな体つきだが、実際は本人曰《いわ》く、大人の〝レレィ〟だ。あるときひとりの若い女性が主治医とともにこの家を訪れたのだ。女性の腹部には大きな畸形嚢腫《きけいのうしゅ》があった。彼女は当初から世間体をひどく気にして自分の素顔を見せようともせず、B・Jに人知れず嚢腫を切除してほしいと依頼してきたのである。ピノコはその嚢腫から誕生した女性だ。

ここでいう畸形嚢腫とは本来双子として生まれるはずだった者のひとりがうまく発達せず、身体の一部がもうひとりの赤ん坊のなかに包まれたまま生まれてきて、きょうだいの内部で体組織が成長したもののことだ。主治医の持参したレントゲン写真を見てB・Jは驚いた。脳から肺、内臓、腕や足と、ほとんどひと揃《そろ》いの人間のパーツが詰まっていたからである。

その嚢腫はふしぎな力を持っていた。B・Jが切除を始めようとすると、たちまち頭に激しい痛みが走り、とてもメスを持つどころではなくなったのだ。まるで嚢腫が〝切るな〟〝切るな〟と切実に訴えかけているかのようだった。

嚢腫は確かに〝生きたい〟と願っていたのである。聞こえてきた言葉はB・Jの幻聴だったのかもしれないが、B・Jは畸形嚢腫を破棄することなく生き延びさせる道を選んだ。取り出して培養液のなかに浸したすべてのパーツを、B・Jはこの自宅の手術室でしばらくじっと見つめ、そして決意して立ち上がり、作業台に向かった。

B・Jはパーツを組み立てた。顔面など足りない部分は合成繊維でつくった体軀《たいく》で補った。その人工の容《い》れ物に内臓を配置し、神経と脳をつなぎ、血液を巡らせた。そうしてピノコはこの世に

改めて誕生し、一年のリハビリ訓練の後に自立し、ひとりの人間として生きることができるようになった。だが当事者である姉はピノコの姿を見るやいなや露骨な嫌悪を示し、けがらわしい蛇や蜘蛛《く も》でも追い払うかのように「あっちへやって！」と悲鳴を上げた。後でわかったが、女性は誰もが羨むような美しい容貌の持ち主だった。

以来、ピノコはこの家で、B・Jとともに暮らしている。

身長は伸びないが、ピノコは自分の誕生日をきちんと憶《おぼ》えていて、自分が肉体を持って生まれたときからの年齢を数えている。姉の体内にいた時間をつけ加えれば、確かにピノコは二〇歳を過ぎた大人のレディだ。ときにB・Jが用意した自分の幼い顔立ちや体つきに不満を述べることもあるが、それでもこうして自由に動けるようになったことを、心のなかでは受け入れて楽しんでいるのではないか。リボン飾りが好きで、髪の毛にいつも小さなリボンを四つ結んでいる。

生来の世話好きなのか、掃除や料理はまめにおこなうが、身体が小さいので端から見ていて危なっかしい。背伸びをしようとして椅子の上から転げ落ちることもある。B・Jの好物をカレーライスだと勝手に了解し、夕食には頻繁にカレーを用意する。ようやく味噌汁《み そ しる》にソースを入れる間違いを犯さなくなったのは、B・Jにとって幸いといえた。

一度はピノコの将来を思って養子に出そうとしたこともあったが、いまはもうそのつもりはない。いっしょにいるのがいちばんだとわかったのだ。いまではこの自宅で外来患者の手術をするとき、助手として手伝ってもらうことも少なくない。

「らめよ。おくたんとしては、夫の悪口には敏感なの」

ピノコはクッションを拾ってまた画面に投げつける。B・Jの〝奥さん〟だと自負しているのだ。そのためB・Jから子供扱いされることをひどく嫌う。だが行動はやはりどこか小さな女の子だった。

B・Jはニュース映像を見つめた。AI手術ロボットはB・Jの技術を凌駕すると述べ立てた場面が繰り返し流れている。だが多田隈というその男が無数のフラッシュを浴びる様子をアップで映した後に、いくらか引いたカメラの映像も挿入された。彼の横にいる白髪の教授と、そして阿川と呼ばれた女性工学者が、やや驚いた顔で男に目を向けているのがわかった。

だが男は横のふたりに注意を払うことなく、記者団を見渡し、テレビ局の報道カメラの方を向くと、さらに強い口調でつけ加えた。

「もしこの会見をブラック・ジャック氏が見たなら、いつでも当院に来て《サージェリー・プロ》の手術の現場をその目で確かめていただきたい。わたしたちは彼を歓迎します。彼は白旗を揚げるでしょう」

ピノコが怒ってテレビを消した。B・Jはそれに任せ、パイプを銜《くわ》えた。

再び目を閉じて微睡《まどろ》みに入ろうとしたができなかった。目を開けてB・Jは立ち上がった。窓辺から夕暮れどきの外の景色を眺める。いくらか風が出てきたらしく、家の屋根と煙突が鳴っている。

B・Jは海へと突き出た崖の上に建つ、診療所を兼ねたこの一軒家に、ずっと長いこと暮らしてきた。玄関ポーチのあるこの洋風の家は、丑五郎《うしごろう》という職人気質《かたぎ》の大工が建てたものだ。若いこ

ろB・Jは廃屋同然だったこの家を買い取り、それ以来愛着を持って住み続けてきたのだった。これまで地震や台風で二度も倒壊の憂き目に遭ったが、そのたびに丑五郎の想いを甦《よみがえ》らせてもと通りの姿へと修復に努めてきた。

診療所を開いたあのころから、ずいぶんと時間が経った気がする。

家の玄関に診療所の看板を出しているわけではない。早い時期から自分で仕事を求めて働きかけることもやめた。助けを求めている者からの依頼があればそれを受け、要望に応じて世界のどこにでも向かう。ただそれだけで生きてきた。現金だけを信用し、銀行に金は預けない。

世のなかは変わったかもしれないが、この崖の上からの光景はいつも変わらなかった。

他にも変わらないものはまだある。人が生きて死ぬことも、つねに変わらないこの世のことわりだった。

その生きて死ぬことに、ある者は文字通り死にものぐるいでしがみつく。そして多くの者は無頓着で、無神経で、ときに暴力的でさえある。

B・Jは無言だった。

3

その日、多臼隈は会見を終えて医局に戻ってから、教授室にすぐさま呼び出された。

「今日のきみの発言はなんだっ」

教授は拳で机を叩《たた》いた。

「失礼いたしました」

多田隈はそう述べたが、頭を下げることはなかった。立ったまま教授を見下ろしていた。

「どういうことだ、予定になかったことを勝手にしゃべって……。いいか、《サージェリー・プロ》はあくまで次世代手術支援ロボットとして導入しようとしているんだ。〝手術〟ロボットではない。手術〝支援〟ロボットだ。主役は外科医、執刀医だ。ロボットにすべてを任せようというわけじゃない」

「教授、しかし現在の《サージェリー・プロ》は、すでにそれが可能なんです」

「AIの判断だけで開胸から閉胸までやってのけると?」

「世のなかを見回してください。乗用車はすでに完全自動運転で走ることができます。ドライバーは運転席に座っているだけでいい。ジェット旅客機も自動運転ができるでしょう。それでも安全に運行できるのです。法整備によってAIに任せられる領域は広がり、わたしたちはその恩恵を受けているのです」

「だが医療の法整備はまだだ」

「ですからいまはまだ執刀医がその場にいなければなりません。万が一の事故のために責任を取る医師の存在が必要なのです。しかし実際は《サージェリー・プロ》がやることをその場で見て監督だけしていればいい。そこまで現実のAIは進歩したのですよ。それにこうした現状を踏まえて、われわれは政府や省庁の委員会にも出て、今後の法整備を推進しようとしているではないですか」

「だが、その〝万が一〟があっては困る。しかも機械が外科医の仕事を奪おうなどもってのほかだ。きみはそれに荷担しているんだぞ。ロボットが手術するようになれば、われわれの商売はあがったりだっ」

「奪っているのではありません」

教授は苦々しげに多田隈を見つめ、そして大きく息を吐くと、話題の矛先を変えた。

「ブラック・ジャックという無免許医だが……、なぜその男の名を出した？」

多田隈は口を噤《つぐ》んだまま答えなかった。教授はさらに訊《き》いた。

「きみはその男に嫉妬しているんだ。違うか？」

多田隈はただじっと教授を見つめ返していた。彼の右の瞼は半ば閉じたまま動かない。

「噂は聞いたことがある……。無茶《むちゃ》な高額報酬を受け取るモグリの医者だ。それも必ず現金か小切手のみ……。世のなかにはいろいろな事情の患者がいる。そうした男に手術を頼みたくなる気持ちもわからなくはない。ずいぶんと荒稼ぎをしているようだ」

「腕が確かなのでしょう」

と、多田隈はようやくいった。教授は鼻を鳴らし、デスク上のプリントアウト書類を手に取った。秘書が揃えたものらしい。

「通称ブラック・ジャック、本名はわからん……。依頼に応じて心臓外科から整形外科、脳外科、小児科、内科までやってのけるが、途方もない手術代を吹っかける……。いったい何のためにそんな大金をかかえ込んでいるのかも不明だ。いつも酔狂な格好をしているようだな。真夏でも黒いべ

ストに黒いスーツ、黒いコートを着込んで、顔には皮膚移植の痕が残っている。しかもその一部は外国人から移植したのか、肌の色が違う。ぼさぼさの髪も半分は白髪だそうだ。医師会の集まりでこの男の名が少しでも出たらひどいものだ。たちまち険悪なムードになる。吐き捨てるように毛嫌いする者もいるくらいだ」

「しかし何千例とひとりで手術をこなしています。国公立病院の手術室までやって来て執刀することも少なくない」

「患者がわざわざこの男を指名するのか」

「患者の信頼を得ているということです。金には代えられない自分の命を預けるために」

「奴《やつ》の肩を持つようないい方だな」

多田隈は再び口を噤んだ。教授は待っていた。多田隈はやがてゆっくりと、直接の答えではない言葉で返した。

「わたしがブラック・ジャックの名を出したことで、今夜のニュース番組はこぞって会見を取り上げるはずです。これ以上の宣伝はありません。その点ではわたしも貢献できたと思いますが？」

「やり過ぎだ。病院長と学長に何といえばいい」

「《サージェリー・プロ》はもはや実際に、医師の手を借りなくても手術ができるＡＩを備えています。わたしはその事実を伝えたまでです。そして未来は必ずわたしが述べている世界へと向かうでしょう」

「いいか、もう一度いう。ＡＩは人間の補佐役でなければならん。主従関係が逆転するなど、とん

でもない。ＡＩが人間の判断に先駆けるようなことがあってはならんのだ」

「ＡＩは人間に取って代わるわけではありません。人間にできないことをやってくれる、いわばわたしたちの仲間なのです！　《サージェリー・プロ》にはこれまで数千例に及ぶ手術映像を機械学習させてきました。いまではそれらのテクニックを習得して、自律的に誰よりもすばやく、正確に手術ができます。どういうことかわかりますか？　あの《サージェリー・プロ》を導入すれば、どんな病院でも一流の心臓血管外科医を得たのと同じなのです。これからは世界最高峰の手術がどこででも受けられるようになる。もう一部の有名外科医の手が空く順番を待つ必要はありません。《サージェリー・プロ》とそのＡＩの普及は、わたしたち人間の尊い技術が一般に広く開放されることを意味するのです」

「それがいかんのだっ」

教授はまたデスクを叩いた。

「これまで病院が築いてきたブランドイメージはどうなる。腕の立つ外科医がいるから、症例数が多いから、評判が立って患者が集まってさらに人気も上がる。論文だってたくさん書けるんだぞ。どこでも同じ手術が受けられるのではブランド力も何もあったものじゃない」

「それが未来の医療なのではないですか。万人に高度な医療を届けてひとりでも多くの患者を救うことが医師の役目ではないのですか」

「きみとは話が合わん！」

「教授、わたしは何といわれようと、これから《サージェリー・プロ》のデモンストレーション手

術をこの病院で繰り返しおこないます。幸いにして当院の第一手術室には窓越しの見学室もある。マスコミや他大学の先生方も招いて、その目で実際に《サージェリー・プロ》の有用性を見ていただきたいのです。必ず偏見を取り除いていただけるはずです！　それに……」

多田隈は前のめりになって説明していた自分に気づいたのか、息を整えて背筋を伸ばした。

「わたしはB・Jがやって来るまではやめません。あの男が挑戦を受けて、わたしの《サージェリー・プロ》の性能を認めるまでは」

しばらく沈黙があった。教授はデスクの上で手を組み、再び大きく息を吐くと、下から覗《のぞ》き込むようにして相手にいった。

「きみは、自分が片目であることに復讐《ふくしゅう》しようとしているのではないかね？」

多田隈はぐっと息を呑み込み、身を強張《こわば》らせた。初めてその場で彼は自分の感情を見せた。

「——心外です！」

きびすを返して彼はその場を去った。

4

その夜、多田隈は工学研究科の阿川准教授とふたりで、大学附属病院の近くに建つホテルのレストランで遅い夕食を摂《と》っていた。

決して記者発表後の祝賀会というわけではない。互いに時間が空くのがたまたま今夜だっただけ

だが、それでもふたりはシャンパングラスを鳴らして乾杯をした。

多田隈も阿川も独身だった。共同研究者であるふたりが交際を始めてまだ二ヵ月足らずだ。周りの同僚や上司、学生たちには知られていないことだった。

どちらも三〇代半ばを超えている。研究に専心してここまでひとりでやって来た者同士だ。燃え上がるような情熱的な恋愛というよりも、静かに互いを温め合うような大人のつき合いだった。

「今日の発言にはびっくりしたわ……」

阿川はシャンパンの後の白ワインに口をつけていった。その話題が出ることを多田隈は予期していたようだ。グラスの脚を持ったまま目を伏せる。

「きみに迷惑をかけたわけじゃないよ……」

「そうじゃなくて、あなたは自分を追い込んでいるように見えたの」

「ブラック・ジャックの名を出したことでかい？　教授にも大目玉を食らったよ」

「あなたのいう通り、ＡＩ医療の流れはもう止まらないわ……。ＡＩを画像診断に使って精度が上がったという報告は毎週のようにどこかで出ている……」

多田隈は肩をすくめて、いくらか世間の風潮を揶揄《やゆ》するようにいった。

「〝ディープラーニングを用いた医用画像解析と画像診断支援〟か――。慢性人手不足の放射線科医の助《すけ》っ人《と》としてＡＩを使う。人工知能が画像診断を支援して、見落としの確率を減らしてくれるんだ。眼科でも使っている。広角眼底画像を学習させたら、加齢黄斑《おうはん》変性の自動判定の精度が飛躍的に上がった。ＭＲＩ画像から脳動脈瘤の検出、組織画像から肺がん組織の判別……。挙げれば切

りがないくらいさ。

画像診断だけじゃない。ＡＩは予防医学にも大活躍だ。何万人もの健診データをコンピュータにぶちこんで、運動や食事や飲酒といった生活習慣データをＡＩに分析させて、将来の生活習慣病の発症を予測する。ほかにもある。地域医療の支援だ。医師がローカルルールで記入したカルテからＡＩが必要な医療情報をたちどころに抽出して、ほかの地域病院でも参照できるようにする。ビッグデータの効率的利用というわけだ。何でもかんでもＡＩと名づけて学会発表されているよ。最近では緑内障患者がちゃんと点眼しているかを見届けるのもＡＩだそうだ。点眼瓶をひっくり返したかどうか、瓶に備えつけた重力加速度検知器で見守るんだ。

うちの大学病院も、数年後にはＡＩホスピタルと呼ばれるようになる。それがブランドになる。医局にいるぼくの方がそうしたことはよく知っているよ」

「そうね」

と阿川は受け流していった。医師のプライドの高さは一種の職業病のようなものだ。それに対して工学研究者は、現実の社会に役立って初めて自分の仕事が認められたと感じる。縁の下の力持ちのようなところがある。大学内の政治権力闘争も、医学系に比べれば至って穏やかなものだろう。たとえトップに立ったからといって、学会や業界で絶大な権力を握れるわけではないからだ。

近年は医工学と呼ばれる分野が発展し、患者の体内に埋め込む人工心臓や高感度センサを開発したり、拒絶反応の起こりにくい新素材の人工血管や人工骨をつくったり、リハビリでより成果の上がるトレーニング装置や操作しやすい車椅子を設計したりといった、医学と工学を結ぶ研究領域が

脚光を浴びている。従来は看護学や福祉系の大学を目指していた受験生たちにも進学の選択肢のひとつとして認知されるようになってきた。医工学はいま工学研究科のなかでも、同じ大学内で医学系との学際研究を推進する拠点となっている。

その次の時代を拓くと考えられているのが、工学系におけるＡＩ・ロボット研究の領域なのだった。

「表面的なＡＩブームはまだしばらく続くでしょう……。でもわたしは、まだそれぞれの点が線になっていないと感じる……」

「〝仕事をＡＩに奪われない、人間らしい医療の充実〟というやつかい？　ＡＩには苦手な〝総合的な診断〟……」

「そう唱える人は多いわ。でも具体的に、では何がより人間らしい〝総合的な診断〟かといわれたら、答えられない人が多いと思うの。読解力、判断力、直観力──そうした能力を伸ばすことが、これからの人間には大切だと訴える人工知能研究者もいる。でもわたしは、少なくとも病院に関していえば、チームの力が必要なんだと思う」

メインの皿が運ばれてきたが、多田隈はすぐには手をつけなかった。ナイフとフォークを置いて相手を見つめた。阿川は考え込むようにわずかに目を伏せた。

「もちろん、工学のわたしには、病院の詳しい人間関係はわからないわ……。ただ、チーム医療ということがいわれて久しいことは知っている。心臓血管手術もチーム医療でしょう？　手術室には執刀医だけでなく麻酔医がいて、人工心肺を見守る臨床工学技士がいて、手術器具をタイミングよ

く差し出す看護師さんがいて──それだけじゃない、集中治療室の人たちも、術後のリハビリに手を貸す人たちも、薬剤師の人たちもいて、そうしたチームが一体となって、初めて治療は成功する──それはまだＡＩが数値にできない人間関係のあり方、場の雰囲気だと思うの」

「きみがそんなことをいうのを初めて聞いたな。《サージェリー・プロ》の機械学習機能をつくったのはきみだ」

「あなたとの共同研究で勉強させてもらったわ」

阿川はそういって微笑《ほほえ》み、言葉を続けた。

「《サージェリー・プロ》は確かにこれまでの手術例をたくさん学習して、正確ですばやい外科手術ができるようになったわ。でも手術や治療はそれだけじゃないと思うの。わたしにはまだ《サージェリー・プロ》に教えられていないことがある。それはチームのほかのメンバーと一体に、、、なる能力なのよ」

「それはもうＡＩの範疇《はんちゆう》外の話だ」

「いいえ、範疇外ではないわ。そこを目指さない限り、ＡＩ医療の未来は拓けないのよ。いまのままでは……」

「想像もできない。夢物語だ」

「夢を現実化するのが、わたしたち工学者の仕事なの。ヴィジョンがそこにあるなら必ず人類は実現できる」

「──うちの教授はＡＩの未来に関して保守的な石頭だと思っていたが、このぼくもそうだという

わけか」

「そういっているわけじゃない。ただ、わたしはまだ《サージェリー・プロ》には限界があると感じて……」

「ぼくの考え方にも、かい？」

多田隈は相手の顔をじっと覗き込む。いままで目を伏せがちだった阿川はそこで顔を上げ、唇を結んで多田隈を見返した。

逆に多田隈は目を逸《そ》らした。ワインをひと口あおって呟く。

「すまない、たぶんちょっと混乱して、苛立《いらだ》ってしまったんだ……。時子《ときこ》さんのつくった《サージェリー・プロ》を、ぼくも大切に思っているからだ……」

多田隈は阿川とふたりきりでいるときだけ、彼女の下の名を呼んだ。

彼は窓から夜景を眺めた。阿川から目を逸らしたまま独り言のようにいった。

「見ての通り、ぼくの右目は義眼だ……。小さかったころに感染症で摘出した。それ以来ぼくはずっと医師を志してきたが、片目で外科は無理だとさんざんいわれたよ……。片目だから術野を立体視できない、とくにルーペを使うような繊細なオペは不可能だ、心臓外科医は諦めろといわれたものさ。ひどい差別だ」

「あなたはそれを克服したじゃない」

「二〇代のときにアメリカに行って修業をした……。外科手術の場数を踏みたかったんだ。最初は相手にしてもらえずに、実験動物の世話ばかりしていたよ。向こうでは心臓外科は花形なんだ。よ

うやく手術室に入れてもらえるようになったが、向こうの人たちの技術には打ちのめされた」

多田隈は初めて阿川に、自分のアメリカ時代のことを話し始めた。

「ニューヨークに途轍《とてつ》もなく腕の立つ若い心臓外科医がいてね、いつも目を瞠るしかなかった。芸術家の手さばきとはこういうものかと思ったよ。けれどもあるとき看護師から聞いて驚いたんだ。その医師は子供のころ、事故で指を三本も切断していたんだよ。手術で再接合して丹念にリハビリをして、機能を取り戻した。そんな男が外科医としてメスを振るい、神の手を持つと賞賛されていた……。それを知ったとき、自分の片目くらいハンディでも何でもないと思ったよ。それから考えたんだ、片目でしか見えないのなら、自分でも両目の外科医と同じように見える道具を開発すればいい」

多田隈はその後アメリカで、患者の身体に映像を投映して内臓や血管の様子を外から把握する従来の手法を改良し、最初の脚光を浴びた。従来の手法とはプロジェクションマッピングといって、画像診断で得られた体内の映像を手術台の上から術野に映し、どの部分が患部なのかをより正確に視認できるようにするものだが、臓器の表面に映るだけの二次元的映像に留まっていた。

それを多田隈はホログラフ映像にして、しかも臓器表面からの患部の深度を明度や色彩によって判別できるようにし、より三次元的に見えるよう工夫を加えたのである。さらに手術中にもホログラフ映像をリアルタイムで術部に精密に重ね合わせ、術者へのより正確なガイドを提供するＡＩ技術を考案し、臨床試験に持ち込んだのだった。

これは実質、多田隈のような隻眼《せきがん》の人間にも擬似的に立体でガイド映像を見て取ることができる。

心臓の拍動のような動きにもぴたりと同調して、術者にストレスを感じさせない。しかもその映像は体内の複雑な構造に自動的にフィットし、ピンぼけを起こさない。冠動脈バイパス手術や心室のかなりの部分を切除する左室部分切除術ではとくに威力を発揮する。この技術の開発が認められて、多田隈は以来、心臓外科領域にＡＩを応用する医師として活躍の場を確保するようになったのだ。日本に戻ってからもその立場は変わらなかった。

だがその最初の動機に、多田隈のそんな思いがあったことを、阿川はいままで知らなかった。

「ぼくは決して不器用じゃない。だが自分にできないことは、機械との共同で乗り越えればいい……。それが文明の恩恵というものじゃないか。そんなふうに考えられることがぼくのささやかな強みだと思っていた……」

そして彼はようやく阿川に目線を戻して、寂しげに笑った。

「だがチームのことには考えが及ばなかったよ。ぼくはひとりでもがいていたというわけだ」

「違うわ。あなたはわたしたち工学者とチームを組んで開発をしてきたじゃない？　あなたは今日、ひとつ夢を叶えたのよ。これからもそうだわ」

阿川は夢という言葉を使った。多田隈はそれを聞いて、穏やかな表情を見せた。

「時子さん、ありがとう……。でもぼくは今日、テレビカメラの前でブラック・ジャックに挑戦状を突きつけてしまった。その事実は変わらないし、彼が挑戦を受けて立つまで待つことにも変わりはないよ。ぼくの夢はまだ叶ったわけじゃない。これから叶うんだ。《サー・ジェリー・プロ》とＢ・Ｊの間で技術を競って、勝ったときが……」

「あなたにそんな勝負は似合わない」

「彼はやって来る。それは望むところだ」

多田隈はそういって話を切り上げ、皿に手をつけようとした。

だが途中で再び手を止め、思い出したように小さく笑った。

「まだＡＩはチーム医療に馴染《なじ》めない、か……。ぼくが挑戦状を突きつけたあの男も同じなのかもしれないな。彼もすべてをひとりでやろうとする。そうやって一匹狼で生きてきたんだ、時代に取り残されながら……。そんなあの男はＡＩと同じってわけか。フフフ……」

それ以上、彼はその話題に触れなかった。阿川はそんな多田隈の顔を見つめていた。

5

「今回、皆さまにご覧いただくのは、低侵襲治療であるＯＰＣＡＢ——人工心肺を用いない冠動脈バイパス手術です。患者自身の左内胸動脈をグラフトとして使用します。手術中、ずっと心臓は動いたままです。すなわち身体への負担が軽く、術後の合併症が少ないオフポンプ手術によって、《サージェリー・プロ》がバイパス手術をおこなうところを見ていただきます」

多田隈は手術室から耳元につけた小型マイク越しに、窓の向こうにひしめく見学者らへ宣言して手術を始めた。

ロボットアームは多田隈の横に控え、いつでも作動できるよう準備万端整っている。コンソール

ボックスはごく小さなカート型のもので、人がひとり立つ程度の床面積しか必要とせず、患者のすぐそばで操作が可能だ。ＡＩが手術開始時からずっと術野を無影灯からのカメラ越しに観察しているため、人間が操作するコンソールはごく小さくても構わないのである。

あの記者会見から二週間が過ぎ、多田隈らによる《サージェリー・プロ》の臨床公開試験はすでに三回目に入っていた。大学附属病院の見学室には、ＡＩ手術の腕のほどを確かめようと、他大学の外科医だけでなくマスコミの記者たちも詰めかけている。

もちろん失敗が許される状況ではない。しかしこれまでの二例は成功裏に終わり、今回の術式も決して失敗しないという確信が多田隈にはあった。

ときおりマイク越しに説明を加えながら、多田隈はまず自らの執刀によって患者の胸を開いてゆく。見学者には専門医だけでなく一般の記者も含まれているので、言葉遣いはふだんより平易なものを心がける。

まだロボットアームは動かさない。本当ならばすべてを《サージェリー・プロ》に任せることも可能だったが、人間の手による外科手術とＡＩ・ロボットによる自律的手術の違いをよりはっきりと知ってもらうため、あえて多田隈は見学会でそのような手順を採用していた。

多田隈は自らグラフト用の左内胸動脈を取り出し、そして心臓へと向かった。動脈硬化が生じている冠動脈部分を指先で見学者らに示す。術野の映像は見学室のモニタにも流れているため、人々は理解が容易《たやす》いはずだ。

スタビライザーと呼ばれる人工のアームで心臓の揺れを押さえ、術野を安定させる。さらに手術

中に溢《あふ》れ出る血液を二酸化炭素で吹き飛ばして吸引するブロワーと呼ばれる器具も設置する。これによって無血視野を確保できるため、人工知能が術野を識別し判断するにはさらに都合がよい。どちらの器具の位置も人工知能に学習、連動させる。

「ここから《サージェリー・プロ》が心拍動下バイパス手術をおこなうさまをご覧ください」

そういって多田隈はコンソールの前へと一歩移動し、キーを押した。

ロボットアームが反応し始める。ほとんどモータ音も立てずに術野のそばへと動き、アームの先端を伸ばし始める。

見学者たちが窓の向こうでいっせいに息を呑むのがわかる。多田隈はモニタ越しにアームの動きを見つめる。

ロボットが勝手に手術をおこなうのは患者にとって不安ではないのか、との質問を多田隈はよく受ける。だがそのたびに彼ははっきりと否定していた。

こうした見学会を含んだ手術をおこなうことは、もちろん患者に事前に伝え、承諾を得ている。そうしたやりとりのなかで多田隈が強く感じたのは、むしろ見学者を招いて自分の手術がオープンになることや、ロボットの使用によって自分の手術が人々の注目の対象になることを、患者本人が歓迎しているという事実だった。

手術室は密室空間だ。万が一のことが起こったとき、いったい何が原因だったのか後でわからないのではないか、という不安の方が患者本人や家族たちにとっては大きい。ロボットを使った手術ならばすべての動きはコンピュータが記録しており、また見学者がいれば事故が起きても多くの人

がその現場を目撃していることになる。証拠がきちんと残り、大勢の証人がいるのだ。手術がオープンになることで患者やその家族も安心できるのである。

そして昔と違っていまの患者はロボットやＡＩに対する恐怖感がさほど強くないとわかったのも収穫だった。ＡＩが人間の仕事を奪うかもしれない、ＡＩが人間社会を支配するかもしれない、と煽《あお》るマスコミ報道はいくらでもあるが、ＡＩにいっときでも自分の命を預けることに、以前ほど人々は恐怖を抱かなくなってきているのである。それは機械が人間より正確であること、人間より精緻であることを、多くの人が実感を持って納得できるようになってきたためでもあった。自動車のＡＩ機能の安全性が世間に知られるようになったことも大きいかもしれない。

ロボットアームが器械出しの看護師からメスを受け取る。すぐさまアームの先端はメスの柄の部分を半分呑み込んで固定し、術野へと向かう。看護師もロボット相手の器械出しのタイミングに徐々に慣れてきたようだ。最初のうちは見学室の人々と同じように目を瞠っていたものだ。この《サージェリー・プロ》の大きな特徴のひとつに、手術器具を看護師から直接受け取って自律的にそれを先端部に嵌《は》め、器用に使いこなす技術がある。術野に同時に挿入できるアームの数はカメラの視野を確保するため三本が限度だが、それぞれのアームにはさらに三つの器具が装着できる。器具をいちいち助手が取り替える時間を大幅に短縮し、人間の執刀医と同程度か、あるいはそれ以上のリズミカルな動きが可能となった。手術器具にはそれぞれあらかじめマイクロセンサが内蔵されており、《サージェリー・プロ》は正確に器具が手渡されたことをリアルタイムに知ることができる。

多田隈は黙ってアームを見つめていた。血栓のある冠動脈へとアームが近づいてゆく。ここから先は手元がわずかでも間違えば大出血となる場面だが、《サージェリー・プロ》の動きは着実だった。心臓の拍動のリズムを正確に予測し、その動きに合わせて執刀しているのだ。全国各地の病院から提供されてきた無数の手術ビデオ映像を統合してＡＩが学習した成果だ。いま《サージェリー・プロ》は日本中の名医と呼ばれる外科医たちの執刀シーンから最良の部分を組み合わせ、再構築し、そのどれよりも優れた手さばきで、ひとつのミスもすることなくアームを動かしているのである。

ロボットアームはひとつの動作をやり遂げてゆくたびに、ピッ、と小さな電子音を鳴らして、事故や判断ミスが生じなかったことを皆に知らせる。その音は頼もしくさえあり、電子音の連なりがリズムに乗ってゆくにつれて、手術室のなかに人の心を鼓舞するかのような空気が生まれてくる。

「迂回路《うかいろ》であるグラフトの吻合に移ります。心臓の表面にある血管は直径一・五ミリ。心臓が止まっている方が縫合しやすいことはいうまでもありません。しかし《サージェリー・プロ》は、この動いている心臓でやってのけます。ご覧ください」

「……速い！」

見学室からどよめきが上がる。アームが一瞬の迷いも見せずに血管同士を縫いつけてゆく。

すぐさま吻合は終わり、血液が血栓のあった冠動脈から新しいグラフトを迂回して流れ始める。心臓は力強く拍動を続けている。そのままロボットアームは閉胸へと向かった。すでに執刀医である多田隈をはじめ、向かいにいる第一助手やほかの助手たちは手を止めてアームの作業を見守って

いるだけだ。アームは機械であるからどれもそれなりの重量があるが、細やかですばやいそれらの動きは、患者にとって危険な様子や圧迫感をまったく感じさせない。羽根のように軽やかに動き続けている。

患者の胸が閉じられ、アームが一礼をして所定の位置まで下がったとき、見学室からは拍手が湧いた。患者の全身麻酔が解かれる。

「これが《サージェリー・プロ》の実力です」

と多田隈は窓の向こうの人々にいった。

「記者の皆さまはもう一度お書きください。わたしはいつでもブラック・ジャック氏のご来訪をお待ちしています。どうかその目で確かめていただきたい、と。そしてこうお書き添えください。一〇年後の未来には、この《サージェリー・プロ》が彼にかわって日本中の手術室で活躍しているはずである、と！」

「先生、きえいな女の人が来たわのよさ」

多古芦大学附属病院で三例目の公開手術がおこなわれた翌日、B・Jの自宅に訪問者があった。ピノコが診察室に駆け込んできて取り次いだ。

「初めまして、ブラック・ジャック先生……」

相手の女性は帽子を取る。タクシーに乗ってこの海辺までひとりでやって来たようだ。彼女は多古芦大学の阿川時子と名乗った。

「おまえさんのことはテレビで見た。手術ロボットの会見場にいたな」

B・Jはふだんから初対面の相手であってもそっけなく〝おまえさん〟と呼ぶ。その態度に面食らう者もいるが、決してB・Jは他人をぞんざいに扱っているのではなかった。B・Jなりの敬意の払い方なのだ。

女性は椅子を勧められて腰を下ろし、B・Jと向かい合うと切り出した。

「《サージェリー・プロ》のAIの機械学習を担当したのはわたしです。あのロボットのことをご存じならさっそく申し上げます。どうか一度で結構ですから、《サージェリー・プロ》の手術を間近でご覧になっていただけませんか」

「あの准教授が同じことをいっていたな」

「多田隈の非礼はわたしからお詫《わ》びします」

阿川は頭を下げる。B・Jは逆に「失礼」とひと言いってパイプに火を点《つ》けた。そして足を組み、煙を吐き出すと、相手に尋ねた。

「なぜおまえさんがわたしのところへ?」

「共同研究者としての立場からです……。いえ、本当は違います。多田隈の思いをあなたにお伝えしたいと、個人的な願いでここに参りました」

「おまえさんたちは共同研究者以上の関係なのか?」

「ええ……。まだほんの数ヵ月程度ですが、おつき合いしています……。けれども仕事中は公私混同していません」

「いまは仕事中ではないのかい」

B・Jの物言いはときに相手の心を抉《えぐ》ることがある。B・Jは時間を浪費する世間話を好まなかった。

「多田隈の立場を説明させてください。なぜ彼があなたを挑発するようなことを繰り返しているのか、おわかりになると思います」

彼女は真剣な目で語り始めた。

「彼は若いころニューヨークで、切断指を再接着して立ち直った外科医に会って感銘を受けたといっていました。その人を見て外科医としての自分を取り戻して、AIロボットの開発にも力を注ぐようになったんです。──わたしは調べました。ブラック・ジャック先生、ニューヨークでその外科医になった男性を手術したのはあなたですね」

B・Jはパイプを吹かしたまま応えない。だがその目は阿川を見つめ返していた。

「あなたは偶然そのときニューヨークにいて、その少年が事故に遭う現場をご覧になっていたんです。貧しい家庭の少年だったそうですね。あなたはほとんど無償で応急手術をなさいました。手術後も定期的にニューヨークに通って、リハビリの手伝いもなさったのですね。少年はあなたの見事な手術と熱意あるケアのおかげで機能回復し、外科医を目指して猛勉強をして、その後医科大学に合格したのだとわかりました。いまもその男性は一流の外科医として活躍なさっています。なぜあなたが当時、彼の治療に心血を注いだのか、わたしにはわかる気がします」

「ほう、なぜ？」

「あなたは過去に二度、指の治療で苦い経験をなさっているからです」

阿川はB・Jから目を離さずに続ける。

「最初はモロゾフさんという有名なバイオリニストのときです。あなたは北回りの旅客機でモロゾフ氏と乗り合わせた。旅客機が計器故障を起こして北極圏に不時着し、乗客は一時避難しなくてはならなくなりました。モロゾフ氏は命より大事なストラディバリウスを決して手放そうとしなかった。けれども避難の途中で猛吹雪に遭って、ストラディバリウスを風で飛ばされてしまった。避難場所に着いた後も、彼はバイオリンのことが忘れられなくて、ひとりで取りに戻ったんです。そしてひどい凍傷になってしまった……。

あなたはモロゾフさんを助けようとしましたが、肝心の手術器具の入った鞄《かばん》を機内に置いてきてしまった。手術ができず、モロゾフ氏は指を切断しなくてはならなくなりました。あなたは治療できなかったんです。モロゾフ氏はバイオリンが弾けなくなった……。そのことがあってから、あなたはいつどんなときでも手術器具の入った鞄を持ち歩くようになりましたね」

阿川はさらに言葉に心を込めて続ける。

「二度目は、あなたがエルサルバドル共和国に行ったときのことです。あなたはふしぎな来歴の患者と出会いました。その患者は赤ちゃんだったころ、被弾したのですが治療を受けて一命を取り留めていたのです。手術痕をまったく残さずに治療したその医師を捜して、あなたはエルサルバドルに行き、ひとりの男性と出会いました。その人は医師ではなく神父でしたが、患者を赤ちゃんのころに助けたのは事実でした。その人は、自分は天才外科医でも何でもない、当時神の声を聞いて、

無我夢中で手術したに過ぎないといいました。

あなたは納得しませんでした。その人のメスさばきを実際に見るまでは帰れないと主張しました。その人が当時おこなった手術は、あなたでさえ驚嘆するほどの見事な処置だった——彼はあなた以上の腕前に違いなかったからです。

けれども悲劇が起こりました。その神父はかつてゲリラ活動を支援していて、それからずっと警察にマークされていて、不幸にもあなたの目の前で誤射を受け、指先を失ったのです。あなたはその神父の命を助けようとしましたが、なくなった指を取り戻すことはできませんでした。もうその人がメスを持つことはできない……。あなたはそれ以来、その人とは会っていませんね」

「——つまり？」

「あなたはその二度の経験から、指の手術には決して失敗できない、必ず患者を立ち直らせてみせると思うようになったのではないですか？」

「フン……。もう何十年も前のことでね、憶えていない」

「いいえ、憶えていらっしゃるはずです。そうしてあなたはニューヨークで少年の指を繋《つな》げた。その少年は大人になって外科医となり、人に感銘を与えるまでになりました。その影響を受けて人生を変えたのが、わたしの共同研究者である多田隈俊明なんです。テレビのニュース番組をご覧になったならご存じでしょう。彼は右目が見えません。外科医には不向きだといわれ続けてきました。それでも彼はいま外科医になっています。

わたしはこう思っています。——多田隈はあなたが治したニューヨークの医師だけでなく、ブ

ラック・ジャック先生、あなたご自身からも大きな影響を受けて外科医になったのだと」

阿川はB・Jの目を見ていう。

「ブラック・ジャック先生。あなたもかつてはひどい傷害を負ったのですね」

B・Jは相手の目を見つめ返して聴いている。阿川は続ける。

「彼の家に行ったとき、棚に古い本があるのを見つけました。本間丈太郎《ほんまじようたろう》という医師が書いた、重傷患者の少年が苦しいリハビリ訓練に打ち克《うか》って社会復帰するまでの道のりを綴《つづ》った手記でした。その少年は母親と散歩しているとき、不幸にも払い下げ地に残っていた不発弾の犠牲になって、体中めちゃくちゃになったのです。

母親は亡くなり、父親も少年を見棄《みす》てて消えてしまいました。その子はひとりぼっちになった。本間医師は懸命に手術し、親代わりになって少年を立ち直らせた。何もかも信じられなくなったその子を外へ連れ出し、根気よくつき添い、車椅子の生活から脱却させようとしました。その子の名前は間黒男《はざまくろお》といったと手記には書かれていました……。

ブラック・ジャック先生、その少年とはあなたのことですね？　——多田隈はその手記を読んでいたのです」

しばらく沈黙があった。

だがやがてB・Jは目を逸らすと、立ち上がっていった。

「それだけ話せば、もう気が済んだだろう。すべてわたしには関係のないことだ。お引き取りいただこう」

「あなたが《サージェリー・プロ》の手術を見学するというお返事をいただきたいのです」

「それはその男の勝手な思い込みだ。わたしにとってはいい迷惑だ」

「あの人はあなたに似ているんです。わたしにはわかります」

部屋の扉を開けて退室を促そうとするB・Jに、阿川はすがりつくようにいった。

「あの人は自分がチーム医療に馴染めていないことを知っているんです。それに、一度でいいからあなたのようなメスさばきで患者を救いたいと思っていたでしょう……。自分ではその夢が叶わないから《サージェリー・プロ》の開発に全力を尽くしたのかもしれません」

言葉の最後は呟きのような小さな声になった。

「彼はAIに自分を重ね合わせているんです……。そしてあなたにも……」

B・Jはやはり何もいわずに相手を見つめていた。B・Jは前髪を長く伸ばしている。少年だったときの事故の影響で、頭髪の右半分は白くなった。その白髪は顔の片側を覆っている。手術のとき以外に彼は髪を掻《か》き上げることはしない。そのため片方の目つきは他人にはわからない。

それはB・Jが他者に対して心を半分閉ざしているようにも見えることがあった。いまの阿川にもB・Jの表情はそのように見えているかもしれない。B・Jはそれを知りながら、やはり黙っているのだった。

「すみません、勝手なお願いをして……。お邪魔しました」

阿川は自分で納得し、B・Jから離れた。

玄関まで送ったところで、ようやくB・Jはパイプを片手に言葉を発した。彼女の後ろ姿に向

かって尋ねた。

「モロゾフ氏と飛行機で乗り合わせたのも、エルサルバドルで神父と会ったのも、ずいぶん昔の話だ……。どうしておまえさんはそんなことを知っている？」

彼女は振り返り、初めてにっこりと笑顔を見せて答えた。

「あら、わたし、チャンピオンのマンガを読んだんです」

6

臨床公開試験の四例目の患者は、前月から大学病院に入院している四六歳の男性と決まった。

手術前日の夕方、多田隈は阿川とともにその患者の病室を訪れた。男性はベッドに横たわり、半分開いたカーテン越しに、沈む夕陽《ゆうひ》を眺めていた。室内は暖かく染まっていた。

「明日は朝から手術です。どうか安心してわたしたちにお任せください」

白衣を着た多田隈はそういって、ベッド脇から身を屈《かが》めて患者に声をかける。横で阿川も努めて笑顔を見せていった。

「《サージェリー・プロ》の人工知能を担当した者です。わたしも明日は手術を見守ります」

「これまでの公開試験の様子、テレビの報道で見ました」

患者の男性はそういって顔をふたりに向ける。ちょうど彼の妻は席を外したところらしい。花瓶は水を取り替えたばかりのようで、花は瑞々《みずみず》しく、葉の表面も潤っている。患者の男性は阿川に応

えるためか、かすかに微笑みをつくってみせた。それはぎこちなかったが、男性の心遣いは伝わってきた。

いまは頬もこけて痩せているが、もともとはがっしりとした体つきだったのだろう。くせのある髪には、いくらか白いものが混じっている。ベッド脇の小机には眼鏡が畳んで置かれている。

「わたしは技術者でしてね。それも昔はロボットの人工知能が専門でした。だから今回の公開試験に選ばれたことは嬉《うれ》しいんです」

「そうだったんですか」

阿川は驚く。男性は首を曲げていると疲れるのだろう、姿勢を変え、再び天井を仰いでいった。

「もう一〇年以上も前になりますが、こつこつと調理ロボットの開発をしていたことがあります……。ほら、昔、子供向けの学習雑誌によく未来像が載っていたでしょう。キッチンでエプロンを着けたヒト型ロボットが、全自動で家族みんなの夕食をつくってくれる――あんな夢みたいなロボットをつくれと、会社からそういわれましてね。まずは卵が割れなきゃ話にならないと、生卵を割れるロボットハンドの開発に取り組んだものです」

「それは――当時は難しかったでしょうね」

「ええ、そりゃあもう。ロボットは卵を握りつぶすばかり。目玉焼きひとつ満足につくれないロボットです。よく考えればロボットハンドで卵を割る必要なんてないんですがね、無我夢中だった。あのころが夢みたいに思える……」

多田隈と阿川は目線を交わす。多田隈がそっといった。

「いまでは心臓手術もできるんですよ。あなたのようなたくさんの技術者がいらっしゃったおかげです」

「テレビ報道でアームが動いているところも見ました。ちっとも危なげなところがない。隔世の感です。——先生、あのロボットは失敗したことがないのでしょう？」

「ええ、一度もありません。ご安心ください」

「わたしにはそれが唯一の心配事です」

「えっ？」

「いままで失敗したことがないのなら、ひょっとしたらわたしが最初の失敗例になるかもしれない……。技術者の悪い癖ですかね、そんなふうに考えてしまうんですよ。なにしろ卵じゃない、人に直接触れるロボットだ。もしもロボットが暴走したらどうしますか？　どうやってリカバーしますか」

「それはわたしたち医師が一丸となって回復します。《サージェリー・プロ》には二重、三重の安全機構が働いていますから大丈夫ですよ」

阿川はそっと多田隈の横顔を見る。万が一にも暴走するようなことはありません——と多田隈は続けたい様子だった。自分がいないときには実際にこれまでの患者にもそのように説明してきたのかもしれない。そしてその宣言は実証されてきたのだ。多田隈にとって《サージェリー・プロ》は、自分の半生そのものなのだ。

男性は再び微笑み、そして目を瞑《つぶ》る。

「わかります」

「ええ、わたしたちが一丸となって……」

多田隈は繰り返す。だが語尾がかき消えたことに、隣の阿川は気づいて彼の横顔を見つめた。一日の最後の陽射《ひざ》しが窓越しに彼の頰を照らしている。彼は途中で言葉を切り、残りを呑み込んで、自分の胸のなかで反芻《はんすう》しているかのようだった。自分の発した言葉の意味を、初めて理解したかのようだった。

「明日はすべてお任せします。あのころのわたしの卵割りロボットに、先生たちのロボットを見せてやりたい。——ああ、妻が戻ってきました」

多田隈と阿川は同時に顔を上げて病室の扉を見る。だがまだ誰も姿を見せない。

「足音でね、わかるんですよ。ほら、いまドアの前に来た」

扉が開いて、買い物袋をかかえた女性が入ってくる。ふたりは彼女に一礼して、ちょうどいま明日のことを話していたところだと説明した。

女性は夫の顔を覗き込み、穏やかな表情を見て安堵《あんど》したようだった。丁寧に多田隈たちに頭を下げる。

優しい時間だった。女性は理知的で聡明《そうめい》な顔立ちで、翌日の手術への不安など少しも見せない。だが内心では患者の男性と同じように、ひょっとしたらという思いをかかえているかもしれない。人間である以上、それは当然のことであるはずだ。それでもこの夫婦は科学技術を信頼しようとしている。

阿川にとって、こうした患者やその家族と実際に会話するのは初めてのことだった。これまでは技術者として後方から手術を見てきたに過ぎなかったからだ。それでもここには生身の人間がいて、揺れ動く心がある。そして阿川は気づいた。隣にいる多田隈でさえ、《サージェリー・プロ》の手術でこうやって患者と向き合うのは、まだ四回目に過ぎないのだと。

話しながら阿川はふと、もしここにブラック・ジャックがいたならどんな会話を交わすのだろうか、と思った。彼の家まで訪ねていったものの、彼の心の内は結局わからなかった。ブラック・ジャックはふだんから手術の直前に姿を現して、そして手術が終わるとすぐに立ち去ってゆくという。なんと孤独な生き方だろう。そうしたときに患者との交流は、いったいどこでつくるのだろう。たとえ交流したいと思ったとしても、周りの者たちが無免許医である彼にそれを許さないのではないか。彼の家を訪ねたときも、彼は最初から阿川を〝おまえさん〟と呼んだ。それが彼の孤独を象徴しているようにも思える。彼がつねに患者に高額の報酬を要求するのも、そうすることによってしか患者とつながることができないからではないかとさえ思う。

患者夫妻と話しながら、多田隈が阿川の横で初めて笑みを見せる。彼もまた患者夫妻を気遣ってそう振る舞っているのに違いない。

だが阿川には、多田隈がいまわずかに変わったように見えた。

7

公開臨床試験当日の朝には、約束通り阿川も大学病院へ足を運び、見学室に入った。

第一手術室の見学室は二〇人ほどが入れる広さだ。窓から手術の様子を直接眺め渡せるだけでなく、室内に設置されたモニタを通して、術野の拡大映像も見て取ることができる。

多田隈はこれまでと同様マスメディアに対して事前にプレスリリースを流し、日程と術式を伝えていた。そのため今回も新聞やテレビの記者が詰めかけている。さらに白衣姿の医局員や他大学の外科医も混じっていた。

最前列中央で腕を組んで手術室を見ているのは、多田隈が所属する心臓血管外科の教授だ。阿川自身は部屋の隅に目立たないように立ち、前に陣取る記者たちの肩越しに手術室を見つめていた。

患者に全身麻酔がかけられ、いよいよこれから手術が始まるという時刻になって、見学室の扉がそっと開いて、黒ずくめの男が入ってくるのがわかった。

阿川は息を呑んだ。それはB・Jだったからだ。

周りの人々は手術室の動きに集中して、彼には気づいていない様子だ。B・Jは阿川とは反対側の壁際に立ち、前へと目を向ける。

阿川はB・Jが姿を見せたことで身が引き締まるのを感じた。彼は来たのだ。阿川と約束の言葉は交わさなかったが、足を運んでくれたのだ。

B・Jの胸のうちはわからない。だが手術室を見つめるその目は鋭かった。

手術室では多田隈が定位置についたところだった。彼は耳元につけた小型マイクを使って、マスク越しに見学者へ説明を始めようとしていた。

「本日は稀少《きしょう》症例の冠動脈バイパス手術をおこないます。患者は先天性大動脈二尖弁《にせんべん》ですが、幸いに上行大動脈の拡張は四・三センチで、同時手術は必要ないと判断しました」

患者は見学室の側に頭を向けて手術台に寝ている。多田隈は患者の左側に立ち、器械出しを務める看護師がその後方にいる。

だが見学者からもっともよく見えるのは、全体にビニールが被せられた白いロボットアームだった。それは器械出しの看護師のさらに後方から腕を伸ばし、いまは先端部分を引いてスタンバイの姿勢にある。小型のコンソールボックスは多田隈のすぐ脇に引き寄せられていた。

「通常わたしたちの心臓の大動脈弁は、三尖弁《さんせんべん》といって三枚の弁から成っていて、右心房から右心室へ流れる血液が逆流するのを防いでいます。しかし今回はそれが二枚しかない、一〇〇人にひとりかふたりの稀《まれ》な患者さまとなります。これ自体は病気ではありませんが、開閉部分がふたつしかないので弁に負担がかかり、狭窄《きょうさく》や逆流を起こすこともあります。今回の患者さまは幸いにしてそこまで至っておらず、弁置換術はおこないません。また上行大動脈が五センチ以上になると大動脈瘤として人工血管置換を考慮する必要もあるわけですが、そこまで拡張しておりません。つまり冠動脈バイパス手術にポイントを絞ってご覧いただくことになります。《サージェリー・プロ》はこのような稀少症例の手術もあらかじめ過去のデータから学習していることを、今回皆さまにご確認いただきたいと思っています」

多田隈は丁寧に今回の手術の趣旨を伝える。

「さらに本日はこれまでと異なり、最初の開胸から《サージェリー・プロ》が作動するところをご覧いただきます。《サージェリー・プロ》が外科手術のいかなるシーンにも適応できることを示すものです。もちろん内胸動脈からのグラフト採取も自律的におこないます。それでは始めましょう。《サージェリー・プロ》にメスを」

多田隈はコンソールのキーを押す。ロボットアームが動き出し、看護師が差し出すメスを受け取った。

胸部正中《せいちゅう》切開が始まる。メスは胸の中央を縦に一直線に皮膚切開してゆく。ロボットアームは続いて電気メスのモノポーラも受け取って止血しつつ、胸骨も縦に二分してゆく。

開胸器で胸骨が左右に開かれる。それぞれのアームの動きには、いっさい不安を感じさせるところがない。ピッ、ピッ、という確認の電子音が好ましくさえある。

心臓が露出され、今回は最初から《サージェリー・プロ》と連動しているスタビライザーで押さえられて胸の奥が広げられる。阿川も息を詰めてなりゆきを見守っていた。ここまでは順調に進んでいる。次は血管バイパスとして用いるグラフトの採取だ。

そこで電子音が止まった。

「あっ」

助手のひとりが声を上げた。

「奇形だっ」

見学室のなかからも声が上がった。阿川はモニタに目を凝らした。

医局員たちがざわめき始める。そのひとりが隣の同僚と話し合うのが阿川の耳にも聞こえた。

「左右とも内胸動脈の形状がおかしい。まっすぐ下に向かわないでねじれているぞ」

「術前検査では正常画像だったはずだが……」

「そこまでは見えなかったんだ！」

ようやく阿川にも事の次第がわかってきた。この患者は心臓内の大動脈弁以外にも奇形があるのだ。

今回の手術では内胸動脈と呼ばれる血管を切り取ってきてグラフトに用いることになっている。内胸動脈は胸骨の裏側に左右一本ずつあり、バイパス手術ではよく使われるものだ。その動脈が通常のかたちとは異なっているのだという。

阿川は手術室へと目を向けた。多田隈は躊躇《ためら》っている様子だ。《サージェリー・プロ》のＡＩがこの奇形を把握できているのかどうか、外から見ただけではわからないからだ。

多田隈の前に立つ第一助手の声が見学室にも届いた。

「これは予想外です。いったん停止してわれわれで確認しましょう」

ロボットアームはしかし、再び電子音を立てて動き始めた。スタビライザーは拍動している心臓の表面に吸着し、その部分の動きを抑えてゆく。ブロワーが滞りなく設置されてゆく。

「いや、待つんだ。ＡＩは先回りして判断できている」

多田隈は第一助手にそう告げて様子を見守る。アームの先端についているマイクロカメラが、

ゆっくりと角度を変えながら体内に潜り込み、左右の内胸動脈を観察してゆく。ピッ、とさらに電子音が鳴る。

多田隈はまだ手を出さずにアームを見つめていた。機械の発する電子音が、確実に状況を判断しての合図なのかどうか、すでに見学室の誰にもわからなくなっていた。おそらく多田隈自身にもわからないのではないか。阿川もただ成り行きを見つめるほかなかった。いまこの瞬間にＡＩが何を〝考えて〟いるのかなど、開発者である自分自身にもいえることではないのだ。

それでもアームは内胸動脈が通常と異なっていることは把握したらしい。さらに何度か角度を変えて、三次元的に血管のかたちを確認しようとしている。多田隈が指差していう。

「見ろ、ＡＩは初めての症例だとちゃんと理解して計算している。これが《サージェリー・プロ》の実力なんだ！」

しかしこのままＡＩは奇形の内胸動脈を使用可能と判断するのか。どこからどこまで切り取るつもりなのか。そして難関はグラフト採取以外にもある。それはバイパス手術をおこなう心臓の向きだ。

今回のバイパス手術は身体の前からは見えにくい左冠動脈回旋枝《かいせんし》の部分だ。心臓の後ろ側の表面を這《は》う血管である。スタビライザーが心臓をうまく押さえて術部を露出させているとはいえ、この部分にバイパスをつくるのは人間の執刀医でも易《やさ》しいことではない。

アームの先端がいったん内胸動脈の観察から離れ、心臓表面の血管へと近づいてゆく。多田隈はなおも息を詰めて見守っている。このままＡＩは無事に難局を切り抜けて、手術をやってのけるの

ではないか。見学室から状況を見つめている阿川にも、そのような期待が生まれ始めていた。《サージェリー・プロ》は最後まで見事にやり遂げるのではないか。そうであってほしい。アームは心臓の後ろ側を再度三次元的に確認して、採取すべきグラフトとのマッチングを終えたように見える。

アームが内胸動脈の方へと戻ってゆく。そして左側へと入り込んだそのときだった。

「血圧が上昇しています！」

麻酔医が突然に声を上げる。そして直後に第一助手と第二助手が叫んだ。

「大動脈が変だ。この紫色の変色は解離だっ」

「血圧を上げすぎたんだ。血が滲《にじ》み出してきたぞ！」

見学室内で医局員たちがいっせいに息を呑んで腰を上げる。モニタのなかで術野がみるみるうちに血で覆われてゆく。警報の電子音が鳴り響いた。何人かが悲痛な声を上げた。

「大動脈解離だ！　二尖弁が災いした！　麻酔管理が甘かったんじゃないのか！」

「弓部分岐が閉塞《へいそく》するぞ！」

阿川はその場に呆然《ぼうぜん》と立ち尽くすしかなかった。大動脈がどす黒く変色してきているのが阿川にもわかる。周りの医局員の間に飛び交う声によると、麻酔調節がうまくなかったために血圧が一過性に上昇して、その影響で大動脈弁の逆流が起こり、内膜が破れて、さらに外膜からも血液が溢れ出したようだ。先天的に二尖弁の人は大動脈壁《へき》も異常であることが多く、解離を起こしやすいのだという。

警報が鳴り続けてもロボットアームは動きを止めようとしなかった。事態を回収するどころか、さらに内胸動脈の方へと進んでゆく。大動脈解離が理解できていないのだ。

アームは内胸動脈を探して突き進む。多田隈もようやく事態に気づいた様子だった。このままではＡＩは致命的な過ちを犯す。大動脈解離が起きているいま、内胸動脈も拍動が消えつつある状態なのだ。それなのにこのまま拍動する血管を探して切り込んでゆけば、アームは間違ったところまで切って傷つけてしまう。結果的に暴走と同じだ。

「解離が進展しています！」

第一助手がさらに叫ぶ。多田隈は狼狽《ろうばい》して、急いでコンソールのキーを押した。アームの動きはようやく強制停止されたが、術野は三本のアームとスタビライザーでいっぱいだ。多田隈と助手らは術野に手を突っ込んで出血点を確かめようとしたが、アームが邪魔で思うようにいかない。出血がさらに激しくなり、術野から溢れ出した。ブロワーひとつの吸引ではとうてい間に合わない。多田隈は血の海のなかを手で掻き回した。

見学室は騒然となった。手術室の緊迫がそのまま伝わり、あるいはそれ以上に増幅されて、人々はわめき始めていた。押し合いへし合いのなかで心臓血管外科の教授がマイクに向かって声を上げた。

「多田隈くん、すぐにアームをどけるんだ！　この手術、どんなことがあっても失敗してはならん！」

阿川も両手を口に当てていた。これは決して《サージェリー・プロ》のミスではない。《サー

ジェリー・プロ》は間違ったのではない。手順はすべて正しかった。だが実際には重大なミスを犯したのと同じだ。

教授が青ざめた顔で手術室を見つめている。阿川にもいまこの瞬間に起こっていることの意味はわかった。もしもこの臨床公開試験が失敗に終わり、患者が亡くなったとしたら、それはAI医療の未来が失われたも同じだ。手術に失敗し患者を死なせたという事実だけが残り、人々はAI・ロボット手術に恐怖心と不信感を抱くようになり、自分の命を預けようとはしなくなるだろう。やはりロボット手術は危険だというネガティヴなイメージが、メディアや外科医たちの心に強く刻まれて後々まで残るだろう。

それはこの《サージェリー・プロ》の未来が消え失《う》せるのみならず、今後の自律的ロボット手術の研究すべてが撤回されることを意味する。今後五年、いや、一〇年は、世界中でAI・ロボット手術の開発が遅れるだろう。

そして多田隈の未来も閉ざされる。

自分のことはどうなろうと構わない、と阿川は思った。だが多田隈の将来は確実に潰れる。彼の夢は決して叶わなくなる。すべては暗黒になる。

はっとして、阿川は振り返った。

視界の隅で、ほかの人々とは違う黒い影が動いた気がしたのだ。

B・Jの姿はすでになかった。

8

手術室の扉が開いて、多田隈は顔を上げた。

「何をぐずぐずしているんだっ。すぐに脳灌流の確立、それから解離の手術だ！」

手術帽とマスクの間から鋭い目が覗いている。男はすばやく助手たちに指示を出し、多田隈の隣へと入って術部を見つめる。

「おまえさん、冷静に考えろ。大動脈が解離したらどうなる？」

「脳に血液が行かなくなります」

「その通りだ。一刻も早く脳死を防がにゃならん！　頭を氷漬けにしろ。まだ間に合う！」

多田隈は驚いて目を瞠った。その男の顔には縫合の痕がある。移植した顔の半分は肌の色が違っている。

ブラック・ジャックを間近に見たのは、初めてだった。

「何をしているんだ、おまえさんの手術だろう！」

「は、はい」

多田隈は急いで周りの者に指示を出す。氷嚢《ひょうのう》の準備だ。人工心肺も必要となる。B・Jに加えて執刀医である多田隈からの声が上がったことで手術室の面々は秩序を取り戻し、いっせいに動き出した。

その間にもB・Jは自ら器械を手にして、脳灌流の確立に向けて処置を進めてゆく。肩から首

筋にかけての位置にある頭頸《とうけい》部の動脈――すなわち腕頭《わんとう》動脈と左内頸動脈《けいどうみゃく》内腔《ないくう》をすばやく見つけ出すと、体外循環の回路をつくり上げてゆく。その手さばきは電撃のようだった。

「いいか、おまえさん。どれだけ大口を叩こうと構わないが、ＡＩにはまだできないことがある。だから人間がついているんじゃないのかい。氷嚢をあてがうことだってそのひとつだ！」

そういい終わらないうちに、Ｂ・Ｊは解離した大動脈へと手を進めていた。溢れ出た血液はようやく吸引され、損傷部分が視認できるようになっている。

「弓部大動脈の人工血管置換術をおこなう！」

解離を起こした大動脈を人工血管に入れ替えるのだ。急いで用意された人工血管をＢ・Ｊはひと目見て、早くもそれぞれの血管の切断部分を見極めた様子だった。多田隈はこの手技を見たことがあった――ほんの一ヵ月前、他の病院でＢ・Ｊが大動脈瘤解離の手術を執りおこなうのを中継で見たのだ。

Ｂ・Ｊはみるみるうちに人工血管をつないでゆく。多田隈は圧倒されながらその様子を横で見ていた。この男の手術が尋常ではないほどすばやく、しかも正確であることは、頭ではわかっている。だが目の前でこうして見ると言葉もない。ただちに弓部大動脈は人工血管に置き換えられた。大動脈解離を三〇分足らずでリカバーしたのだ。脳への影響も最小限に抑えられたはずだ。

《サージェリー・プロ》が、ピッ、とようやく再び電子音を鳴らすのが多田隈の耳に届いた。術野が正常に回復したことを関知したらしい。多田隈は大きく息を吐きながら一歩下がり、《サージェリー・プロ》のコンソールキーを押して、やっと緊急停止を解除した。内胸動脈を探して切り込も

うとしていたアームが、何事もなかったかのようにいったん離れる。

その緩慢な動きは、多田隈にとって敗北の証《あかし》のように思えた。よろよろと手術台の後方を回って、助手たちの立つ側へと向かう。だがB・Jから声が飛んだ。

「まだ終わっていないぞ。いくらか下半身への血流が不良だ。腹部大動脈を見なきゃならん。肝心の冠動脈バイパス手術も残っている」

B・Jのいう通りだった。いま解離を起こした弓部大動脈はきわめて重要な血管で、カーブを描いてそのまま下半身へとつながり、そこから分岐して左右の足へ血液を送っている。ここが解離を起こせば内膜などが剝《は》がれてその先の動脈で詰まり、閉塞を来《きた》す可能性もある。下半身に障害を残すことがあるのだ。

「おまえさんは内胸動脈をもう一度見て、グラフトを採取してくれ。奇形だが採取部分さえ間違えなければバイパスに使えるだろう。その間にわたしは腹部大動脈を処置する。第二助手、こちらに入ってくれ。メスを……」

B・Jが宣言したそのときだった。


ピッ、と音がした。

《サージェリー・プロ》のアームが動き出した。滑らかにメスの先端を腹部へと向け、術野を広げてB・Jがいま話したばかりの腹部大動脈に寄ると、これまでと同じようにすばやく三次元的な形状を確認し始めた。

メスを持つB・Jが目を瞠った。

その場にいる誰もがロボットアームの動きを見つめた。

アームは左右腎動脈の下部へと鉗子《かんし》の位置を定めて遮断する。さらにアームは別の鉗子を術野に潜り込ませた。B・Jは声を上げる。

「どうしてこいつは、わたしのやってほしいことがわかるんだ……？」

アームはさらに左右の足へと向かう大腿《だいたい》動脈の根元部分も鉗子で止めてゆく。腹部大動脈の上下を鉗子で遮断して、B・Jが血管を開いて確認できるよう準備しているのだ。

アームはぴたりと寄り添いながら、B・Jの呼吸を完全に推し量ってその動きにシンクロしてゆく。B・Jは呟いた。

「驚きだな……」

ロボットの動きを目の前で見ていた第二助手からも感嘆の声が漏れる。

「まるで一心同体じゃないか……！」

B・Jの言葉が《サージェリー・プロ》に理解できるはずはない。人間の言葉を聞き取る機能は持っていないからだ。《サージェリー・プロ》はそのカメラで術野全体を観察し、そして刻々と変化する理学的所見を受け取って解析しているに過ぎない。それなのにまるで《サージェリー・プロ》は、B・Jの言葉や手つきに阿吽《あうん》の呼吸で応答するかのように動いている。

それをB・Jの斜め前で見ていた多田隈は、はっと気づいて声を上げた。

「そうです。ブラック・ジャックさん、《サージェリー・プロ》にはこれができるんです。誰より

も早くあなたの思ったところへ先回りして、サポートすることができるんです……」

喜びが湧き上がる。それまでの敗北感は吹き飛んだ。多田隈はその場で万歳をしたい気持ちに駆られた。そして目を輝かせてB・Jに伝えた。

「なんといっても《サージェリー・プロ》のAIの学習には、ブラック・ジャックさん、あ、あ、あなたの手術の映像をいくつも使ったんですから……！」

B・Jはそれを聞くとひとつ息を呑み込んだ。

そして再び術部へと目を落とすと、手を動かしながら小さく笑った。

「まったくおまえさんには驚かされる。未来にはこのわたしが、世界中の病院でメスを振るっているというわけか。フフフ……」

B・Jは心から楽しそうに呟き、術部からは目を離さず多田隈にいった。

「この手術代はすべてひっくるめておまえさんに請求するから、そのつもりでいろよ。そうだな、ラーメンを一杯おごってもらおう」


多田隈は手を止めなかった。自分もB・Jと、そしてこの場にいるすべての仲間とひとつになって患者に向き合っていた。

AIと人間に対立するのではない――医局の教授にさえ強く主張し続けてきたこれまでの自分を、そのときの自分の強張った声を、多田隈はふっと思い出した。

意地を張って声高に主張せずとも、すでに自分の子供か分身ともいうべき《サージェリー・プロ》は——そして目の前に立つこの男は——すべて〝わかって〟いたのではないか。

この男はいまあんなふうにいったが、実際は自分の見据えていた世界よりもずっと先を進んでいたのではないだろうか。

時代が変わり、未来がやって来るとは、そういうことなのだ。この男の手さばきは——この男の技術は、これから未来の医療という大きなチームに入ってゆく。そのなかには自分もいるだろう。そしておそらく、いや、きっと遠いいつかは、この男——ブラック・ジャック自身さえも。

多田隈は無用な肩の力を抜いてグラフト採取に集中する。外科医としてのふだんの手さばきと頭の回転が戻ってくるのがわかる。奇形を持つ血管だが、B・Jのいう通り確かに使用できる。この症例を《サージェリー・プロ》は今日初めて学んだのだ。人間が経験を積むのと同じように、次回以降の手術でこのデータは役立つことだろう。そしてこの困難な冠動脈バイパス手術は、AIと人、その両者の手によって、きっと成功を遂げるだろう。

グラフトを採り終えたとき、多田隈は一度だけ顔を上げ、見学室に目を向けた。

部屋の隅で、阿川時子が涙を浮かべながら、微笑んで彼を見つめていた。

出演（登場順）

社長　佐渡の殿様『おけさのひょう六』
運転手　力有武『火の鳥《黎明編》』
多田隈俊明　醍醐多宝丸『どろろ』
心臓血管外科教授　田手上博士『0《ゼロ》マン』
阿川時子　十村十枝子『人間昆虫記』
患者　設計者『サスピション 第1話 ハエたたき』
妻　沢子『サスピション 第1話 ハエたたき』

第二話
命の贈りもの

1

「ブラック・ジャック先生、よく来てくださいました」

空港の出発ロビーで、その男性は黒いコートをまとったB・Jの姿を認めると心からほっとした様子で駆け寄り、両手で握手をした。アメリカ、ダラス＝フォートワース空港までの国際線旅客機はもうすぐゲートが開く。男の顔にはB・Jに対する憧れと尊敬の念が浮かんでいた。彼は何度も両手を上下に振ってB・Jの手を確かめた。

「おまえさんか。野村陽一《のむらよういち》くんのお兄さんは」

「そうです。二〇年前、弟を看送《みおく》った兄の勇一《ゆういち》です。あのとき弟は一四歳、ぼくは一七歳でした」

ゲートオープンのアナウンスが聞こえてくる。人々が席から立ち上がって列をつくり始める。野村勇一というその男は荷物を手に取り、B・Jを列へと促しながらいった。

「そして弟は、いまも一四歳のままです」

B・Jのもとに彼から連絡が入ったのは一週間前のことだ。

「ピノコ、電話だ」

新聞を広げてパイプをくゆらしていたB・Jは声を上げた。だが返事はない。呼び鈴はしつこく鳴り続けている。B・Jがもう一度声を上げると、台所からようやくピノコの声が返ってきた。

「あーん、いまお食事の準備をちてゆのよさ」

そういえばカレーの匂いが居間まで漂ってきている。放り出されて焦がされてはたまったものではない。いまピノコは椅子の上に登って懸命に鍋をかき回しているのだろう。

B・Jは肩をすくめて立ち上がり、旧式の受話器を取った。相手の男は○○大学iPS細胞研究所の准教授の野村勇一と名乗った。ノーベル生理学・医学賞を受賞した日本人が所長を務める関西の先端研究機関だが、B・Jとはこれまでなんの縁もなかった。

「先生にぜひお願いしたい仕事があるのです」

男は電話口で勢い込んで話し始めた。よく通る、伸びのある若々しい声で、回線の向こうにいる彼もきっと声そのままにハンサムで、まっすぐに育ってきたのだろうと感じさせた。

「先生はテキサスにある〈ガラスの城〉をご存じですね」

B・Jは息を呑《の》んだ。久しく聞いていなかった名称だった。

「先生は二〇年前、進行性骨化性線維異形成症《こつかせいせんいいけいせいしょう》の患者を診察なさいました。FOPと呼ばれている病気です。当時は先生でもその少年を治すことはできなかった。治療法のない難病だったからです。先生がそのとき最後に採った手段が、患者の人工冬眠でした。いまはこの患者を救う術《すべ》はない。けれどもいつか遠い未来になら治療法が確立するかもしれない——。先生は少年の命を未来へと受け渡すために、まだ外国でも発展途上段階だった先端の人工冬眠技術に賭けたのです」

「その件は、周囲に秘密にしていたはずだ。患者の家族しか知らなかったことだ。おまえさんはなぜそのことを知っている」

「ぼくがその患者の家族だからです。先生が決断なさり、ぼくたち家族にそれを話すのを、その場

で聞いていたからです」

Ｂ・Ｊは目を見開いた。当時の光景が鮮明に脳裏に浮かび上がってきた。

「ぼくの弟は、それから二〇年間ずっと、いまもダラスの〈ガラスの城〉で眠っています。そしていま、ようやく弟を救う治療法が確立したのです。けれども本当に弟を救うにはいくつもの難関があります。先生のお力添えがなければ弟は生き返らない。そしてぼくたち家族ともう一度抱き合うことができないのです」

「治療法が確立した、だって？」

「そうです」

男はいった。

「この二〇年間でｉＰＳ細胞ができました。そのおかげでクスリの研究開発が発展しました。ぼくは弟を看送ってから、必ず弟を生き返らせて救い出すと心に誓って生命科学の道に進んだのです。ずっとＦＯＰの研究を続けてきました。弟以外の患者さんとも会ってきました——そしていまなら確信を持っていえます」

男はそして、おのれの決意を語った。

「ぼくの研究成果は、あのときの弟を救うことができます。ですがそのためにはブラック・ジャック先生、あなたの神業がどうしても必要なのです」

2

ｉＰＳ細胞とは「人工多能性幹細胞《じんこうたのうせいかんさいぼう》」の略称だ。人間の身体から採取した体細胞に特定の遺伝子を人工的に導入することによって、そこからさまざまな組織や臓器の細胞へと分化できる幹細胞に生まれ変わらせることができる。

人間の身体は幹細胞が分化してできたものだ。幹細胞から皮膚の細胞、心臓の細胞、肝臓の細胞といったものが生まれて肉体をつくり上げる。だがいったん個別の細胞に分化してしまうと、その後は幹細胞に戻ることがないと一般には思われてきた。ｉＰＳ細胞の研究はその概念を覆し、分化を終えた体細胞に遺伝子を入れることによって時計の針を巻き戻し、ほとんどすべての体細胞へと分化できる能力を持つ幹細胞をつくったのである。

ｉＰＳ細胞のような幹細胞は、医療の現場で主にふたつの使い道がある。まずは再生医療と呼ばれるものだ。患者の身体からｉＰＳ細胞をつくり、損傷のある部位の細胞へと分化誘導させて、それを移植する。組織や臓器を再生して、失われた人体機能を取り戻そうとする医療である。

もうひとつは治療薬の研究に役立てる道だ。新薬を開発する際には、実験動物だけでなく必ずヒトの細胞に本当に効くかどうか、副作用がないかどうかを調べなくてはならないが、患者から病気の部位の細胞を取り出して培養するのが難しい場合もある。そんなとき、患者の体細胞からｉＰＳ細胞を作成し、そこから病気に特有の細胞を分化誘導させることで、病気のモデルをつくることができる。モデル細胞は新薬開発に役立つ。こちらの使い道は再生医療とは呼ばないが、ｉＰＳ細胞

の重要な用途のひとつだ。

――夜間飛行中のジェット旅客機の機内灯はすでに消されている。窓際の席でB・Jは目を閉じていた。隣の席では野村勇一がまだ読書灯を点《つ》けて、熱心に医学書類に見入っている。弟の陽一に関するデータを再確認しているのだった。

B・Jはシェードを下ろした窓に肘をついて頭を支え、半ば寝入っていた。低い騒音が機内を満たしている。B・Jは昔の記憶を思い出していた。

野村陽一少年と出会うよりも前――つまり二〇年前よりもさらに一〇年以上前のことだ。大学病院で臨床医学の現場を学び始めていたころで、そのときB・Jはふたりの若い患者を受け持った。彼らふたりは男女のカップルで、互いに愛し合っていた。

ふたりはB・Jが学んだ△△大学附属病院に同じく入院する患者だった。青年の病気は筋萎《きんい》縮《しゅく》性《せい》側《そく》索《さく》硬《こう》化《か》症《しょう》。略称はALSで、かつてアメリカの著名野球選手ルー・ゲーリックが罹《かか》ったことからルー・ゲーリック病ともいわれる。長い人生のうちに少しずつ手足や呼吸に必要な筋肉が動かなくなってゆく指定難病だ。意識や身体の感覚は正常だが、筋肉を動かす運動ニューロンだけが障害を受け、全身が動かせなくなってゆく。理論物理学者スティーヴン・ホーキング博士が発症したことでも知られる。

娘の方は全身性エリテマトーデス。SLEと呼ばれる、やはり指定難病だ。全身のさまざまな臓器に悪影響を与え、発熱や疲労、また日光過敏症を起こす。皮膚に赤い湿疹《しっしん》ができるのが特徴で、娘の鼻の上にも蝶のようなかたちに見える痣《あざ》があった。

ふたりは病棟で知り合い、互いに惹《ひ》かれ、結婚を真剣に考えるようになった。若く、純粋な愛だった。当時まだ病状がさほど進行していなかった青年は、愛の喜びを隠しきれない様子で、B・Jに結婚の相談を持ちかけた。

「――だけど先生、ぼくたちは心底から愛し合っているんですよ！　そりゃあ結婚したってものすごくつらいことはわかってます。でも覚悟の上なんです。愛し合ってるってことが大切なんですから」

そして黙って注射の準備をするB・Jにいったのだ。

「先生だって若いんだから、女の子を好きになったことはあるでしょう？　わかってもらえますね？　もし止められたって、どうせ結婚しちゃうんですが、先生、ご意見を――」

青年は自信と希望に満ちた顔でいった。だがB・Jはそのときただひと言、

「あんた、カゲロウみたいな人だな」

と答えたのだった。青年は何のことかわからないといった顔をしていた。

その後、青年と娘は院内でささやかな結婚式を挙げた。ふたりはタキシードと純白のウェディングドレスで着飾り、花嫁はブーケを持った。

だが誓いの結婚指輪を新婦の指に嵌《は》めるとき、青年は指輪を取り落とした。筋の萎縮が指先に進んできていたのだ。

「先生、ぼくたち無事に結婚しました。今後よろしく……」

ふたりは揃《そろ》ってB・Jに報告にやって来たが、B・Jは彼らを横目で見て言葉を放ったのだった。

「くだらないことをしたもんだ。病気が完全に治ったのなら心からお祝いしよう。しかし病気の苦しさの気休めのために結婚したのなら、おめでとうはいいにくいね」

「あなたは愛なんて感じたことなんかないんだ！」

青年は激昂《げきこう》して、新婦を連れて出て行った。彼らとの関係はいったんそれで終わった。B・Jは母校を去ったからだ。

しかしB・Jはその後も、治療法のない難病者同士で結婚したふたりを忘れることはなかった。

——あなたは愛なんて感じたことなんかないんだ！

その言葉が忘れられなかったのだ。自分は実際、それまで愛を感じたことがあっただろうか？あったかもしれない。青年の言葉通り、なかったのかもしれない。B・Jにはわからなかった。だから考えないようにしてきたが、青年のその言葉はいつまでも耳の奥に残った。

治療法のない難病の患者をどのようにして救えばいい？　そのときどきの症状をいくらか緩和したり、病状の進行をささやかに抑えたりすることはできる。それでも根治《こんち》は不可能だ。B・Jはそのことをよく知っていたが、実際にそうした患者たちがどのような現実に直面するのかはまだ知らなかった。青年が図らずも看破したように、そのころはB・Jもまだ若かったのだ。

カゲロウみたいな人。かつて放ったその言葉が、いまのB・Jには逆に自分に突き刺さる。自分がカゲロウでないとどうしていえよう。あるいは——たとえカゲロウのような人生であっても、伴侶を見つけてほんの数週間で死んでゆくものは、そこにかけがえのない愛を見出《みいだ》す。自分のような人間より、ずっとましなのではないだろうか。

彼らふたりは一〇年後まで生きていた。だが青年の方は病状が進み、麻痺《まひ》の末期症状が現れて、自分の力では呼吸することさえ困難になっていた。彼はもう愛する妻の名前さえ声に出して呼べなかったのだ。

未来に医学が発展すれば、不治の病もいつかは治せるようになるかもしれない。だが時は人に平等に流れる。未来には治せる難病だとしても、いまの時間に囚われたわたしたち人間は、その時代から逃れられずに死と向き合うしかない——。

一〇年後、すでに無免許医として相当数の仕事をこなすようになっていたB・Jは、あるときモスクワの科学アカデミーに招かれ、難しい脳動脈瘤《どうみゃくりゅう》の手術を請け負った。手術は成功し、B・Jはその報酬として当時のモスクワ科学アカデミーが誇る先端医療の現場を見学することができた。それはまだアメリカでも実験段階であった人間の人工冬眠技術の成果だった。

人間から体液をすっかり抜き取って不凍液に入れ替え、カプセルに入れて低温環境で保存する——。そして数年後に生き返らせる。モスクワではすでにサルを用いた実験を繰り返し、そして人間による実証実験まで成功させていたのだった。B・Jはそうして生き返った人間が目の前にいることに驚き、目を瞠《みは》った。自然と笑いが込み上げてきて、思わず「ハラショー……!」と声を上げた。頭のなかにはすでに計画がくっきりと浮かび上がっていた。

そしてB・Jは母校の附属病院を訪れ、恩師の山田野《やまだの》博士から十年来の詳しい経緯を聞き出すとともに、病状が進行する青年とその妻のもとへ行き、モスクワ科学アカデミーのカプセルをふたつ手配したことを伝えたのである。すでに黒いコートをまとうようになっていたB・Jは、あの

ときあげなかった結婚のお祝いだと伝え、承認手続きの整った書類を見せていった。

「――だが未来なら！　治し方が発見されるはずだ。何十年も何百年も未来で目醒《めざ》めて……、そのとき治療を受ければいい。きっといい治療をしてくれる」

ふたりはいまもモスクワ科学アカデミーの医療センターで、寄り添うように並んでカプセルに入り人工冬眠を続けている。ふたりの顔には微笑《ほほえ》みが浮かんでいるという。

――だが未来ない、い、い、なら！

そう自分が語ってから、二〇年が過ぎたのだ。

彼らと再び会うときが来るだろうか。

「ブラック・ジャック先生、起きていますか」

隣の席で野村勇一が囁《ささや》いた。Ｂ・Ｊは肘をついたまま目を開ける。

勇一は長身で、胸板が厚く、学生時代にはスポーツをやっていたのではないかと思える体格だった。学生時代や就職してすぐの助教時代には、おそらくその両手で研究室のクリーンベンチ越しに、培養細胞を毎日いじっていたのだろう。白衣を着て背中を丸めながら細かい作業にいそしんでいたのかと思うとおかしみが増す。彼は黒いスーツを着ていた。服はこれ一着しかないんです、と飛行機に乗り込むとき自分から屈託のない笑顔でいった。

「熱心だな」

と呟《つぶや》くＢ・Ｊに、勇一は熱を込めた口調で返した。

「あと少しで弟と再会できるんですからね……。絶対にミスをするわけにはいきません。でも先生、

これから人生をもう一度やり直せるようになるのは、弟ばかりじゃなくなりますよ。きっと近い将来、そういう世界がやって来ます」

彼の言葉はどこまでもまっすぐだった。

「ぼくらの研究所がどんな仕事に取り組んでいるかご存じですか。たとえばALSです。ALSはいまなお治療法がありません」

勇一はB・Jの方を向いて語り始める。その顔が読書灯に照らされて上気して見える。ALS――B・Jがかつてモスクワの人工冬眠カプセルを手配した患者の病気だ。

「これまでALSの患者さんがどんな病態なのか、とくに変性した運動ニューロンがどんな具合になっているのかわかりませんでした。患者さんの体内から取り出して調べることができなかったからです。そこでALSの患者さんからiPS細胞をつくります。樹立したiPS細胞を運動ニューロンに分化誘導して、ラボ内で病態モデルに使うことで、医薬品開発への道が拓《ひら》けるんです。変性ニューロンのなかでどんな遺伝子異常が起きているか、どういうクスリが治療に有効か、よりいっそうわかるようになる。将来には患者さんの細胞からつくった細胞を健常な運動ニューロンに誘導して、患者さんに移植することだってできるでしょう。そうなればブラック・ジャック先生、あなたの出番です」

「運動ニューロンをつなぎ合わせるのは至難の業だぜ」

「だから先生の神業が活《い》きてくるんです！　いまはまだ運動ニューロンの移植研究までには至っていません。見通しも不充分です。でも可能性はある。前段階まで来ているとぼくは思っています。

先生のメスが再生医療の現場に役立つ日はきっと来る……」

「おまえさんは夢を語っている」

まだ端緒についたばかりの研究成果を、未来へと直接つなげて話している。だが勇一は怯《ひる》むことなく応じた。

「もちろん、夢です。まだ未来の医療です。それでも必ず未来はやって来る。誰に対しても平等に」

B・Jは思いを巡らせる。そう、彼の語っていることはまだ夢なのだ。しかし彼は研究のことを話すと饒舌《じょうぜつ》だった。

「――弟が罹ったFOPは、二〇〇万人にひとりしか発症しない希少難病です。筋肉や靱帯《じんたい》に異所《いしょ》性骨《せいこつ》という骨組織ができて、身体が固まってしまう。小さいころはよく一緒に野原を転げ回って遊んだのに、小学校中学年になったころから、もうそんな時間も過ごせなくなりました。FOPは骨の形成を司《つかさど》る遺伝子が突然変異を起こして生じることがわかっています。ぼくの研究グループでは、FOPの患者さんから細胞をいただいてiPS細胞を樹立して、どういうメカニズムで遺伝子異常が起きるのか、その原因を突き止めてきました。異所性骨化の原因がわかれば治療法も見つかる。なによりもクスリで病状の進行を抑えられるようになります。もうすでに治験は進んでいて、ぼくらは毎日固唾《かたず》を呑んで成果を見守っています。けれどもクスリによる抑制以外に、もうひとつ病状を抑える道がある。電話でもお話ししましたが、ブラック・ジャック先生にしかできない外科的手術がそれです。治験が進むいまなら弟を救って、もう一度子供のころのように野原へ連れて行くこ

とができる」

この男はあまりにも弟の回復に対して高い期待を持っている、とB・Jは聞きながら思った。家族患者を持つ医療者や研究者のなかには、ときおり周囲が驚くほど将来に対して前向きな期待を語る者がいる。だがB・Jはそのことは指摘せず黙っていた。どうなるか現時点ではまだ何ともいえない。

「先生は人工冬眠を勧めてくださった。あのとき弟とぼくら家族は何時間も話し合いました。そしてそれに賭けたんです。先生は陽一の診察料を請求なさらなかった——患者を救えないのだから料金は受け取れないとおっしゃいましたね。いまでも感謝しています。ただ、あのとき、実際に陽一を人工冬眠させるにはお金がかかりました……。登録費用に施術代、それに外国への渡航費用、ぼくら家族はみんな一所懸命に働いてそのお金をつくったんです。父も、母も、血を流すように働きました。ぼくも通学や受験勉強の傍《かたわ》ら新聞配達のアルバイトをしました。陽一が受けたのは死者の冷凍保存ではなく、あくまで人工冬眠処置です。けれども、本当に陽一がもう一度目を醒ますのかなんて、あのころ誰もわかっちゃいなかった。陽一の心臓は止まり、脳活動も見えなくなりました。それは死と同じことだったんです。ぼくらは未来への希望を持ちながら、陽一はこれで死んだのかもしれないとも思っていました。空港でご挨拶したとき、ぼくは弟を〝看送った〟といいましたよね。陽一はあのとき死んだ。もう生き返ることはない——。この二〇年間ずっと、その気持ちも同時に持ち続けていたんです」

そして勇一はようやく息を継ぎ、シートにもたれかかり、灯《あか》りを消した。

そして眠りに就く前に呟《つぶや》いた。

「だからブラック・ジャック先生、これは世界で初めての挑戦なんです」

3

フォートワースに到着して一泊した翌朝、B・Jは野村勇一とともに地元の飛行場からヘリコプターに乗り、沙漠地帯へと飛んだ。

何もない荒野の向こうに、朝日をぎらぎらと反射するガラス張りのビルが見えてくる。ヘリの窓越しに見下ろすとそれは幹線道路から大きく外れ、細い一本道が延々とビルの建つ丘へと走っているだけだ。〈ガラスの城〉は世間から隔絶された場所にあった。

「車で来るより空路を使った方がはるかに便利です。契約している家族にはこうして送迎ヘリを出してくれるんですよ」

勇一がそう説明する。未来へ命をつなぐ人々の肉体を保管するにはふさわしい場所だといえた。

ヘリはビルの屋上へと降り立った。スーツ姿の男が待っていた。

「ようこそいらっしゃいました」

灰色の目をした初老の男は、この〈ガラスの城〉の所長だと自己紹介した。白髪にはていねいに櫛《くし》を入れており、前髪が額の上でくるりと巻いている。彼はB・Jたちをエレベーターへと案内し、建物のなかへと招き入れた。

「そちらはブラック・ジャック先生ですね。ミスター・ノムラからうかがっています。わたしどもの財団をご紹介くださったのはもともと先生だったとか?」

「そうです。だがここに来るのは初めてだ。二〇年前、初代の理事長からここの研究成果を聞いた」

「あのころからわたしどもの研究は大きく進展しました」

エレベーターが止まり、扉が開くと、そこは大きなホールだった。勇一はすでに家族としてここを何度か訪れたことがあるのだろう。迷いのない足取りで所長とともに進み、B・Jを奥の扉へと促した。

生体認証を受け、さらにエレベーターを乗り換えて下降する。勇一が耳打ちをした。

「ここから先は保管区域です。爆弾が落ちても壊れないよう、何重にも防御壁で覆われているんです」

そうして辿《たど》り着いたのは、殺風景とも思える白い廊下が左右に続く地階だった。壁に番号が書かれている。似たような扉がずっと先まで続いており、空調設備の低い唸《うな》りが耳に届いた。

「ご覧ください」

所長はひとつの扉の前で立ち止まると、やはりここでも生体認証を用いて扉を開け、B・Jたちをなかへと入れた。

そこには繭のかたちをした数十という白いカプセルが、天井や壁の四方から吊《つ》り下げられて並んでいた。

まるで室内全体が蜘蛛《くも》の巣のようでもあった。ダクトやコードが張り巡らされており、それぞれのカプセルにつながっている。それらは白と銀色で統一され、宙に浮いているカプセルはそれぞれに巻かれ、あるいは一体化している。そしてよく見ると全体はゆっくりと回転するかのように動いているのだった。

カプセルはどれも人間の成人がひとり入れる大きさだ。小さくシリアルナンバーが側面に記載されており、人々がこれらのなかで眠っていることは間違いなかった。近くのカプセルを覗《のぞ》き込むと、蓋の上には小窓があり、収納されている人の顔の影まで見て取れる。勇一が遠くのカプセルを指差した。

「ほら、先生。陽一は向こうの奥にいます。一四歳のときのまま……」

「わたしどもの財団は、モスクワ科学アカデミーに続く世界で二番目の人工冬眠施設として二〇年前に発足し、研究を重ねて現在に至ります。陽一さんはわたしどものごく初期のクライアントでした。それだけに、わたしどもも充分な体制でもって、つねに最適な環境となるよう処置をアップデートしながら、この二〇年間の人工冬眠をサポートしてきたと自負しています」

「まだ陽一くんはあのときのまま保管されているんだな?」

B・Jは所長に向かって声を上げた。

「重要なのは陽一くんが生き返ることだ。それができなけりゃ、ここを推薦した意味がない。二〇年前、おまえさんたちの初代理事長は、三年間眠らせた人をちゃんと蘇《よみがえ》らせたといっていた。わたしはデータも生き返った人もこの目で確認した。だからこそ賭けたんだ! 当時はモスクワとここ

しか人工冬眠を頼める場所はなかった」

「おっしゃる通り、初代理事長の研究は画期的成果を生み出しました。それは事実です。しかしいまなお人工冬眠からの覚醒が決して簡単ではないことはご存じでしょう。モスクワでもその事情は変わらないはずです。蘇生率《そせいりつ》をわずかでも上げてゆくこと——それがこの二〇年間でわたしどもに課せられた使命でした」

「いまはどうなんだっ」

「三人にひとりです」

B・Jは息を呑む。勇一に目を向けた。

彼はゆっくりと頷《うなず》く。リスクはすでに充分に承知しているのだ。

「先生、蘇生の現場に立ち会っていただけますね？　先生がその手で陽一を生き返らせるんです」

「もちろんだ。そのために来た。生き返らせることができず、二〇年越しの安楽死の手助けをしたなどといわれるのはごめんだ！」

所長がB・Jたちを促していった。

「オフィスへ行きましょう。詳しいデータを差し上げます」


——二〇年前、B・Jは高校生だった野村勇一から切実な相談の電話を受けて、患者のいる彼の自宅へと出向いた。

勇一が住んでいたのは市街地ではなく、町を離れて川岸から畑を抜け、森の近くへと入ったとこ

ろにある一軒家だった。両親は健在で、もし彼の弟が難病でなければ、決して裕福ではないにしろ朗らかで楽しい生活を皆で送っていたことだろう。彼の弟は自室で寝ていた。

「陽一、ブラック・ジャック先生が来てくれたよ。誰よりもすごい名医なんだ」

だがB・Jは弟の野村陽一が布団から上体を起こしてこちらに目を向けたと同時に、これは治療できないと悟った。兄の勇一からの電話だけでは詳細がわからなかったのだ。

弟の陽一の背筋には、寝間着の上から見てもわかるほど大きな隆起が認められた。その部分が固まって、背筋がねじれている。右の肩から右腕にかけても、筋が這《は》ったような隆起と瘤《こぶ》がある。左の首と喉にも腫れが目立っていた。

気立てのよさそうなころころと太った母親が、兄の勇一といっしょに部屋の入口から首を伸ばして様子をうかがっていた。

「陽一がこうなったのは、小学校の体育の授業で鉄棒から落ちてからです。それから身体が痛いといい始めて、半月経《た》って背中に瘤が浮かぶようになったんです」

「お母さん、こいつは厄介な難病だ。遺伝子の変異が原因だが、日本に患者は一〇〇人もいないはずだ」

「大学病院にも市立病院にも診せたんですが、治す手立てがないというのです」

「そうだろう。この病気の専門家さえ日本にはいないかもしれない。これは身体中の筋肉がだんだん回まって、骨のようになってしまう病気なんだ。進行すれば車椅子を使うしかない。次第に口も開けなくなって食事もできなくなる。呼吸ができずに亡くなってしまう人もいる」

B・Jは少年に話しかけた。

「痛いか?」

陽一というその少年は最初のうちこそ愛想笑いをつくって見せたが、途中でその笑顔も引き攣《つ》り、

「うん、痛いよ……」

と答えた。まだ発話に影響はなかったが、今後どうなるかはわからない。やがて日常生活の動作にも支障が出るようになるだろう。自分で顔も洗えなくなる。

小さいころは快活な子供だったに違いない。兄弟で川辺や森を駆け回って遊んだのだろう。だが発症後は身体に対する刺激は禁物だ。外で遊び回ることはもちろん医師から禁止される。だがそれでも手足が自由に動かないため、屋内で転倒して激痛に苦しめられることもある。

兄の勇一が口を閉じていられないといった様子で訴えてきた。

「先生は身体が石になった子供を助けたことがあるんでしょう? 陽一はそれと同じ病気じゃないんですか?」

「あのときとは話が違う!」

B・Jは苦い顔でいった。確かに彼がいう通り、B・Jはイタリアで一度、進行性骨化性線維異形成症の少年を診たことがある。イタリア政府は少年の治療に一〇〇万リラの賞金をかけていた。その少年はかなり病状が進行して、両足がほとんど石のように硬くなってしまっていた。腹部もすでに感覚がなく、あと二、三年の命といわれていた。

勇一はいった。

「先生、もし必要なら、ぼくの身体を使ってください！　陽一が元気に生き延びるためなら何でもします」

「ばかをいえ！　そういう問題じゃない。わたしだけでなくこの世の誰もが治療不可能な病気なんだ。クスリはおろか、ましてや手術で治るものじゃない」

「でも……、でも……！」

「いいか、もしやるなら、この子の身体から筋肉をすべて取り除いてしまうことだ！　そうすればこの子はもう骨化しない！　だがもちろんそんなことをすればガイコツと同じだ。生きられる人間はいない。それにだいいち、おまえさん、仮に耐えられたとしても、そんな手術が本当にできると思うのか？」

それでも勇一は拳を握って叫んだ。

「ブラック・ジャック先生ならできるはずです！」

「――何だって？」

B・Jは真剣な眼差《まなざ》しで訴えてくる彼を、驚きの目で見返した。

咄嗟《とっさ》に弟の陽一に振り返り、その全身を見つめたことを、いまでもB・Jははっきりと憶《おぼ》えている。

挑発と取られてもおかしくない自分の言葉を勇一が肯定したことに、B・Jは驚いていたのだ。

冷静なときのB・Jならば「買いかぶりなさんな。わたしだって何でもできるわけじゃない」と憎まれ口を叩《たた》いていたかもしれない。だがそのときはそんな言葉は出なかった。

身体から筋肉をすべて取り除いてしまう――ロをついて出たそのあまりに極端な治療法は、以前にもイタリアの少年を診たとき、患者や家族を見守っている神父たちにも話したことだった。当時、鷲鼻《わしばな》の神父は戸惑っていった。

「先生、いくらなんでもそんなことは不可能です」

「そう、まず可能性は大変少ない。九〇パーセント無理でしょう。だが奇跡的に成功する場合もあります……。もちろん九〇パーセント死ぬことを覚悟した上での手術です」

とB・Jはそのとき答えたのだ。

およそ世界で誰も実践したことのない突飛な外科的治療法だ。いま目の前にいる少年ならば、あのイタリアの少年とは違って、まだ病状は進行していない。骨化していない筋肉もある。骨化した部分だけを全身から取り出すことは可能かもしれない。

しかし仮にすべての骨化した筋肉をいったん取り除いたとしても、また時間が経てば新しく筋肉や靱帯は固まってゆくのだ。この少年の病気は死ぬまで続き、進行する。

イタリアの少年のとき、結局B・Jは、進行性骨化性線維異形成症そのものの治療はおこなわなかった。ちょうどそのとき母親から死産で生まれた新生児に、少年の脳を移植することで延命させたのだ。石になった身体は放棄せざるを得なかった。

「いや……、無理だ。手術は無駄だ」

B・Jは首を振り、帰り支度をした。治療できない患者に出会ったとき、そのことはすぐに忘れるようにしている。治療できないならできないとはっきり告げ、その場を立ち去り、二度と関係

を持たないと心に決めていた。そのときは酷な仕打ちだと非難されるかもしれないが、それが結果的に患者とその家族のためなのだ。

だがそのときばかりは心に引っかかるものがあった。「何だって?」と思わず問い直し、そして絶句してしまったことがその証拠だった。

「待って、先生! このまま弟を放り出すんですか? 先生は鬼だ! 先生も他の医者と同じで、何もできない金の亡者なんだ!」

B・Jは振り返って彼をにらんだ。だが何もいうことはなかった。罵倒には慣れていた。

B・Jが車に乗って去る直前、兄の勇一は母親に肩を抱かれながら、しかし玄関先で懸命に声を上げていた。

「ぼくが弟を救ってみせる! ブラック・ジャック先生、あなたができないならぼくが医者になる!」

「——あのときは生意気なことをいってすみませんでした」

勇一は〈ガラスの城〉の所長室で頭を下げた。

「ですが、先生が約束なさったように、ぼくも約束は果たしましたよ。ぼくは子供のころ、実をいうとマンガ家志望でした……。でもあれから医者になって、弟と同じ病気の患者さんを救うために人生を捧《ささ》げてきました。いまその研究がようやく稔《みの》りつつあります。いよいよ弟を起こすときが来たんです」

こんな体格のよい男がマンガ家志望だったとは意外な話だ。本人も照れ笑いを浮かべたが、すぐさま目の前に広げられた書類とモニタに映し出されているデータへと目を向け直していった。

野村陽一は一四歳のときのままカプセルで眠っている。医学的にいえばすでに死んでいる。当時の人工冬眠技術はクライアントを麻酔で眠らせた後、ゆっくりと体温を下げてゆき、人工心肺装置と血液灌流《かんりゅう》装置によって全身の体液を特殊な不凍液に交換するというものだった。その過程でクライアントの心臓は止まり、脳活動も消える。だがクライアントにとって麻酔のかかった状態と不凍液で全身置換された後の状態はシームレスだ。全身の組織は心停止という死に至る危機を迎えることなく、虚血《きょけつ》や酸素欠乏によるダメージを受けることもなく、低体温保存されるのだ。

現在、このような身体保存法は、法的にはきちんと定義がなされていない。いわゆるクライオニクスと呼ばれる死体の冷凍保存技術と同様に扱われており、そして現代社会では生きた人間を冷凍保存することはできず、あくまで死後の処置と見なされる。つまり心臓が止まり、脳死に至った状態で、初めて冷凍保存は許されるのだ。もしも生前にこれをおこなおうとするなら、安楽死が法律上認められた国で処置するほかない。世のなかには死後も自分の身体の冷凍保存を望んで、遠い未来に生き返らせてもらおうと願う者がいるのだ。しかしいったん血流が止まって脳も不可逆的に損傷を受けて死亡し、摂氏マイナス一九六度にまで凍らせた人間を復活させる方法は、何も見つかっていない。

〈ガラスの城〉がおこなう身体保存は、昔もいまもそうしたクライオニクス商売とはまったく別のものだと所長は何度も念を押した。単に肉体を液体窒素のなかに浸《つ》けて保存しているのではないと

いうことである。こうした試みが実際におこなわれているのはモスクワ科学アカデミーとここだけだと所長は強調した。

人体を低温で保存する際、もっとも難しいのは体液の凍結による組織破壊をどう回避するかという問題だ。誰でも水が凍ると結晶になることは知っている。氷の結晶のかたちは千差万別だが、やはりよく知られるように棘《いばら》のように突き出た部分が生じる。それは体細胞にとって鋭利な刃物と同じだ。組織をふつうに冷やして凍らせてしまうと、無数の氷の結晶が細胞をずたずたに破壊し、二度ともとへは戻せなくなる。

そのため実験室で細胞を冷凍保存する際には培養液にグリセリンを混ぜ、しかも速度制御フリーザーを使って、一分あたり摂氏一度の割合で徐々に冷却してゆく。ゆっくりじっくりと冷やすことで細胞へのダメージを極力回避するのだ。生き返らせるときは逆にすぐさま温めてグリセリンを溶かし、培養液を新鮮なものに交換する。

ただしこれは小さな細胞を蘇らせるときに限っての話だ。いまなお組織や臓器レベルで冷凍保存状態から機能回復させる手段は確立していないといっていい。まして全身の蘇生ならなおさらだ。

B・Jは〈ガラスの城〉が蓄積してきた長年にわたるデータを丹念に読み込んだ。この〈ガラスの城〉では所長が宣言した通り、絶えざる技術の向上がおこなわれてきていた。そして酸素や二酸化炭素、糖分の溶存量も絶妙な塩梅《あんばい》に調合した不凍液をつねに改良し、カプセルに眠るクライアントに対して定期的な体液交換も進めていた。全身の代謝を低く保つのに有効とみられるペプチド類も配合されている。つまり一四歳の野村陽一は確かにいまも一四歳のままだが、その肉体を保つ

内部環境と外部環境はつねに刷新されてきたといっていい。

いわば彼にとっては真冬の森で遭難し、身体が通常よりもはるかに低い温度で何日も放置された後、奇跡的に救助されるようなものだ。そうした状態から充分な知識と経験のある救命チームの手によって心拍を取り戻して蘇生し、脳への障害も残さず健常な生活を送れるようになるケースは実際にある。今回の場合はその遭難の数日が、実際は二〇年だということになる。

「どうです、先生の見立ては」

「二〇年前の賭け金を回収するときが来たというわけか」

「それじゃあ……」

B・Jは机上のカルテを指先で叩いていった。

「始めよう。いますぐだっ」

「そう来なくちゃ」

B・Jと勇一は同時に立ち上がった。所長がビル内の回線を通じて蘇生室の準備を開始するようスタッフに告げた。

4

B・Jは術衣を着て蘇生室に入った。すでに〈ガラスの城〉のスタッフの面々が所定の位置についており、そして同じように術衣を着た野村勇一の姿もあった。彼は目でB・Jに合図を送っ

てきた。

ふだんの手術なら、すでに手術台に患者が寝ているはずだ。しかしいま無影灯の下には何もない。クライアントである野村陽一はカプセルに入ったまま、この蘇生室のひとつ下の階に自動搬送装置によって運ばれ、スタッフの準備が万端整うのを待っているのである。この施術は一秒さえもがかけがえのない時間となる。わずかな時間でも無駄にしないために、クライアントは直前までカプセルのなかで冬眠状態に保たれているのだ。

「よし、始めるぞ」

B・Jの主導で施術が始まる。壁のデジタル時計に経過時間が刻まれ始め、中央の床が開いてカプセルに横たわったクライアントが迫《せ》り上がってくる。同時に蓋が開き、ガウンを羽織ったままのクライアントが姿を現した。冷気が漂う。

「陽一……!」

兄の勇一が声を漏らす。弟の姿を二〇年ぶりに目の当たりにしたのだ。心を動かされ、思いが込み上げてくるのもわかる。B・Jの目の前に現れた野村陽一は瞼《まぶた》を閉じて、確かに一四歳のままの姿をしていた。血液が抜かれているので肌の色は白いが、ほんの三時間前に真冬の川から心停止状態で発見されたといわれてもおかしくないほどだ。

「血液灌流!」

スタッフが素早く人工心肺装置を設置する。その間にもカプセルの床面に設置された温度調節装置が自動的に働いて、陽一の全身を温めてゆく。

カニューレを通して血液の交換が始まった。現在陽一の体内に入っている不凍液を洗い出し、新鮮な血液と入れ替えるのだ。

灌流させる血液はもちろん陽一自身の身体からつくられたものだ。〈ガラスの城〉ではここ数年、人工冬眠時にクライアントから採取し保存していた細胞群をもとにiPS細胞を作成するルーティンを導入し、そこから赤血球や血小板といった細胞を大量に分化誘導していた。また所長に拠《よ》れば、造血幹細胞をつくる研究も独自に進めて、ある程度まで実際の蘇生の現場にも試験的に応用してきたという。そしていつでもクライアントの蘇生に使えるよう、それらを用いた輸血用の血液製剤がすでに準備されていた。

「このまま体温を三二度まで上昇！　酸素濃度に注意するんだ！」

スタッフはB・Jの指示に従って機敏に動く。そしてときにB・Jにアドバイスする。この蘇生施術にベテランもアマチュアもなければ縄張り意識もない。これまでの蘇生率は所長自らが打ち明けたように、三人にひとりなのだ。これほど〈ガラスの城〉が研究を重ねてきてもなお、人工冬眠からの蘇生は賭けなのだ。

蘇生でもっとも注意が必要なのは、脳内の酸素濃度を繊細に制御することだ。蘇生室には非侵襲《しんしゅう》の酸素濃度計が準備されており、頭部に丸いプローブを当てることで脳内血液の酸素濃度量をモニタすることができる。心肺停止した者の蘇生にあたっては、脳の酸素レベルを約四五から五〇パーセントにまで高め、そのレベルを五分以上維持することが重要だ。

血液製剤に含まれている赤血球は酸素を運ぶ。だがそれだけでなくさらに血液に気体酸素が溶か

され、陽一の体内へと送り込まれる。その濃度はゆっくりと、着実に所定の速度で上げていかなければならない。急激な酸素濃度の上昇はかえって組織に損傷を与えるからだ。酸素は人間の体内でエネルギーを生み出すふいごであると同時に、細胞内のタンパク質を錆《さ》びさせる猛毒でもあるからである。

　脳波計はまだ動かない。蘇生は脳活動の復活、そして心拍の回復の順で起こる。だが、いつ脳の活動が再開されるかは誰にもわからない。B・Jは指示を出しながらモニタの数値に見入った。体温がじりじりと上がり、スタッフが全身のマッサージを続ける。肌に血色が戻ってくるのがわかる。兄の勇一が焦れるように呟く。

「先生、除細動器《じょさいどうき》を……」

「あと一分待て！」

　モニタが体温三二度を表示し、B・Jはスタッフに告げた。

「いまだっ。人工心肺停止！　除細動器！」

　スタッフが自動体外式除細動器《AED》を持ち出し、ガウンの前を開けて陽一の胸に当てた。ばん！　と音がして電気ショックが陽一の身体を駆け抜ける。モニタの表示はまだ動かない。

「胸骨圧迫に入る！」

　B・Jは自ら陽一の胸に手を当て、体重をかけて押し始めた。

「エピネフリンをもう一ミリグラム投与だっ」

　再び除細動器で電気ショックを与える。陽一の血圧が上がり始めた。B・Jはさらに胸骨圧迫

を続け、人工呼吸をおこなう。蘇生室にはロボットによる自動胸骨圧迫装置も用意されていた。脳血液中の酸素濃度は最適の数値を維持している。B・Jは自動胸骨圧迫装置と交代して、モニタを見つめ、陽一の胸に人工呼吸で空気を送り込んだ。

どくん、と陽一の心臓が脈を打った。

「先生!」

勇一が声を上げる。モニタの表示が変化していた。心電図に鋭いQRS波が現れる。心臓はぶるぶると震えていた。自らの細動が起こったのだ。

さらにもう一度、どくん、と陽一の心臓は震えた。今度こそはっきりと拍動を取り戻していた。

「来たぞ!」

陽一の口がわずかに開いた。唇の端から液体が溢《あふ》れた。B・Jはロボットを押しのけ、再び自らの手で陽一の胸を押した。モニタのなかで心電図の波形が安定してくる。ピッ、ピッ、という電子音が頼もしく蘇生室に響き始める。スタッフが声を上げる。

「脳波にも反応が出ています!」

はっ、と音を立てて、陽一は兄の見ている前で大きく息を吸い込んだ。彼の胸が膨らんだ。命の空気を吸い込むかのように。

——窓から朝の光が射《さ》し込んでいる。

ベッドでその陽射《ひざ》しを受けていた陽一が、目を開いた。

陽一はしばらくそのままぼんやりとしていた。そして静かに頭を傾け、陽射しの方を見た。そこにはひとりの男が小刻みに肩を震わせながら座っていた。

「——誰？」

「アハハ……。陽一がぼくを見てる。陽一がしゃべってる……！」

野村勇一は笑い泣きをしながらベッドに横たわる弟を抱きしめ、顔を寄せた。彼はずっと寝ないで弟のそばにつき添っていたのだ。

蘇生室を出てから一日半が過ぎていた。心拍と呼吸の復活を遂げた陽一は、そのまま集中管理室でバイタルサインのモニタリングを受けたのだ。いったん心臓の鼓動が戻ったとしても再度の停止へと陥ってしまうクライアントは少なくない。発熱や肺炎、合併症を起こす蘇生者もいる。そのため少なくとも二四時間はスタッフによる集中管理が必要だった。

ようやく未明になって脈拍が安定したと判断され、この個室へと移されたのである。兄の勇一はもちろん集中管理室でもずっと弟のそばについて容体を見守っていた。

「兄ちゃん……？」

陽一が小さく声を発した。兄は大きく頷いて応えた。

「そうだよ。あれから二〇年経ったんだ。長い夢を見たかい？」

「ううん。なんにも見なかったよ」

「ほら、おまえがよくつけていた赤いバンダナを首に巻いてやったんだぜ。立派にあのときの陽一のままだ。兄ちゃんだけこんなに歳を取ってごめんよ。人工冬眠すると決めたことは憶えてるか

い？」

「そうだ、そんなことを話したんだっけ……」

陽一はまだ半分寝ぼけている様子だ。陽一はわずかに背中を丸めるような格好でベッドに入っていた。骨化した背中の筋肉が隆起しているためだ。その痛みを陽一は二〇年ぶりに少しずつ感じ始めているのかもしれない。

「なあ、脳のダメージもいまのところ見当たらないってさ。それにこうやって、ちゃんとしゃべってる……。おまえはもとのままだ！」

陽一はもう一度、兄の勇一へと目を向けた。その無表情の瞳から、すっ、と細い涙が流れ落ちた。それは陽一の片頰《ほお》を伝って枕へと滲《にじ》んだ。陽一自身はそのことに気づかないようだった。ただ兄の顔をふしぎそうに見ている。その瞳がさらに潤み、再び同じ軌道を辿って涙が溢れた。

「フフ……」

勇一も涙を流して笑い、弟の頰を手で拭った。その温かさを感じたのか、初めて陽一がかすかに微笑んだ。まだ固まっていない頰の筋肉が動き、陽一に表情をもたらした。

「よかった……」

勇一は弟の顔を両手で包み、再び抱きしめてから立ち上がった。横に控えていた所長とB・Jへと向き直り、握手を求め、そしてもう一度弟を見て、朝日のなかで両手を挙げた。

「バンザイ！　陽一、おまえは未来にやって来たんだ！」

5

それからの一週間を、野村勇一とB・Jは〈ガラスの城〉で忙しく過ごした。陽一の容体を随時モニタするとともに、帰国とその後の手術に向けて準備を進めなければならなかったからだ。

勇一は在アメリカ日本大使館と日本の各省庁にかけ合い、弟の帰国のための書類を揃え、パスポートを手配した。陽一は戸籍の上ではまだ死亡したことになってはいない。勇一たち家族にとってはもちろんのことだが当時死亡診断書は作成されておらず、いわば陽一は人工呼吸器で生き長らえてきた人と同じ扱いのままであり、これは当時の法律の曖昧さがむしろ幸いしたといえた。こうした一連の手続きが通常のやり方だと困難を極めることは〈ガラスの城〉側も充分に承知しており、これまでのノウハウを駆使して、迅速なパスポート手配に全面協力してくれたのである。所長に拠ればこれもクライアントに対するサポート体制のひとつだとのことであった。

B・Jは蘇った陽一の容体を確認しつつ、複数の精密検査を進め、FOPという彼の病状について詳細に検討する必要があった。最初に野村家で診たときよりも、やはり全身の骨化は進行している。蘇った陽一はベッドのなかで何度か身体の痛みを訴えることがあった。息を吹き返したことで身体も病気を思い出したのである。それは蘇生が良好におこなわれたことの証拠でもあったが、時計の針が動き始めたことで病気を導く遺伝子の反乱も再び始まったことを意味していた。

「先生、ぼくらの研究では、陽一の病気の進行を抑えるクスリは見つかっています。どんなふうに体内で遺伝子異常が起きて働いているか、それを抑えるためにどんなクスリが適切か、それは

FOPの患者さんからiPS細胞経由でつくった間葉系間質細胞《かんようけいかんしつ》を使ったスクリーニング試験でわかっています。つまり、陽一の筋肉の骨化をこれ以上進めないようにすることはできる。この二〇年でぼくらはそこまで来ました。遺伝子疾患なので根治はできませんが、病気を気にせず生きられるようにはなったんです。だからあと問題なのは、すでに病状が進んで異所性の骨化が起こってしまった筋肉です」

パスポートの問題が峠を越えてようやくひと息つけた夜、勇一は弟と長い時間をともに過ごしてから、別室で精密検査のデータを前にしてB・Jに訴えかけた。

勇一は専門家の視点で、弟の最新の検査データを何度も見直していた。彼にとってはここからが本当の治療なのだ。彼はB・Jにレントゲン画像やCT画像、MRI画像を示し、骨化がどこでどの程度進行しているかを細かく解説しながらいった。

「陽一の筋肉の骨化は、まだ全身に進行しているわけではありません。先生の勧めで早く人工冬眠したことが功を奏したんです。二〇年前、先生はご自分がおっしゃったことを憶えていますか」

「筋肉をすべて取り除く、だ」

「そうです。ぼくはその可能性をずっと考えてきました。この陽一の病状なら、決して全身の筋肉を取り除く必要はない。筋肉や靭帯のなかで骨化が進行している細胞部分は限られています。病状が進んだ場所を選んで取り除けばいいのです」

「繊細な作業だ。ここにもある。こちらにもある。健康な筋肉を残してそれ以外をすべて取り除くのはかなり困難だぞ」

「先生の見立てでは何パーセントです？」

Ｂ・Ｊはモニタに映るレントゲンのデジタル画像を見つめた。かつてイタリアの少年を診たとき、Ｂ・Ｊは九〇パーセント無理だ、九〇パーセント死ぬことを覚悟した上での手術になる、といった。だがいまなら可能性はある。

「――五分五分というところだ」

「上等です。陽一は蘇生に際して三人にひとりの賭けに勝った。今度は五〇パーセントだというのなら、勝率はずいぶん上がったことになる」

「健常な筋肉を傷つけるわけにはいかない。筋に沿って慎重にメスを入れて、骨化した部分だけを取り出すんだ」

「だからこそブラック・ジャック先生に手術をお願いするんです。先生ならメスの痕跡をいっさい残さずに、まだちゃんと動く周囲の筋肉をいっさい傷つけないまま、陽一の身体から骨化した部分を取り除いていただけると期待しています」

「おまえさんの熱意には恐れ入る」

Ｂ・Ｊはそう応じたが、レントゲン画像を見て手術の否定はしなかった。今回は無理だとも無駄だともいわなかった。つまり賭ける価値があった。

かつてＢ・Ｊは、あるやくざの大親分が大切にしていた皮膚にメスを入れたことがある。その大親分は全身に見事な入れ墨を彫っていた。

彼は腎臓がんに罹っていた。だがずっと手術を忌避していた。自分の身体に刻まれた芸術品のよ

うな入れ墨がメスで傷つくのを何よりも嫌っていたのだ。しかし通常、腎臓の手術は背側から進入する。入れ墨のある背中の皮膚を切らなければ腎臓には到達できず、腫瘍も切除できない。手術室に入ってからでも彼はなおB・Jに向かって、自分を裏切ってちょっとでも入れ墨に傷をつければ七〇〇〇の身内が黙っていねえよと告げた。これは脅しじゃない、男の約束だ、先生も男だろう、と麻酔がかかる前にいったのである。

大親分はB・Jの手術によって二年延命し、その後彼の見事な入れ墨は別の者の手によって全身から丁寧に切り取られて標本とされ、ある大学の法医標本室に収められた。長く海外に行っていた彼の息子があるときB・Jを呼び出し、その場で標本の入れ墨を確認した。ちょっとでもメスの痕が残っていたら父親との約束を破ったことになる、ただではおかないというわけだ。

しかしその息子はB・Jの手術の痕を見つけることはできなかった。驚き、狼狽《ろうばい》する彼に、B・Jはいった。

「なんでもないことさ。傷を残さないように切ったのだよ。鋭利な刃物で皮膚や筋肉の走る方向に沿って切れば、塞がれた傷口はすっかりなくなってしまうものだ。ただしよっぽど正確に切らなければならん」

それと同じことを、今度は全身の筋肉に対しておこなおうというのだ。

「二〇年前は、診察料は受け取らなかった……。だが今回は手術代をいただくぜ」

B・Jは指を一本突き出していった。

「一億だ！　そのくらい難しいオペだ。どうだ、払えるか？」

「わかりました。――お支払いします！」

勇一はくっきりとした声で答えた。そして自分の腕時計を確認するとひとり頷いて、B・Jを促した。

「先生に見せたいものがあるんです。それに弟にも」

彼はB・Jを連れて弟の個室へと戻った。ドアをノックしてそっと開ける。室内は暗く、勇一は小さな声で弟に声をかけた。

「まだ寝ていなかったのかい」

「うん……」

「陽一にプレゼントがある」

彼は窓のカーテンが閉まっていることを確かめると、部屋の隅に置いてあった片手で持てるほどの機械を中央に持ち出して設置し、電源を入れた。

部屋中に星空が浮かび上がった。

「プロジェクタです。先生も見ていてください」

星々がゆっくりと回転し、その軌跡が残像として刻まれてゆく。ベッドのなかで陽一が息を呑むのがわかった。まるで自分たちが宇宙空間に浮かんでいるかのようだ。やがてうっすらと光が広がり出し、星々は消え、どこかの建物の内部が映し出された。

さほど大きくはないが天井の高いホールだ。奥に背の高いガラス窓があり、その手前には何かの記念らしきオブジェが飾られている。B・Jたち三人は個室ごとそのホールのなかへと入り込ん

でいた。

「みんな！」

勇一が声を上げると、ホールのあちこちから人が出てきた。これは地球のどこかと回線でつながっているリアルタイムの映像なのだ。ほとんどの人は黒髪だ。白衣を着ている人も目立つ。

「ぼくの勤めている研究所です。向こうはいま昼過ぎですね」

研究所のスタッフや研究員たちなのだ。向こうのホールにカメラが設置されているらしい。彼らはカメラの前に集まり、こちらを覗き込んでくる。朗らかに笑顔を見せている人もいた。こちらの映像も向こうに送られているのだ。目を開けている陽一の姿が映っているに違いない。

「みんな、ブラック・ジャック先生が手術を引き受けてくれたぞ！」

室内いっぱいに映し出された人々が、一斉にわっと歓声を上げた。

「どうだい、陽一。おまえと同じ病気を治したいと思っている人が日本にこんなにいて、みんなおまえが目を醒ましたことを喜んでいるんだよ。そしてこれからおまえを治せることにわくわくしてるんだ」

勇一は弟にそう語りかけてから、B・Jに向き直って明るく声を上げた。

「先生、ご覧ください。今回の手術に期待を寄せているのはぼくだけじゃありません——この研究所のスタッフ全員なんです！」

そして彼は両腕を大きく広げて見せた。B・Jは呆気《あっけ》に取られた。

「みんなが弟を——いや、それだけじゃない、全国にいるFOPの患者さんを救うために、基金を

つくって積み立ててきたんです！」

人々のなかから横断幕が広がる。誰かがこの中継のために持ってきたのだろう。《陽一くん、頑張れ》と大書されている。その文字が個室の天井と壁いっぱいに映し出された。

勇一は回線の向こうの人たちにも手を上げて応え、そしてベッドのなかの弟に、あれが兄ちゃんの仲間だ、こっちがおまえと同じ病気をずっと研究してきた人だ、と紹介した。

研究者のなかにはB・Jに声援を送っている人もいた。B・Jは圧倒された。彼らは勇一の言葉通り、これからの手術に強い期待をかけているのだ。

iPS細胞を使った医薬品のサーベイ研究だけでは遺伝子疾患は治せない。人の手を使って、実際に手術をすることで、初めて患者に日常生活が戻る疾患もある。彼らはそのことを充分に承知しており、そして自分たちだけではその手術が実現しないことも知っているのだった。

今回の治療は何もかもが世界初の試みだ。一四歳の少年を二〇年ぶりに蘇らせることも賭けなら、手術に踏み切ることも世界初の賭けだ。そしてB・Jは気づいた。いま賭けているのは自分だけではない。兄の勇一も賭けており、弟の陽一も賭けてきた。

そしてこの十数年間、多能性の細胞をこの世に生み出して患者を治すことに役立てるという願いを叶えるために日々汗を流してきた大勢の人々にとっても、今回の治療は大いなる賭けなのだ。陽一の次の患者へ、そしてまた次の患者の治療へと、未来をつないで贈り届けるための希望であり、賭けなのだ。

勇一は応援の声を上げる人々を背にして、B・Jに向かって力強くいった。

「一億円、必ずお支払いいたします！」

6

さらに一週間を経て、B・Jは勇一と陽一兄弟とともに日本へ帰国した。今回の蘇生と手術のことはメディアに伏せられている。余計な騒ぎもなく、三人は揃って病院の手配したバンに乗り、空港から勇一が所属する大学の医学部附属病院へと直行することができた。

陽一は病棟で両親とも再会した。小柄な父親と対照的な母親は、かつてB・Jが家を訪問したときと同じようにころころと太り、人目も憚《はばか》らず車椅子の陽一の姿を見て嬉《うれ》しさのあまり泣き出し、すがりついて、その声は大げさにいえばまるで病院の天井も抜けるかのようだった。こうした場面はB・Jは苦手だ。勇一と病棟のスタッフたちに任せて、B・Jはいったんその場から立ち去った。

手術の日程が正式に決まる。B・Jは勇一の紹介によって手術スタッフの面々とも事前に話し合うことができた。こうした準備ができるのはB・Jとしてはきわめて珍しいことだ。無免許医師であるB・Jを手放しで歓迎する病院など、この世にほとんど存在しない。たとえ病院側に知り合いがいて仲介を受ける場合でも、他のスタッフからはよそ者だと白い目で見られる。本当に信用できる人間なのかと疑いの眼差しが向けられる。そのためB・Jは手術開始の直前に出向いてカルテを精査し、そのまま手術室に入り、そして終わったら術後管理も任せて出て行くのがつねだ。

B・Jは高額の報酬と引き替えに、手術の確実な成功だけを請け負わされる。

だが今回は違っていた。

「なあ、陽一……。手術はいよいよ明日だぜ。兄ちゃんは手術室には入らないけど、外でずっと見ているからな」

その夜、兄の勇一は病棟の特別室で、弟の陽一と一対一で向き合っていた。勇一はベッド脇に椅子を持ってきて座り、弟の手を握って語りかける。

「難しい手術だけど、おまえなら大丈夫だ。頑張れる」

陽一は兄の言葉を聞いて、ほとんどわかるかわからないかぐらいの動きで小さく頷く。陽一は頸《けい》部《ぶ》の一部にも異所性の骨化が進行しており、ある方向にしか首をうまく動かせないのだ。外から骨化の部分が見えてしまうため、陽一は人工冬眠に入る前から首をバンダナで覆うことを好んだ。そうすると颯爽《さっそう》として格好よく見えるので、陽一は鏡に映る自分の姿を気に入っていた。

「おまえの手は柔らかいなあ……。兄ちゃんの手はこんなに大人になってしまったよ。アハハ……」

勇一が握る陽一の左手は骨化が進行しておらず、少年の瑞々《みずみず》しさのままだった。

勇一は枕元でまた昔話を始めた。弟が目を醒まして以来、アメリカにいたときからずっと毎日、彼は自分たちふたりが子供だったころのことを思い出しては、まるで寝物語をするかのように弟に語ってきたのだった。

「おまえはわんぱくで、喧嘩《けんか》も強かったなあ……。同学年の奴《やつ》らはみんなおまえにパンチを食らっ

て泣かされていたじゃないか。兄ちゃんよりも腕っぷしが強かったぞ。あのころはよくふたりで森にも遊びに行ったなあ……」

「兄ちゃん、マンガ家になるのはやめたの」

「それか。いやア、あれから勉強ひと筋だったんだ。医学をやりながらマンガを描くって大変なんだぜ。でもときどき、受験勉強の合間に落書きしていたけどな。陽一が起きたら見せようと思って取っていたけど、どこかにいっちゃった」

勇一はそれからこっそりと耳打ちした。

「けどな、兄ちゃんがいまやってる研究は、まるでマンガみたいなんだぜ。それどころか一五年前ならマンガ家だって想像できないくらい突飛なアイデアだったんだ」

「iPS細胞のこと？」

「そうだ。最初のころは万能細胞なんて呼ばれたんだ。もちろん万能であるわけじゃない。なんでも夢が叶う魔法の細胞ってわけじゃない。つくるのには人手がいるし、そこからほしい細胞へ変身させるのも決して楽ちんじゃない。それにまだお金だってそれなりにかかる。それでも人類の大いなる発明さ。医療の突破口のひとつになった。兄ちゃんの研究所の所長さんは、その細胞をつくってノーベル賞を獲《と》ったんだ。最初の論文が話題になったとき、おまえを救える技術はこれしかないってすぐに思ったよ」

「いまはたくさんの人がその細胞で治ってるの？」

「いいや、まだだ。これからなんだ」

弟の手を握ったまま、勇一は静かに諭した。

「確かにその細胞は、たくさんの可能性を拡《ひろ》げた。多くの人の夢を膨らませた。でもな、陽一、その先生はノーベル賞を獲ったとき、なんていったと思う。ヒトのiPS細胞をつくって五年後に受賞したとき、『まだひとりの患者も救っていない』っていったんだ」

「えっ、ひとりも……?」

「そのときはまだひとりの人も救えていなかったんだ。でもそれからの一〇年で、たくさんの人が研究に打ち込んで、夢を実現しようとしてきた。兄ちゃんもそのひとりだよ。その先生がノーベル賞を受賞したとき、マスコミは大騒ぎしたんだ。そりゃあ大層なお祭り騒ぎだったよ。いまは昔に比べるとマスコミに取り上げられる機会も少ない。ほんのわずかだ。みんな他のことに関心が移っちまったのかもしれないな。でもたくさんの研究者やお医者さんたちが、それに役所や製薬会社の人たちが、その間ずっと地道に仕事を進めてきた。おかげでいまは実際に患者さんを治せるところまで来ている研究がいくつもあるんだ」

勇一は弟を見つめていった。

「それが、〝時間が経つ〟ってことかもしれないな」

「——兄ちゃんも冬眠すればよかったのに。そうすればまたいっしょに遊べたのにね」

「そうだな。おまえの方が、勇気があったんだ。でもいっしょに冬眠したら、おまえの治し方はまだわからなかったかもしれないんだぜ。いや、ぼくがいなくても、ひょっとして誰かが発見したかな……。研究の世界は競争が厳しいからなあ……」

「ぼくが治ったら、兄ちゃんはノーベル賞が獲れる？」

「ハハッ、そりゃア無理だ。でもおまえが治ったら、どこかから勲章をもらってもいいくらいすごいことなんだぞ。兄ちゃんとふたりで授章式に出るんだ。おまえはちゃんと立って、自分の足で歩いて勲章をもらうんだぜ。兄ちゃんもおまえの横に並んで勲章をもらう。あとはブラック・ジャック先生だ。明日は頑張ろうな……。なあに、兄ちゃんは歳を取ったが、いまでもおまえと遊べるぞ。おまえと話してると歳なんて忘れてしまいそうなんだ」

特別室の扉はわずかに開いていた。勇一が部屋に入るとき、弟に声をかけることに気を取られて、閉め忘れてしまったのだ。

その扉の外で、B・Jは黙って兄弟の会話を聞いていた。

すでに病棟の廊下も消灯している。B・Jはノックをしようとしたのだが、ふたりの声が耳に届いて手を下ろしたのだった。

B・Jはそのまままきびすを返し、靴音を響かせないよう気をつけながらその場を去った。

患者に温かい言葉をかけるのは自分の役目ではない。自分は手術を担うだけだ。

そしてもし自分が明日成功しなかったなら、明日のいまごろはもう兄弟は話すことができないのだ。

廊下を歩き去りながらB・Jは自分の右手を見つめた。そして一度だけ、ぐっと握りしめた。

7

——翌日の手術は、一四時間以上の長時間にわたった。

朝九時に野村陽一少年は手術室に入った。その直前、ストレッチャーで運ばれるところで兄の勇一とほんのふた言三言言葉を交わし、そして手を握り合った。

B・Jは執刀医として附属病院の医師や技師らを統率した。その間ずっと兄の勇一は、研究所の仲間たちとともに、手術室の外の見学室から見守った。

「最高のスタッフです」

と勇一はB・Jに伝えていた。

「ぼくは臨床現場につきっきりで研究しているわけじゃありませんが、どの先生も本当に優秀な方ばかりです。ブラック・ジャック先生、ぼくらは最高の体制でもって先生をお迎えできたと思っています。どうぞ存分にメスを振るってください」

「いいか、前にいった通り、この賭けは五分五分だぞ」

「わかっています。でも最高のコンディションを用意できなければ、五分五分の勝負にもならないでしょう?」

すべてが終わり、B・Jはスタッフを残して最初に手術室を出た。手袋とマスクを外し、廊下へ出ようとしたところで勇一が駆け寄ってきた。

「ありがとうございます、先生……!」

「立ちっぱなしでふらふらだ。眠らせてくれ」

「五分五分じゃありませんでしたね？　七分、いや、八分は行きましたね？」

「できる限りのことはやった。後はおまえさんたちの仕事だ」

Ｂ・Ｊは術衣を着たまま廊下へと出て、近くにある黒い長椅子にごろんと横になった。

「研究所のみんなが、先生にお礼をいいたいと……」

「寝かせてくれ！」

そういうとＢ・Ｊは目を閉じ、それ以上はいっさい耳を貸さずに眠りに就いた。すぐにグーグーといびきさえも聞こえてきて、それを目の前で見ていた勇一は苦笑した。

「ブラック・ジャック先生は、手術がうまくいったときはすぐ寝てしまうんだっけなあ……。前に人からそう聞いたよ」

勇一はそう呟いて、見学室からやって来た他の同僚たちへと振り返り、しーっ、と人差し指を唇に当てて笑った。仲間たちはくすくすと笑いを嚙《か》み殺した。勇一も同じだった。だが笑いながら、勇一もまた緊張から解放されてどっと眠気に襲われ、そして見学している間ずっと力が籠《こ》もっていた肩や腕が凝って痛かったのだ。

陽一はまだ麻酔から覚めてはいない。術後管理のため集中治療室に運ばれ、これからさらに多くのスタッフに見守られることになる。陽一から切り出された骨化した筋肉は病理標本として各所に送られ、そしてまた他ならぬiPS細胞研究所でも貴重な試料として保存され、今後の研究と治療に用いられることになる。

「さあ、行こう」

勇一はそっと仲間たちを押して、その場から忍び足で去った。暗い廊下でB・Jはひとり、いびきをかいて眠り続けた。


「――先生、お目醒めですか」

B・Jが長椅子から身体を起こし、伸びをしたところで、そう声をかける者があった。

廊下の壁にかけられた時計が朝の七時前を指している。遠くから人の声や足音がして、すでに病院は活動し始めている様子がうかがえたが、手術室前のこの場所にはまだ行き交う人影はなかった。しかしあと三〇分もすれば今朝の手術の準備が始まるだろう。

長椅子の脇に、ひとりの男が立っていた。

「う……」

B・Jは寝ぼけて呻《うめ》いた。まだ術衣のままだったが、ずいぶんと寝たので身体が汗ばんでいる。髪の毛はぼさぼさだ。しかし男はそんなことに少しも構う素振りを見せず、にこにこと微笑んでそこに立っていた。

彼は屈《かが》み込んでB・Jを見つめ、そして手を差し出した。

「ありがとうございました」

男はB・Jの右手を両手で握り、ゆっくりと上下に動かし、最後に再びぐっと力を入れた。B・Jはぼんやりと相手のするままに任せていた。この男の顔はどこかで見たことがある。だが思い

出せなかったのだ。

「先生がここでお休みになっていると研究所の者から聞いて、昨夜はお目醒めになるのを待っていたんです。さすがに待ちきれなくて家に一度戻りましたけどね、今朝はいちばんに来て、廊下の向こうで見ていたんですよ」

「おまえさんは、い、い……」

「野村陽一くんの手術、本当にお疲れさまでした。心から感謝を申し上げます。わたしだけでなく、研究所一同、病院一同、この大学の者すべてが、先生に感謝しています。それだけじゃない、全国のFOPの患者さんもきっとそうでしょう」

ようやくB・Jは思い出した。

この男が誰なのかわかった。

男が手を離したとき、B・Jは思わず笑ってしまった。相手の男もつられたのか一緒に笑った。しばらくふたりで、誰もいない廊下で笑い合っていた。

B・Jはにやりと表情を変えて念を押した。

「昨日も彼にいったが、後はおまえさんたちの仕事だ」

「承知しています。陽一くんのこれからを見守ること、病状がこれ以上進まないように全力を尽くすこと、そしてこの手術の成功を第二、第三の患者さんへとつなげてゆくこと……。すべてわたしたちの仕事です」

そして彼はまっすぐにB・Jを見て、言葉に力を込めた。

「わたしたちの本当の仕事は、ここからなんです。一〇年、二〇年、これからずっと」

「その通りだ」

まったく、研究をやっている者たちは、誰も彼もまっすぐで未来を語る、とB・Jは思った。未来はどうなるかわからないのに、それでもせいいっぱい誠実に未来を見つめて語ろうとする。

そんなB・Jの心のうちを察したのかどうかはわからない。不意に相手は照れ笑いを浮かべ、最後にB・Jに打ち明けたのだ。

「――実をいうと、わたしは学生のころからずっと先生に憧れていたんです。最初わたしは整形外科医志望だったんですが、なにしろ手術がヘタで。最初の研修での二年間は、手術室でことあるごとに『おまえはホンマ邪魔や』『邪魔や』と教官や先輩からいわれていたんですから。それで臨床を諦めて基礎医学の道に進みました」

「人それぞれさ。おまえさんに限っては手術がヘタでよかったよ。おかげで世界中の人が救われるようになったわけだからな」

B・Jはそういうと、寝る前に脱いだ手術帽を手に取って立ち上がった。

「さて、着替えさせてもらう。陽一くんはもう麻酔から覚めたな？」

「はい。いまのところ何も問題はありません」

「では、わたしの仕事はこれまでだ」

立ち去ろうとするB・Jの背に、彼がいった。

「先生のおかげでまたひとつ、人間は病気を乗り越えることができます」

「そいつはおまえさんにこそふさわしい台詞《せりふ》だ。そもそもおまえさんがいなけりゃ、わたしはこうして手術できなかっただろうよ」

「もう行ってしまうのですか。研究所の者たちもみんな先生と話したいといっています」

「そういうのは柄じゃないんでね。陽一くんの兄さんによろしく伝えてくれ」


「二〇年越しの治療か……。フフフ……」

病院の裏口を出て、B・Jは一度立ち止まり、天を仰いだ。

薄く透き通った青空が広がっている。

頬に風を感じた。

朝でなければどこかで一杯引っかけて行きたいところだ。だがいまは新しい一日が始まったばかりだ。開いている店などどこにもないだろう。

B・Jは手術器具の入った鞄《かばん》を手に、再び歩き出した。

新しいカレーをつくって待っているはずのピノコのいるわが家へと、B・Jはひとり帰途についた。

出演（登場順）

野村勇一　星光一『W3《ワンダースリー》』

野村陽一　星真一『W3』

〈ガラスの城〉所長　札貫《ふだぬき》四郎『ガラスの城の記録』

第三話
ピノコ手術する

1

B・Jがタレントのトロ子や仔犬《こいぬ》のワンと出会い、そして中東の紛争地から一通の手紙を受け取ったのは、同じ夏の日のことだ。

その昼下がり、ピノコは居間でテレビをつけていた。ワイド番組の特集コーナーに、よく知られた男性の顔が映った。

iPS細胞をつくってノーベル生理学・医学賞を受賞した教授だ。

彼はアナウンサーの質問に答え、iPS細胞を用いた治療薬開発の最新成果や、再生医療の現状を語っていた。ピノコは途中から目を輝かせて画面に見入り、そしていった。

「ねー、先生《ちぇんちぇい》。この細胞を使えばピノコの身体もつくえゆのよさ」

「そうかもしれないな」

「ピノコから細胞を取って、iPS細胞をつくって、皮膚にすえば、ピノコも八等身の大人になえゆのよ」

ちょうど居間の前を通り過ぎようとしていたB・Jは肩をすくめる。なるほど、そのようなことも可能かもしれない。だがそれよりもB・Jは旅の準備で忙しかった。翌朝には国際線の飛行機に乗ることが決まっていた。

ピノコは関心のなさげなB・Jの態度を敏感に見て取ると、ソファの上で声を上げた。

「先生、八頭身にちてー!」

「前にも話したろう。おまえは生きているだけで充分じゃなかったのか」

「らめー！　先生は乙女心がわかやないよのさ。あたち先生のおくたんよ。年ごろらのよ。レレィらのよ。ボインもカッコよくつくってー！」

ピノコは手足を振ったが、B・Jは取り合わない。

「先生のいじわゆ。先生の宍戸錠《ししどじょう》！」

拗《す》ねたときのピノコの口癖である。

そうしているうちにテレビの画面は、皮膚移植に用いられる再生医療医薬品の紹介へと移っていた。患者から細胞をもらい受け、企業がそれをiPS細胞にした後、表皮の細胞へと誘導し、移植可能なシートへとつくり上げる。日本で初めて認可された再生医療製品だ。

かつて全身に重度の火傷《やけど》を負った患者は自家移植もままならなかったが、この技術を使えば患者から細胞をもらって短期間で移植用シートを自家培養することができる。iPS細胞が臨床応用されて初めて実現できるようになった治療だ。全身の九〇パーセントに火傷を負った患者でも、この皮膚シートをつくることによって自家移植で治療できるようになったという。

「先生も自分のiPS細胞をつくえば、顔の傷も治せゆわのよさ」

「これはだめだ。どんなことがあろうと変えたりはしない」

「もー」

B・Jは息をつく。ピノコのいう通り、B・Jは顔の左側だけ違う肌の色をしている。少年だったとき、重傷を負ったB・Jは本間丈太郎《ほんまじょうたろう》医師の治療を受ける際、この部分だけ同級生の皮

膚を移植したからだ。

彼は黒人と東洋人の間に生まれた子で、タカシといった。準備されていた皮膚シートの状態が悪く、その場で緊急に本間医師は、見舞いに来ていた同級生の子や家族らに移植皮膚の提供を願い出た。しかし急な話に誰もが怯《ひる》み、恐がって、たちまち帰ってしまい、タカシだけが自分の皮膚を使ってもいいと承諾したのである。B・Jとは肌の色が違っていたが、本間医師はそれでもB・Jの命には代えられないと皮膚移植を決断した。

本間医師は術後も親身になってB・Jに接し、よく話を聞いてくれた。もう誰も見舞いに来る同級生はいなかったが、本間医師だけが話し相手だった。

「ぼく治ったら本間先生みたいにお医者になるよね。そしてお金儲《もう》けてタカシにお礼するんだ！」

母の命は助からず、父は逃げ出し、B・Jは孤児になった。それでも心が折れることなくリハビリに立ち向かうことができたのは、ひとえに将来への希望を胸に抱くことができたからだ。

B・Jの顔には色の違う皮膚が残ることになったが、包帯が取れて初めて自分の顔を鏡で見たとき、B・Jは心から喜んだのだ。

「どうだ……、クロオ。そこんとこがタカシの皮膚なんだよ」

「ここだねっ。ほんと！　タカシのだねっ！」

自分の手で触って確かめた。それはタカシからの友情の証《あかし》だった。そして同時に、難しい手術を最後までやり遂げてくれた本間医師の、たぐいまれなる外科的手腕の証拠でもあった。

だが退院し、小学校に戻ったとき、タカシはすでに転校していなくなっていた。B・Jは天涯

孤独の身となった。

以来、Ｂ・Ｊは人から再度の形成手術を勧められても、一度も心を動かされたことはない。皮膚を移植し直すつもりはなかった。いまでもタカシは自分とともにいるのだと、あのときからずっと思ってきた。

――そんなことを思い出していると、家の外から犬の甲高い吠《ほ》え声が聞こえてきた。

このあたりで犬が啼《な》くのは珍しい。ピノコも気づいたのか、ソファから飛び降りて窓へと向かい、外の様子をうかがった。

「先生、たくさんの人がいゆわよのさ。テレビの撮影よ」

Ｂ・Ｊも居間に入り、ピノコの後ろから外を覗《のぞ》いた。ピノコのいう通り、テレビクルーらしき者たちが崖の近くに集まって、そこに立つ誰かを撮影しようとしている。その周りを仔犬が駆け回って、きゃんきゃんと声を上げているのだった。

撮影クルーは混乱していた。スタッフが懸命に仔犬を追いかけて黙らせようとしているが、近づくたびに仔犬はするりと手からすり抜けてしまう。ディレクターらしき眼鏡をかけた男がついに怒り出して、撮影は中断してしまった。

郵便局のバイクがぽこぽことエンジン音を立てて、こちらへと向かってくるのが見えた。Ｂ・Ｊたちの暮らすこの家は、海に迫《せ》り出した崖の上の一軒家だ。日に一度、こうして郵便配達員がバイクで手紙を運んでくる。テレビクルーの周りを走っていた仔犬がそのバイクを見て、楽しそうに声を上げながら駆けてきた。そしてテレビクルーの一群のなかから小柄な女性が飛び出して、仔

犬を追ってこちらに走ってくるのがわかった。女性というよりまるで子供のような駆け出しぶりだ。髪の毛が短く、しかもぬいぐるみのようなものを手にしているので余計に子供っぽく見える。短いスカート姿で、頭にはベレー帽をかぶっている。

「あの人、きっとタレントさんらのよ」

とピノコがB・Jに教える。ふと居間のテレビに目を戻すと、すでに医療の特集コーナーは終わっていたが、何か問題が起こったのかスタジオ内の出演者らが苦笑いを浮かべながらトークで場をつないでいる。ひょっとするといま家の外で撮影の準備をしていたテレビクルーたちは、次のコーナーで中継をする予定だったのかもしれない。

郵便配達員はB・Jの家についたが、仔犬が足元にじゃれついて、思うように動けない。そこへピノコがタレントだといっていた子が追いついて、ぬいぐるみといっしょに仔犬を抱きかかえた。

ピノコが居間から出て行って玄関扉を開け、手紙の束を受け取る。配達員は苦笑いをしながら仔犬の頭をひとつ撫《な》でて去って行った。あとには仔犬を抱いた子が残された。にっこりとピノコに微笑《ほほえ》みかける。仔犬が機嫌よさそうにワンとひとつ啼いた。

「トロ子ーっ！　中継が台なしだぞっ！　今日は撤収だ！」

遠くで眼鏡の男が怒鳴り散らしている。しかし彼女は気に留めようともせず、仔犬が頰《ほお》を嘗《な》めるのを心地よさそうに受け止めていった。

「アハハ。あたしトロ子。いつも寝起きみたいにトロトロしてるんでトロ子なんよ。こないだデビューしたばかりなの」

B・Jも玄関口まで出て行ったが、テレビクルーたちがこちらを睨《にら》みつけているのを見て肩をすくめた。この岬のあたりはほとんど人も来ない場所だ。なぜテレビ中継をしようとしたのだろうか。

トロ子と名乗ったタレントがいった。

「人に知られていない名所を案内するコーナーなんだって。夕陽《ゆうひ》がきれいなんでしょ。プロデューサーの仁古見宇呑《にこみうどん》さんがいってたもん」

B・Jは呆《あき》れていった。

「おまえさんがカメラの前で紹介するんじゃなかったのか。生放送の中継をすっ飛ばすんじゃあ、お偉いさん方はかんかんだろうに」

「中継は性に合わないの。でもスタジオなら大丈夫よー」

そういってトロ子は屈託なく笑うが、本当かどうか怪しいものだ。スタジオでもきっと大失敗をやらかしているに違いない。いささか間の抜けた不良タレントだとB・Jは思った。

「この子はねー、今日道を歩いてたらついてきたんよ。ワンちゃんだからワンって名前にしたの。きっとこのトッポちゃんが好きなんよ。ぬいぐるみのことよ」

「名づけ方もいい加減だ。野良犬なのか」

B・Jは仔犬の顔を覗き込んだ。ドングリのような丸い目はきれいな茶色だ。毛は茶色と白の二色で、耳が長い。まだほんの子供だろう。

トロ子はワンというその仔犬をテラスに下ろし、ピノコにぬいぐるみを差し出した。そのぬいぐ

るみも持ち主と同じように奇妙な代物だ。犬のように見えるがなにかのキャラクターのようでもある。全身がくたっとして芯がない。それでもピノコは喜んでぬいぐるみを両手でかかえ、犬の啼き声を真似《まね》しながら仔犬の前で動かして見せた。仔犬は嬉《うれ》しそうにじゃれて、ピノコの顔も嘗めた。

「わー。ワンちゃんらのね。この子、行くところがないの？　かわいそう」

「後ろ脚を少し引きずっているな……。車にでも撥《は》ねられたのかもしれん」

「かわいー。先生、この子うちで飼ってもいい？」

「だめだ」

「ろうちてー。行く先がないのよ」

「おまえはいつもそうだ。犬を見ればすぐに飼いたいという。うちは診療所だぞ。犬なんか飼うわけにはいかん」

「先生の宍戸錠！」

「宍戸錠とは関係ないっ。だめなものはだめだっ」

ピノコはぶすっと頬を膨らませる。トロ子という女の子はそんな様子をおもしろおかしげに見ている。

テレビクルーたちの方から再び怒りの声が飛んできた。

「トロ子！　もう今日はいい！　ぐずぐずしてると置いていくぞ！」

「あたしひとりで帰るからいい。このワンちゃんの方が大事だもん」

「勝手にしろ！」

トロ子もしゃがみ込んで、ピノコが抱く仔犬の後ろ脚をそっとさする。B・Jはそんなふたりの姿を立って見下ろしていた。まるで幼稚園児がふたりいるようだ。ふたりは揃《そろ》ってB・Jを見上げて目で訴える。

「仕方がない。入れ。その脚だけでも副《そ》え木を当てよう。いっておくが、うちは犬猫病院じゃないから手当てはしないぞ」

「わーい」

ピノコは仔犬をかかえて家のなかへと飛び込んでゆく。トロ子もまるで自分の家であるかのように遠慮なくピノコに続いていった。

B・Jは手術室に仔犬を連れて行き、ベッドに寝かせて、後ろ脚の状態を診た。やはりどこかで事故に遭ったのか、骨に罅《ひび》が入っているようだ。しかし幸いにして大事には至っていない。まだ生まれて半年も経《た》っていない仔犬だろう。首輪をしているのでどこかで一度は飼われたことがあるに違いないが、飼い主を特定できる迷子札はついておらず、個体識別用のマイクロチップも装着されていないようだ。捨て犬かもしれない。

ひとまず副え木の処置をする。これは骨折を治すというよりも、周囲の神経や血管組織がこれ以上損傷しないようにするためのものだ。このくらいの罅なら自然治癒するだろう。

居間に連れ戻すと、待っていたピノコとトロ子が喜びの声を上げた。仔犬はB・Jの手からするりと抜け出して、ふたりのもとへと駆けてゆく。嬉しいときは長い耳をわずかに立てて、尾を振るのが特徴のようだ。

テレビはスタジオ内のおしゃべりから天気予報コーナーへと移っていた。ちらりと目を向けると、来週には大型の台風が三つも続けて本州に上陸しそうだと予報士が伝えていた。

「わたしは明日の準備がある」

B・Jは仔犬とじゃれ合うふたりを置いて、診察室に戻ろうとした。だがそこで手紙が来ていたことを思い出して玄関へと向かった。ピノコが玄関脇の床に置いた郵便物がそのままになっている。拾い上げて取って返しながら、何気なく封書の束を広げたとき、B・Jは目を見開いた。

「ムッ」

思わず足を止める。それはいくらか皺《しわ》の寄った国際郵便で、差出人欄にはまさに明朝B・Jが向かおうとしていた中東の地方都市の名がボールペンで記されていた。

「ねえー、先生、ワンちゃんと遊んでていい？　トロ子さんももう少しいてもらっていい？」

居間からピノコの声が聞こえる。B・Jはわれに返り、立ち止まったまま曖昧に返事をした。目は差出人の署名に釘づけになっていた。

そこにはこのように書かれていた。

《タカシの友人、アカリ》

2

アカリは髪を活動的に短く切った日本人女性だった。B・Jはまだ紛争が続いているその町の、「国境《こっきょう》なき医師団《いしだん》」――通称MSFが利用している地元病院で初めて彼女と出会った。

B・Jは依頼を受ければ世界のどこへでも出向く。この中東の町も、少し前まではイスラーム原理主義者たち――あるいはジハーディストたちともいう――によって占拠され、政府軍やアメリカ軍と苛烈な市街戦が連日繰り広げられていた場所だ。イスラーム原理主義者たちはいわば住民を人質に取るかたちで政府軍らと戦い、住民が逃げ出さないよう町の境界に幾重にも爆弾をしかけていた。

爆弾には無線の電話回線がセットされており、人が近づいたところで見張りの者が携帯電話で信号を送って遠隔操作し、起爆させるのである。こうした即席爆弾《IED》の犠牲となる者が大勢いた。軍人だけでなく、町から出ようとする一般人も標的となっていた。彼らを手当てできるのはMSFを含めた国際救援チームしかない。

救援チームは町からいくらか離れた沙漠地帯にキャンプを設け、そこから毎日車で市内の病院へと出向き、そこを拠点として一般人の救急救命活動にあたっていた。しかし対立が激しかったところは市外の救命テントにさえ空爆があり、安心できるところはどこにもなかった。ようやく政府軍とアメリカ軍が町を奪還し、紛争は収まったかに見えたが、それでもイスラーム原理主義に賛同するゲリラ兵がいまなおあちこちに潜み、自爆テロや爆弾の遠隔操作による攻撃をしかけている。

MSFをはじめとする国際救援チームはいまも町で活動を続けていた。

八月の終わりで、日中は摂氏四〇度を超える暑さとなる。砂塵《さじん》が吹いて、すべての景色は褪《あ》せている。古くは市内に壮麗なモスクが建っていたそうだが、今回の紛争によって破壊され、かつての面影はなくなっていた。

B・Jは依頼主の手配したランドクルーザーに乗って現地入りをした。髭《ひげ》を生やした若い運転手は途中で何もしゃべらなかった。

依頼主の家で一泊し、そして彼を地元の病院へと運ぶよう指示した。依頼主の男は弁護士の肩書きを持つ地元の名士で、荒れ果てたこの町でもなお権力を持っているらしい。依頼主はコネを利用して、自分のベッドをごり押しで確保したのだった。

ときおり銃声が遠くから聞こえてくる。町に潜伏しているゲリラ兵は、政府軍の姿を見るとビルの陰から発砲してくることがあるのだ。住民がその流れ弾に当たって病院に運び込まれる。放置された爆弾を子供が見つけ、遊んでいるうちに爆発することもある。そのたびに爆音が病院まで届く。

B・Jは病院の入口で動き回っている国際救援チームの医師や看護師たちの姿を見た。戦地での怪我《けが》は多くが銃創か裂傷、そして火傷だ。入口で白人やアジア人の入り交じった医療チームが走り、怪我の度合いに応じて患者を区分し、病室へと運んでゆく。地元の若い男たちも携帯電話を耳に当てながらしきりに声を上げていた。彼らは物資調達管理や連絡を担当する、ロジスティシャンと呼ばれる者たちだ。病院のなかから入口に目をやると、屋外の強い陽射《ひざ》しを背後から受けて、どこの国の出身者もすべて濃い影となって、まるでひとつの影絵のように見える。

その眩《まぶ》しい陽射しのなかから、彼女が一匹の大型犬をリードで連れて入ってきたのだった。犬といっしょの姿は病院の廊下には不釣り合いだった。

「お目にかかれて嬉しいです、ブラック・ジャック先生」

「おまえさんか、手紙をくれたのは」

「ええ。先生がここへいらっしゃることは、わたしたちの間にも情報として流れていました。手紙にも書いた通り、先生のことはよくタカシから聞いていたんです。だからひと目お会いしたいと思っていました」

アカリというその女性は腰を落として、連れている精悍《せいかん》なシェパードの頭を撫でた。毛は焦げ茶色で、腹の周りはいくらか白い。尖《とが》った耳をぴんと立て、尾を振ってアカリに応えている。利口そうな顔立ちをしていた。

「タロはパトロール犬で、かつ爆発物探知犬よ。ＩＥＤの臭いを嗅ぎ取って教えてくれる。夜間にはキャンプ地の歩哨《ほしょう》もやってくれるわ。――わたしたちのチームにはあと二匹ジャーマン・シェパードがいるの。わたしがタロのハンドラーよ」

「きみは犬の世話をしているのか」

ハンドラーとは軍用犬を訓練し、そして現地でミッションを遂行するため犬と行動をともにする者のことだ。アカリからの手紙には、彼女が具体的にどのような仕事をしているかまでは書かれていなかった。

「わたしたちはその国の行政や軍部、そうでなければ利害を超えた国際救助隊から委託を受けて、

役用犬を現地に派遣する民間サービス業者なの。アメリカの海軍は独自に軍用犬とハンドラーを育てて、こうしたところに送り込んでいるわ。でも現地の人を救うのは米軍だけじゃない。どちらの陣営にも属さない国際救助チームも、自衛のためにタロのようなふたつの役目《デュアル・パーパス・ドッグ》を持つ犬を身近に置いておかなくちゃいけない。タロのような犬がいなければ、町のなかを進んで市民を助けることもできないわ。ブラック・ジャック先生、わたしたちは先生と同じ。依頼があれば世界中のどこへでも犬といっしょに飛んで行って、そこにいる人たちを爆弾から未然に救い出すの」

タロと呼ばれたシェパードの首輪には小型の機械がいくつか装着されていた。救助隊が町を行くとき、先頭をアカリたちハンドラーが犬を連れて歩き、爆弾の在処《ありか》を事前に嗅ぎ取って、ゲリラ兵からの攻撃を未然に防ぐのだろう。リードがいくらか長いのは、現場で犬と人間の距離を取って安全を確保するために違いない。

「犬の嗅覚は人の何百万倍も優れているといわれている。しかけられた爆薬の臭いを嗅ぎ当てられる。こればかりはロボットでもまだ敵《かな》わない領域ね」

B・Jたちのすぐ横を、医師たちがストレッチャーを引きながら小走りに抜けていった。裂傷を受けた現地の少年が乗っていた。先ほど銃声のあった場所から運ばれてきたのかもしれない。アカリは立ち上がって、少年の姿が廊下の角を曲がって消えてゆくのを見つめていた。

「タロのような探知犬なら、ゲリラ兵がビルや土のなかに隠している大量の弾薬も見つけられるわ。使用される前に押収できれば、多くの人が命を落とすのを未然に防げる……。ブラック・ジャック先生、これも地球を治すひとつの方法なのよ」

「ああ」

「先生は医療チームの手助けはしないのね。あの弁護士さんだけを治しに来たんでしょう?」

「わたしは報酬をもらった者だけを治療する。手術は明日だ」

「弁護士さんの病気は……?」

「脳腫瘍だよ。町はこのありさまだ。受け入れてくれる病院はない。相手にしてくれる地元の医師もいない。かといって町を離れるつもりもないらしい。だからわたしをはるばる呼んだのさ」

「彼は表向きこそ市民の味方のふりをしているけれど、武器を横流ししてるってもっぱらの噂《うわさ》だわ……。自分だけは攻撃されないと思ってるのよ」

「わたしには関係のないことだ」

「ブラック・ジャック先生らしい言葉ね。そういうところ、タカシから聞いていたわ。彼も人づてに知っていたんでしょうけれど」

B・Jは、大人になってからのタカシには一度も会ったことはない。ある時期から真剣に彼の行方を捜したのだが、ついにつかまえることはできなかった。そうしているうちに彼がアルジェリアの首都で活動中、命を落としたことをニュースで知ったのだ。

「先生、手術が明日なら、少し時間があるでしょう。わたしたちのキャンプに来てくださらない?」

アカリはいった。

「タカシの形見があるの」

B・Jはアカリの運転するバンに乗って、町外れのキャンプへと向かった。B・Jは黒いコートを着込んでいた。車に乗るときアカリは驚いて、

「いつも先生はその格好なの?」

と訊《き》いてきたが、B・Jはそっけなく、

「商売道具は肌身離さない主義なんでね」

と答えただけだ。実際、コートの内ポケットには何本も手術用メスが入っている。いざというときには襲撃してきた相手に投げる武器となる。タロと呼ばれたシェパードは、車に乗り込むとき黒ずくめのB・Jを見上げて、ふしぎそうな顔をしていた。だが犬も全身を毛皮で覆われているのだ。この厳しい暑さのなかでの活動は人間以上に過酷だろう。それでもタロは体力を消耗している様子も見せず機敏に乗り込み、助手席のB・Jと運転席のアカリの間に行儀よく収まった。

キャンプの入口には紛争地の民間人に救援物資を提供する人道支援団体の旗が立っており、そこからはMSFのキャンプもいくらか遠くに見えた。周囲には鉄柵が設けられ、ゲートのところでは身分証明証のチェックがあった。

テントや小屋が建ち、給水用の大きなタンクがその脇に並んでいる。本部テントには人が頻繁に出入りしている。アカリはいちばん隅にあるテントへとB・Jを案内した。

二匹の犬と、そのハンドラーらしき男たちが出てくる。どちらの犬もタロと同じシェパードだ。一匹は黒毛で、もう一匹は対照的にきれいな白毛だった。二匹は帰還したタロを迎えて走り寄り、

声を上げた。

「こちらの黒い方がジロ。白い方が雌のハナコ。三匹ともきょうだいなのよ。こういう現場できょうだいの犬が揃って活躍できるのは珍しいわ」

ふたりのハンドラーはB・Jを歓迎して握手をした。そのうちのひとりは日本人で、もうひとりは金髪をなびかせた白人だった。

「ジロはタロと同じように毎日町へ出てIEDを探す。ハナコも探知犬だけれど、最近はこのキャンプのパトロール役が多いわね。ジロは競争心が強くて、いつもIEDを見つけた数をお兄さんのタロと競ってる。――コーヒーがあるわ。先生、飲む？」

アカリはそういって近くのテントに行き、プラスチックのカップをふたつ手にして戻ってきた。町外れの沙漠地帯で直射日光下の屋外は暑い。アカリはテントの軒下へと入って自分から先にコーヒーに口をつけた。B・Jも飲む。砂糖が入っている。炎天下で飲むそのコーヒーは、苦さよりも熱い甘さだけが口のなかに印象的だった。

日本人ハンドラーが黒犬のジロを連れて車へと向かう。交代の時間なのだろう。その後ろ姿を見送りながら、B・Jはいった。

「手紙は読んだ。おまえさんはタカシとあちこちで出会っていたのか？」

「ええ。中東、西アジア、それに最後は北アフリカ……。彼は環境保護活動のリーダーのひとりだった。原発反対運動だけじゃなく、内紛地に秩序を取り戻す緑化運動にも熱心で、わたしたちが最初に出会ったのはイラクだった」

「タカシはどんなやつだった……」

「笑顔が明るくてね、誰からも好かれていたわ。正義感が強くて、能弁だった。医者は人の病気を治すが、自分はこの地球の病気を治すために生きているんだとよくいっていた。そして誰か他人を助けるためには、自分のどこかに傷痕が残ることもある、それは避けられないことなんだともいっていた」

「自分のどこかに……」

B・Jにはその意味がわかった。タカシはB・Jに自分の皮膚を提供した。当時、本間医師はタカシの右臀部《でんぶ》から移植用の皮膚を切り取ったと聞いている。その手術痕はずっと残り、それはタカシにとっても忘れることのない記憶の形見となっていたのだ。

その皮膚が、B・Jにとってはタカシの形見だ。

アカリはいったんテントの奥へと行き、一通の古い封筒を持って戻ってきた。裏にタカシの署名があった。

「北アフリカで最後に会った後、彼はわたしにこの手紙を置いていったの。彼はアルジェリアで大規模な反原発運動を展開しようとしていた。首都アルジェで衝突が起こることはわかっていたわ。そこへ行く前にこうして最後の言葉を書き残していった……。ブラック・ジャック先生、あなたもタカシから手紙をもらったでしょう？　彼は一度もあなたに姿を見せないまま、書き置きだけを人に託して、転々と居場所を変えていったはずだわ。あの人は確かにあの笑顔で、世界中のみんなから好かれていた。でもあの人の心はいつもひとりぼっちだった……。あの人は孤独だったのよ。い

いえ、違う。孤独こそが自分の運命だと思っていたのかもしれない。孤独にも好かれていたんだと思う」

彼女の話を聞きながらB・Jは、大人になったタカシの明るい笑顔を思い浮かべようとしたが、できなかった。だが少年時代のタカシの声はいまも耳に残っている。その声が脳裏に蘇《よみがえ》ってくる。

「その手紙が、おまえさんのいっていたタカシの形見か？」

「いいえ。彼の形見はね、ほら、いま先生の目の前にある」

アカリはB・Jの前に座っているタロを目線で示した。

「首輪を見て。ブローチが下がっているでしょう。彼と最後に会った日、この置き手紙をもらう前の晩、彼があれをタロに預けたの」

アカリはコーヒーカップを棚に置いて屈《かが》み、タロの首元に下がっているそのブローチを手に取った。そっと首輪から取り外し、立ち上がってB・Jに見せる。

はっとしてB・Jは彼女に目を向けた。

ブローチのなかには、一羽のアゲハチョウの模様が封じ込められていたのだ。

「タカシはいつもこのブローチを持っていたの。彼のような活動家は、どこで身の危険に晒《さら》されるかわからない。身体がばらばらになってしまうほどの銃撃や爆撃を受けるかもしれない。でもこのアゲハチョウのブローチがあれば、その遺体はぼくだとわかるんだよと、あの人はＩＤタグの代わりにこのブローチを身につけていた」

「それをおまえさんに渡した……？」

「正確にいえば、このタロにね。あの人は動物が好きで、タロたちと会うたびによくしてくれたわ」

「そしてタカシはアルジェで亡くなった……」

「彼の遺体が特定できたのは、皮肉にもいつも持っていたこのブローチじゃなかった。臀部に古い傷痕が残っていたからよ。それは先生、あなたのその顔を治すために皮膚提供した痕だったのでしょう？」

「——おまえさんはその傷痕を見たのか」

「残念ながらわたしじゃない。彼とずっと活動をともにしてきた古い仲間が、その傷痕を見ていたの。——わたしとタカシはそのくらいの関係だった。でもいまだからいえる。わたしは彼を愛していたわ。彼が気づいていたかどうかはわからないけれど」

そういってアカリはひとり微笑んだ。

「ブラック・ジャック先生、どうしてタカシはアゲハチョウの模様の入ったブローチを、自分の存在証明にしていたのかしら？　わたしにはそれがわからない。彼は虫も好きだったのかしら？」

「タカシは……」

そういいかけて、B・Jの頭のなかに、鮮明に記憶が蘇った。

アゲハチョウの記憶。

自宅近くに埋まっていた不発弾の犠牲となって、母とともに瀕死《ひんし》の重傷を負い、本間医師に全身を取り替えるほどの大手術を施してもらった後、少年だったB・Jは体中に包帯を巻かれたまま、

長い眠りに就いていた。

明日生き延びられるかどうかさえわからない状態だった。意識は朦朧《もうろう》として、ほとんど夢うつつのままベッドに寝ていた。そのころB・Jはひとつの光景を見たのだ。

あれは夢のなかの出来事だったのだと思う。だが全身を包帯で巻かれて眠っていた自分には、まるで現実のように感じられた。夢のなかで自分はいくらかのリハビリを経て、車椅子に乗っていた。事故のショックと火傷で髪の毛の半分は白くなり、足に力は入らず、車椅子に乗ったまま俯《うつむ》いてばかりいる少年になっていた。

あるとき木陰からタカシが自分を見ているのに気づいたのだ。タカシはそっと寄ってきて、B・Jに両手を差し出した。

そこには一羽の生きたアゲハチョウの姿があった。

少年期のB・Jは、それを受け取って久しぶりに笑顔になった。事故で車椅子生活になった後、同級生の誰からも話しかけてもらえないB・Jは、初めてそこで級友と呼べるタカシと再会した。タカシはB・Jも虫好きであることを知っていて、自分が採ったチョウを差し出すことで、B・Jを励まそうとしてくれたのだった。

タカシも〝混血〟の子として同級生から無視され、ときにいじめの対象になっていた。あのころからタカシは孤独に好かれていたのかもしれない。だがやはり学級で浮いていたB・Jと、ただひとり屈託なく話すことのできる相手だった。

「——タカシは、生きものが大好きなやつだった」

B・Jはブローチを見つめて、その言葉を絞り出した。

あれは現実のことではなく、夢だったのだとやはり思う。実際にはB・Jが退院したとき、すでにタカシは転校し、いなくなっていたからだ。病院でまだ意識がなかったとき、何度かタカシは見舞いに来てくれていたらしい。そのときタカシの呼びかける声を聞いて、無意識のうちに夢を見たのかもしれない。

だがタカシから手渡されたアゲハチョウのはかない軽さは、いまもはっきりと記憶に残っている。

「ひとつお願いがあるの」

アカリがB・Jを見つめていった。

「その左側のところがタカシの皮膚? お願い、少しの間だけでいい、触らせてほしい」

彼女の右手が、そっとB・Jの頬に触れた。彼女はB・Jの体温を指先で感じ取ったようだった。この瞬間を永遠に記憶に留めようとするかのように、優しくその部分の肌を撫で、そして目を潤ませた。

B・Jは手で除《の》けようとした。それを察してアカリは自ら手を引いた。そして、

「ありがとう」

と呟《つぶや》くと目を逸《そ》らし、ブローチをタロの首輪につけ直した。

彼女はそばのテーブルにあったノートPCを操作し、受信メールを確認すると、口調を戻した。

「今日の銃撃戦で、ゲリラ兵の最大のアジトを米軍が封鎖したそうよ。相手のひとりが銃撃で死んで、三人の兵士を捕虜にしたと書いてあるわ。これでしばらくは町も落ち着きを取り戻しそうね。

物資救援チームの仕事が忙しくなる」

3

「いいか、トロ子、おまえは犯人の娘役なんだ。家に刑事が乗り込んできて、犯人に手錠をかけようとする。揉《も》み合いになる。おまえはそれを心配そうに物陰から見ている。これだけだ。台詞《せりふ》はない。簡単な役だ。わかったな？」

ドラマのディレクターがいらついた表情でまくし立てる。撮影の進行が押しているのだ。スタジオ内にも刺々《とげとげ》しい空気が漂っている。犯人役と刑事役の役者はどちらも疲れ果てている様子だった。

それでもトロ子は呑気《のんき》に、わかったのかわかっていないのかわからないような返事をするだけだ。

このシーンはこれで四度目だ。新人のトロ子はまだドラマに出演するようになって日が浅いが、演技がうまいとか下手だといった次元の話ではない。本番中もぬいぐるみを離そうとせず、子供のようにぐずをいってディレクターを困らせ、仕方がないのでぬいぐるみをかかえたままそのシーンに映ることになったほどだ。父親である犯人が捕まる瞬間のシーンなのだから、娘役のトロ子は緊迫した表情を湛《たた》えていなければならないはずなのに、本番の合図の後もぬいぐるみと勝手に遊んで笑い声を立てるのだからたまったものではない。

「くそーっ、あの新人、誰がキャスティングしたんだ。おれの一世一代の傑作が台なしじゃないか」

ディレクターはセットから離れてカメラの脇に立ちながら頭を掻《か》き毟《むし》る。

「今度こそ決めるぞ。テイク4！」

スタジオセットのなかで、犯人役と刑事役の男たちが台詞の応酬を始める。その背後にトロ子の姿が映り込む。だがやはりトロ子は演技に集中しようとしない。ぬいぐるみを両手でかかえ、その前脚を持って、おいでおいでの仕草をする。

突然、スタジオ内に犬の啼き声が響いて、ディレクターは飛び上がった。仔犬がセット内へと駆け上がってゆく。

「わーい、ワンちゃん」

とトロ子は笑顔で仔犬を迎え入れた。犯人役と刑事役の役者たちの間をすり抜けていったので、ふたりは足を取られて同時に転倒してしまった。トロ子はそんなことにかまいもせず、仔犬とぬいぐるみの両方を抱いて満足げだ。

「カット、カット！　トロ子、なんだその犬は！　スタジオに連れ込むな！」

「だって、こんなお家《うち》なら、ワンちゃんを飼っててもいいじゃない」

「もうおまえの出番はなしだ！　引っ込んでいろ！」

しぶしぶとトロ子はセットから降りる。背広を着た白髭の年配の男が、ぎりぎりと歯ぎしりをしながら肩を怒らせてやって来てトロ子に怒鳴った。

「ディレクターのいう通りだ。知らせを受けて来てみたが、ひどいなんてもんじゃない。スタジオから出ろ！」

男は東西テレビの常務だった。トロ子はこの男を知っていた。ドラマの制作発表の前に、プロデューサーと挨拶に回ったことがあるからだ。トロ子はふしぎとテレビ局のお偉方にはよく顔を憶《おぼ》えてもらっているのだった。

常務に背中を突き飛ばされ、トロ子はつんのめるように進む。かかえていた仔犬が腕から滑り降り、トロ子を見上げてキャンキャンと啼く。その声も常務には癇《かん》に障るようで、仔犬を蹴飛ばそうとしたが、空振りに終わった。おまけに片足でよろめいたおかげで、顔をトロ子のぬいぐるみにぶつけてしまった。

「どーしたん？」

とトロ子はいう。とぼけているのか本気なのかわからない。常務はトロ子をスタジオの外の廊下に叩《たた》き出すと、自分も出てきて指先をトロ子の胸に突きつけていった。

「まったくあんたという子は困り者だ。ヘマばかりする厄介者だ！」

そういわれて、トロ子が初めて表情を変えた。顔をしかめ、洟《はな》を啜《すす》った。

「あたし厄介者なの……？」

「そうだ！　二度とあんたは使わんぞ――」

そのときだった。スタジオのなかから大きな物音がして、常務はびくりと振り返った。トロ子も首を伸ばしてスタジオの様子を見る。若いＡＤが飛び出してきて常務に伝えた。

「すみません。いきなり照明がセットの上に落ちてきたんです。役者さんたちが捌《は》けていたから無事だったものの、あのままカメラを回していたら大事《おおごと》でした」

「まったく、めちゃくちゃじゃないか！」

常務は拳を振り上げて喚《わめ》き、トロ子に向き直っていった。

「とにかくあんたは出て行け！」

有無をいわせぬ勢いだった。トロ子は溢《あふ》れかけた涙を拭うと、ぬいぐるみを持ってとぼとぼとその場を去った。仔犬はその後をついていった。

テレビ局の玄関まで来ると、外は暗く、雨が降っているのがわかった。しかも風が強く、ときおりざあっと音を立てて雨足が強まる。アスファルトに無数の雨粒が弾けて、水が溜《た》まり始めている。昨日台風が通り過ぎたものの、またすぐにふたつ目の台風が近づいてきているのだ。

トロ子はぬいぐるみを手からぶらりと下げて、棒立ちになって外の様子を見つめた。目がまた涙で濡《ぬ》れてきた。

そのとき、トロ子の横を、ひとりの男が通り過ぎていった。はっとしてトロ子は声を上げた。

「プロデューサーの仁古見さん！」

ポケットに手を突っ込んだまま、仁古見は立ち止まって振り返る。露骨に哀れみの表情を浮かべていった。

「トロ子、おまえ、またヘマをやったそうだな。常務を怒らせたらもうおしまいだぞ」

そこで仁古見の携帯電話が鳴った。仁古見は受けて耳に当てる。すぐに目を見開き、トロ子に、

「いわんこっちゃない。その常務だぞ」

と囁《ささや》いた。

「はい……。みんな怪我はなかったですか。えっ、トロ子？　ちょうどここにいますよ。泣いてまさア」

はい、はい、とプロデューサーは電話口で頭を下げる。だが徐々に眉をひそめ、途中でじろりとトロ子を睨み、それから納得がいかないという顔をした。

「はア……。わかりました、その件はまた後で」

そして電話を切った。小柄なトロ子を見下ろして首を傾《かし》げる。

「ねえー、仁古見さん。どこ行くの」

「頭を下げに行くところがたくさんあるんだよ。なにしろおまえのせいで昼のワイド番組はしっちゃかめっちゃかなんだからな」

「乗せてってほしいところがあるの。この雨じゃ濡れちゃうもン」

仁古見は心底呆れたという顔になったが、その行く先を聞いて唸《うな》った。

「えーい、仕方がない。送ってやる。来い」

仁古見はそういってトロ子を促し、歩き出した。そしてぶつぶつと呟き、玄関を出て手を上げ、タクシーを呼んだ。

「どうなってるんだ。またワイド番組にトロ子を使えってんだから……」

4

翌日も朝からその町は暑く、しかしB・Jは午前のうちに依頼人である弁護士の最後の検査を終えて、患者を手術室に運んだ。

MSFのスタッフたちはいつも通りに働いているが、手術室に入ったのはB・Jひとりだ。助手はいない。B・Jは患者に全身麻酔をかけ、脳腫瘍摘出の準備に入った。

自宅の診療所ならふだんはピノコが器械出しを務めてくれる。他の医院へ出張して手術をおこなう際にも、ほとんどの場合は誰かが助手として入ってくれる。だがB・Jはひとりきりで手術をおこなうことも少なくなかった。

それどころか、今回のように病院の手術室を借りられないことも多い。最悪の場合には屋外で緊急手術をおこなう。そうしたときのため、B・Jはいつも手に提げている鞄《かばん》に無菌テントを入れていた。手術では切開した患者の体内に雑菌が入り込まないよう注意しなければならない。そのためあらかじめ滅菌したテントを折り畳んで持ち運び、ボンベでバルーン状に膨らませて、そのなかで施術するのである。今回は病院の一室を借りることができたのでテントを用いずに済んだのは幸いだった。

頭蓋骨を開けて腫瘍部へと到達する。CTもMRIも撮像できないこの地方都市では、実際に開いてみて目で病巣部を確認するほかない。手術室は空調が効かないので熱気が籠もり、額に汗が滲《にじ》んでくる。人間の汗も感染源のひとつだ。汗を滴らせるわけにはいかない。途中で何度も自分で額

を拭う。
腫瘍のすべてを取り除くのは思いのほか時間がかかった。この患者はこれで脳腫瘍からは逃れて助かったかもしれない。だがいつゲリラ兵の攻撃に巻き込まれるか知れず、そしていつ仲間の裏切りに遭って殺されるかわからないのだ。不条理ではあるが、B・Jはそのことを考えないようにした。患者は脳腫瘍を取り除くことだけを望んでおり、自分は報酬を受け取って、その望みを叶えてやるだけだ。

手術中、外部の音はまったく聞こえてこなかった。B・Jは無音のなかで黙々と手を動かした。前日、アカリはゲリラ兵のアジトが封鎖されたといっていた。それで町は落ち着きを取り戻すだろう、と。この町は何ヵ月ぶりかで静穏な一日を迎えているのかもしれない。その静けさに、町の人々も国際救援チームも慣れずに心だけが空回りをしているのかもしれない。

手術が終わったとき、時計の針は正午を過ぎていた。患者が麻酔から覚めるのを待って、B・Jは廊下に出て依頼人の部下たちに成功を伝え、椅子にどっかりと腰を下ろした。患者を病棟の個室に運ぶのは彼らに任せた。

パイプに火を点《つ》けようとした、そのときだった。

爆発音がいきなり響いて、B・Jは思わず立ち上がった。

遠い場所ではない。せいぜい数キロ先だ。爆音は続けざまに三つ、四つ、五つと弾け、そして静寂が再び訪れた。

廊下にMSFの人々が飛び出してくる。だが騒然となった彼らとは対照的に、病院入口の向こうに広がる外の世界には、まったく動きが認められない。ロジスティシャンの男性が携帯電話を耳に当てながら叫ぶのが聞こえた。

「IEDにやられたらしい。民間人も巻き添えだそうだ。こっちへ搬送されてくる」

MSFの医療チームが動き出す。B・Jを押しのけて看護師が走ってゆく。ここではB・Jはチームの一員ではないのだ。

だがやがて、犬の吠え声が聞こえてきて、B・Jは振り返った。

焦げ茶色の毛並みのシェパードが一匹、土埃《つちぼこり》まみれで駆け込んでくる。昨日見たタロという探知犬だ。首輪の前にブローチが揺れている。

タロは背中にいくつもの裂傷を負っていた。血が滲んでいる。だがB・Jのもとへやって来て懸命に吠え声を上げた。緊急事態が起こったことを知らせているのだ。

「おい、おまえの主人はどうした?」

B・Jは呼びかけるが、犬はもどかしそうに吠え立てるだけだ。B・Jを病院の玄関口まで引き連れて行こうとする。

タロがいた支援チームが爆弾の犠牲になったのだ。すなわちハンドラーであるアカリも巻き込まれたことになる。ゲリラ兵のアジトは制圧されたはずではなかったのか。残党が報復のために国際支援団体まで標的に入れたということなのか。

四駆の車が二台、病院前に滑り込んできて停まった。民間人の子供たちが乗っている。顔や腕に

タオルが巻かれており、血で濡れている。MSFの医療チームが急いで子供たちを病室へと運び込む。

そこへもう一台の車がやって来て急ブレーキで停まった。B・Jは目を瞠《みは》り、タロとともに病院を出て駆け寄った。昨日アカリが運転していたバンだったからだ。

運転席から飛び降りてきたのはアカリだった。防弾服を着ているが、全身に土埃をかぶっている。頬や額にも傷があった。

「――先生！　お願いです、すぐに診てください……！」

アカリはバンのバックドアを開けた。やはり防弾服を着た男性がふたり、そしてそれだけでなくシェパードが二匹、横たわっている。男たちの足には応急処置の止血帯が巻かれていたが、全身にわたって裂傷と火傷がある。犬たちも毛布でくるまれてはいるが出血が激しく、荒い息をついている。

さらにすぐそばにアメリカ軍の車が停まった。そこにも負傷兵が乗っている。民間人も含めて一〇人以上の負傷者が出た模様だ。これほど一度に大勢の患者が出たのは町が奪還されて以来初めてのことなのだろう、MSFの医療チームも慌てている。人を運ぶストレッチャーが足りない。アカリが重傷のふたりのハンドラーを降ろしながらいった。

「物資を配給するために出ていたんです。油断しました。わたしたち三人が先頭に立って、アメリカ軍と配給チームが後に続いていたんです。ジロが最初にIEDを見つけて、でもそれが罠《わな》でした。風がちょうど吹いて、爆薬の臭いが拡散したのがいけなかったんです。わたしたちと爆発物処理班

が近づいたところでIEDが連鎖的に爆発して、みんなが巻き込まれたんです」

「ゲリラ兵に見張られていたんだな」

すぐ横でMSFの医師が声を上げる。

「人手がほしい！　こっちへ来てくれ！　かかえて運ぶぞっ」

だが力のありそうな成人男性の絶対数が足りなかった。B・Jはアカリとふたりで協力して傷ついたハンドラーをかかえ上げ、急いで病院内へと運び込んだ。だがまだ二匹の犬が残っている。MSFの医療チームはさすがに犬たちにまで手が回らないようだ。犬たちの残ったバンへと駆け寄ってゆく者はもういない。

廊下に横たえられた日本人ハンドラーが、血に濡れた目を薄く開けて声を絞り出した。

「先生、おれたちよりジロやハナコの方を先に診てやってください。あいつらは家族も同然なんだ……。先生は人間も動物も分け隔てしない人でしょう……」

「何をいっている！　おまえさんたちもあの二匹も、どちらも重傷だっ」

「あの子らはおれたちを庇《かば》ってくれたんですよ……。お願いです、あの子らを先に……」

最後の方は聞き取れなかった。気を失いかけている。アカリが必死でふたりに声をかける。外で犬の吠える声がした。振り返るとタロがバンのところで悲痛な声を上げ、こちらに向かって訴えていた。

アカリもタロも、自分自身が傷を負っている。彼らも爆発に巻き込まれたに違いない。だがほかのハンドラーや犬たちよりは軽傷だったために、自ら全力で駆けてB・Jのもとへやって来て伝

え、あるいはバンを運転して仲間を運んできたのだ。現場で止血帯を巻いたのもアカリだろう。戦場では最初の五分間の応急処置が生死を分ける。裂傷を負って五分以内に手当てがなされることで、生存率は九〇パーセントにも上がるのだ。指や四肢の切断もほんの一〇分の差が接合手術の成否を分けることがある。アカリは現場でできる限りの処置を施したのだ。

B・Jとアカリのふたりで、さらに二匹のシェパードを病院の廊下へと運び込む。タロがぴったりと寄り添っている。だがジロに続いてハナコを下ろしたところで、MSFのロジスティシャンの男が駆け寄ってきた。

「ブラック・ジャック先生、国際電話が入っています」

「誰だか知らないが、いま忙しい。後にしてくれ」

B・Jはいい捨てたが、ロジスティシャンの男は困り果てた顔をした。彼自身も複数の仕事が交錯して手いっぱいなのだ。

「ピノコさんという方からです。なんだかわかりませんが、電話口で泣いています」

「ピノコだと？」

ぎょっとして、B・Jは顔を上げる。

男が電話の子機を手渡してくる。ピノコが海外出張先まで電話をしてくることは滅多《めった》にない。何かが起こったのだ。

B・Jはその場で子機を耳に当てた。ピノコの泣き声が聞こえてきた。

「先生！　ワンちゃんを助けて！」

5

トロ子は傘も持たずに大雨に濡れて、荒れる海を崖の上から見つめていた。

「ウフッ……、ウフッ、ウッウッ、ウッウッ」

トロ子の泣き声はいつも泣いているのか笑っているのかわからない声だ。しかしこのときはずぶ濡れになりながらひとり崖の端に座って涙を流していた。

「あたし、そんなに魅力ないかなア……」

自分ではかわいいと思っているし、マリリン・モンローにも負けないと思っているのだった。それでもスタジオに入るといつも大人たちから叱られる。まるで宇宙人であるかのような目で見られて呆れられるし、嘘《うそ》つきだと思われているのだ。トロ子はインタビュー取材時になると、いま売れている男性タレントと何人もつき合ったことがあると、つい話を大きくしてしまうのだった。実際にはそんなつき合いはひとつもなかった。

それでも自信があるからタレントになったのだ。トロ子は雨のなかでぬいぐるみのトッポちゃんを抱きかかえて身を縮めた。もう辺りはすっかり暮れて暗い。それに雨風に吹かれて寒くなってきた。

仁古見プロデューサーにタクシーで送られて、崖の上にあるこの家に再びやって来たのだった。ピノコちゃんという小さな女の子がひとりで留守番をしており、トロ子とワンちゃんの来訪を歓迎してくれた。トロ子はしばらくの間、ピノコちゃんといっしょに遊び、ワンちゃんもご機嫌でふた

りによく懐き、幸せな時間を過ごしたのだ。その間は刑事もののドラマを降板させられたことも、仁古見プロデューサーから嫌みをいわれたことも忘れていた。

しかしピノコちゃんが夕食の仕度を始めるといって台所へ行くと、途端に寂しさがぶり返してきた。ワンちゃんは遊び疲れたのか、ソファの下でうつらうつらし始めている。東西テレビの常務に怒鳴りつけられた言葉が頭に蘇ってきた。

「──まったくあんたという子は困り者だ。ヘマばかりする厄介者だ！」

ハア──とトロ子は深く溜息《ためいき》をつき、急にひどく悲しくなって、そっとひとりで玄関を出たのだった。テレビ局の人たちからは〝どっぽい〟などといわれるが、落ち込むときには落ち込むのである。

外はさらに雨が激しくなって、台風が急接近してきているのがわかる。ポーチの屋根から滝のように雨粒が落ちて音を立てている。仁古見プロデューサーは、この崖から見える夕陽がきれいだといっていた。確かにこの一軒家は、天気のいい日には赤い夕陽を浴びて、きれいに染まって見えることだろう。でもいまは暗い闇しか見えない。周りにほかの家がまったく建っておらず、灯《あか》りもないからだ。

トロ子は家の裏側へと回って、そして雨のなかへ出た。ベレー帽をしっかりとかぶり直すが、風が強くて、首元に結んでいる小さなネクタイがばたばたと翻った。すぐに全身は濡れてしまったが、いまの悲しい気持ちにはそんな惨めな自分がぴったりだった。崖の上から遠くを眺めても何も見えない。海と空の境界もわからない。トロ子はぬいぐるみを抱きしめたまま岬の先端に座り込んで俯

いた。

「トロ子さーん。ろこにいゆのー」

ひとりで泣いていると、やがてピノコちゃんの声が聞こえてきた。ワンちゃんの吠え声も切れ切れに耳に届いてくる。トロ子がいなくなったことに気づいたらしい。それでも家の前方を捜しているようで、裏手のこちらには声がはっきりとは聞こえてこない。

トロ子は立ち上がり、足下の崖を見下ろした。波が岩にぶつかる音が届く。よく目を凝らせば、その水飛沫《みずしぶき》の動きもわかるような気がする。足下の土が滑って、小石が下へと落ちていった。雨で地盤が緩んでいるのだ。

海の方へ下りて行く道はあるのだろうか。トロ子は左右を見渡した。なんとなくピノコちゃんに見つかるのは恥ずかしい気がしたのだ。それに自分に魅力がなくてテレビに出られないなら、もうどうなってもいいではないか。

ワン、ワン！　とワンちゃんの声が背後から近づいてきて、トロ子は振り返った。小さなワンちゃんが懸命にこちらに駆けてくるのが見えた。いくらか怒っているような顔つきでもあった。後ろ脚にはあのときの副え木がまだ当てられている。だから思うように走れないはずだ。それでもワンちゃんはこの雨のなかでトロ子を見つけて、いっしょにいようとしている。

「ワンちゃん」

トロ子は思わず呟き、両手を広げて、胸のなかに飛び込んでくる仔犬を抱きしめた。ワンちゃんはトロ子の頬を何度も舐《な》める。涙と雨が混じり合って、もう何の味かもわからないはずなのに、頬

を拭おうとしてくれる。

「アハハー」

くすぐったくてトロ子は笑った。

そのときだった。

ぬかるんでいた土がずるりと靴の下で滑ったのだ。あっと思ったときには遅かった。トロ子はバランスを崩し、大きく身体が傾いた。

ずるずると両足が崖を滑る。トロ子は雨のなか、咄嗟《とっさ》に手を伸ばした。

落ちる！ ――そう思った瞬間、トロ子の身体が止まった。はっとして顔を上げると、トロ子の持っているぬいぐるみを仔犬が崖の上で必死に嚙《か》んで、足を踏ん張っていた。仔犬は懸命にトロ子を引き戻そうとしている。だが徐々にトロ子はずり落ち始める。小さな一匹の仔犬ではとても支えきれないのだ。

もう一方の手を伸ばして、ようやく岩の出っ張りをつかむ。ワンちゃんがいなかったら真っ逆さまに落ちていたことだろう。トロ子は声を上げる。

「ワンちゃん！ ピノコちゃん！」

ピノコが急いで駆け寄ってくるのがわかった。トロ子の手を取って引き上げようとしてくれる。

「ちっかいちて」

だがそのときだった。ピノコが力を込めて一歩後ろへ引いたとき、今度はワンちゃんがずるりと脚を滑らせてしまったのだ。ぬいぐるみとワンちゃんはトロ子の横を落ちてゆく。

「うわアーッ」

腕に力を込める。トロ子はぬいぐるみを放しはしなかった。下を向くと、仔犬はなおもぬいぐるみに噛みついて、懸命にその場に留まっている。けれども後ろ脚に副え木が当てられているため、雨で濡れた崖の斜面に足がかりを見つけることができずにいる。

ピノコはトロ子の手をつかみ、綱引きのように歯を食いしばっている。トロ子も足をじたばたとさせたが、やはり滑ってどこにも体重をかけることができない。雨風はさらに強くなっていた。ふたりはずぶ濡れだった。

「――ワンちゃん！」

トロ子は悲鳴を上げた。なんとかぬいぐるみにしがみついていた仔犬が、少しずつ滑って落ち始めたのだ。仔犬は前脚をばたばたさせて、爪でぬいぐるみとトロ子を捉えようとする。だがトロ子に声を上げようとしたとき、口からぬいぐるみが離れた。

仔犬は崖を落ちていった。そして見えなくなった。

「ワンちゃん！」

トロ子は再び声を上げた。この暗さでは仔犬がどこへ行ったのかわからない。岩に叩きつけられて海に落ちてしまったかもしれない。

ピノコがようやくトロ子を引き上げる。泥だらけになりながらもトロ子は泣いて訴えた。

「ピノコちゃん、ワンちゃんを助けなきゃ！」

ピノコとふたりで崖の横手へと回る。そこにただひとつ、海へと下りる細道があるのだ。

ふたりは懐中電灯も持たないままそこを下りていった。途中で何度も足を取られて落ちそうになる。岩にしがみつきながらの降下だ。

「あそこにいゆ！」

ピノコが途中で叫んだ。トロ子も目を凝らした。確かに崖の途中に仔犬が引っかかっているのが見える。下まで落ちることはなかったのだ。これなら助かるかもしれない。

トロ子はそこから道のない岩肌に張りつくようにして、横へと少しずつ進んでいった。自分も落ちたらおしまいだ。しかしトロ子には仔犬を助けることしか頭になかった。

そしてようやくワンちゃんのところまで達し、手を伸ばして引き寄せたとき、ずっと悲しくて泣いていた自分の瞳が、そのときだけは嬉し涙を湛えた。

「まだ息がある！」

トロ子はどうにかピノコのもとへと戻り、ふたりで細道を上がり、家へと戻った。

居間にワンちゃんを横たえる。ワンちゃんは目を閉じ、荒い息をしていた。トロ子の両手に血がついていた。やはり怪我をしているのだ。

仔犬は目を開けない。息が次第に細くなってゆく。身体は冷たく、少しでも動かすと苦しそうな声を上げる。

「ワアー、ワンちゃんが死んじゃう」

トロ子は大声で泣いた。自分のせいでこんなことになったのだ。

隣でピノコも泣き始める。泣き声の二重奏になった。相手が泣くと自分もさらに悲しくなる。ふ

たりの泣き声はどんどん大きくなっていって止まらなかった。

6

アカリたちはその日、久しぶりに三人揃ってシェパードを連れ出し、任務に当たったのだ。新しい区域に支援物資を届けることになっていた。アメリカ兵が数名、護衛のために国際救援チームに同行する。爆発物探知はアカリたちが請け負った。彼女は仲間のハンドラーふたりとともに隊の先頭に立ち、街路を進んでいったのだ。

犬たちが爆発物の硝酸塩を嗅ぎ取れるよう、つねにアカリたちは風下から道を行く。リードは長めに持ち、犬たちが自由に動けるようにすると同時に安全な距離を測る。だがその日はふだんと違っていたのだ。その兆候を、アカリたちは正確に理解することができなかった。

車を降りたときから三匹は耳をぴんと鋭く立て、尾をやや高めに振り、身構える姿勢をつくった。黒毛のジロが真っ先に進んでいったが、それはタロよりも早く褒美をもらおうとしたためかもしれない。しかしジロは途中でいくらか迷ったように立ち止まり、アカリたちハンドラーの方を振り返った。その間にタロと白毛のハナコが左右に分かれて前へ進んでいた。

道の脇で子供たちが集まって遊んでいるのが見えた。ほっとするような光景だ。前日にゲリラ兵が捕まったことは、町の人々にも知れ渡っているらしい。安心して外へ出ている様子がうかがえて、アカリ自身も気持ちが軽くなる。

風は北東からかすかに吹いており、タロたち三匹は途中から西側の土塀伝いに鼻を利かせながら進んでいった。そのなかからジロがすばやく前へ出た。そのまま道の中央から風上の方へと向かってゆく。瓦礫《がれき》がいくらか溜まっているところでジロが止まった。

アカリたちハンドラー三人は互いに視線を交わす。爆発物探知犬は、それらしきものを発見したとき、むやみに吠え立てることなくその場に座るか伏せるよう訓練されている。ジロは瓦礫の前で座った。そこに何かが埋まっていることになる。

ふだんならここでハンドラーがゆっくりと犬を引き寄せ、爆発物処理班に確認を願い出るところだ。しかしそのとき、犬たちがいつもとは違う反応を見せた。

土塀に沿って進んでいたハナコが、道の左脇で伏せたのだ。ハンドラーたちの間に緊張が走った。このあたりに複数の爆発物が埋まっているということなのか。

ジロとハナコを担当しているハンドラーたちが、慎重に犬たちの方へと歩を進めてゆく。手振りで後方のアメリカ兵にも伝える。そのときまでアカリは動かなかった。自分の前方の両脇で二匹のシェパードが同時に合図をしているのだ。何かの間違いかもしれないとそのときは思った。そうでなければ、ゲリラ兵が埋めたまま放置された爆弾か、あるいは後日取り戻すためにいったん地中に隠された爆薬だろう。しかしそこから先の犬たちの行動は、アカリにもほかのハンドラーにも予想のつかないものだった。

ジロが顔を上げ、いったん脇へ退いてから、さらに進み始めようとしたのだ。嗅覚を刺激するほかの臭いがあるのだろうか。それともいまの場所は間違いだったのだろうか。嗅覚の鋭い探知犬と

いえども一〇〇パーセント正確な結果をもたらすわけではない。むろん間違えることもある。

そのときだった。いきなりタロが走り出したのだ。

ジロのハンドラーはアカリの前を進み、ジロがいったん止まった場所の近くまでそっと近寄り、地中からアンテナ用の針金が覗いていないか目視確認しようとしていた。だがそこへタロが吠えながら走ってゆく。ハンドラーが振り返った。いちばん先頭にいたジロが、振り返り、駆け戻ってゆくのがわかった。ジロとタロがそのハンドラーのもとへと達しようとしていた。ジロの方がわずかに速く、ハンドラーを押し倒すようにして覆《おお》い被《かぶ》さっていった。

爆発が起こった。

アカリは瞬発的に身を伏せ、腕で顔を庇った。だがすぐそばで次の爆発が起こり、熱風が襲ってきた。タロのリードは離さなかった。土埃が目に入って、周囲がどうなったのかわからなかった。誰かの叫ぶ声が聞こえた。そして間を置かずに三発目、四発目、そして五発目と、耳を聾《ろう》するほどの爆裂音が生じ、右から、左から、さらには後方から、熱風と瓦礫が襲ってきた。

逃げおおせたゲリラ兵が、昨夜のうちにIEDをしかけたのだ。

シェパードたちが嗅ぎ当てた爆弾だけでなく、さらに複数の爆弾が埋まっていたのだ。そしてゲリラ兵はどこか近くで監視して、犬が見つけた爆弾ではなくそのそばにあって人間の立ち位置に近いものから起爆させた。犬を撹乱《かくらん》させるのが目的だったのだ。

ジハーディストたちにも主義主張はある。彼らのすべてが一般市民や国際救援チームを襲うわけではないことも充分にわかっている。だが今回の報復は、昨日に彼らのアジトが封鎖されなければ

起こらなかったことだ。

アメリカ軍だけを狙ったのではない。誰も彼も巻き添えにする、決して許されることのない無差別攻撃だった。

どのくらい経っただろう。実際はほんの数十秒のことだったかもしれない。まだあたりは土煙がもうもうと立ち籠《こ》めて、視界は茶色に霞《かす》んでいた。地面に伏せていたアカリはすぐ耳元で犬の声を聞いた。犬の吐息が首にかかるのがわかった。

「タロ」

アカリはようやく声を絞り出した。タロもまた土埃にまみれ、そして首から血を流していた。アカリは顔を上げようとしたが、腕に瓦礫が刺さっているのがわかり、痛みで顔をしかめた。タロのキャラメル色の目だけがすべての光景のなかで潤み、生きて、輝いていた。

懸命に首を回して周囲を探る。子供たちの泣き声と呻《うめ》き声が聞こえる。不幸にも犠牲になったのだ。そして左右に仲間のハンドラーたちが倒れている。ジロは自分のハンドラーの上に被さったままで、ハナコは爆風で土塀に叩きつけられたのか、仰向《あおむ》けになって呻いている。そのハナコへとハンドラーが手を伸ばそうとしていたが、ふたりの間には絶望的な距離があった。

「病院へ……」

アカリは懸命に呟いた。

「病院へ運ばないと。誰か……」

タロがアカリを励ますかのように吠えた。そして遠くへと駆けていった。

タロがいた場所の土に、血の滴《しずく》が落ちていた。

7

電話口でのピノコの第一声を聞いて、B・Jはいささか混乱した。「ワンちゃん」とはいったいどの犬のことなのか、咄嗟に理解できなかったからだ。

目の前には傷ついたハンドラーと犬たちがいる。病院の入口付近はMSFの人々の出入りが激しく、声が飛び交い、電話がよく聞こえない。B・Jは怒鳴るようにいった。

「ピノコ、どうした。こちらはいま忙しいんだ」

「先生、ワンちゃんが大怪我ちて動けなくなったわのよ。トロ子さんの仔犬らのよ。あーん、ろうちたらいいのー。先生、なんとかちて」

ようやくわかった。渡航前日に自宅へやって来たタレントの連れていた仔犬だ。

ピノコの話は要領を得ない。何かが起こって気が動転していることはわかる。だがこんな離れた場所にいてはどうしようもない。しかもいまは救急医療の真っ最中なのだ。

「いいか、怪我をしたのならタクシーを呼んで、獣医のところに連れて行け。おまえひとりで何ができる」

「らめよ。そんなことちてる間に死んじゃう！」

「泣くな！」

「死ぬー。死んじゃうー」

「ふたりして泣くんじゃない！」

電話の向こうからはトロ子の泣き声まで聞こえてくる。B・Jはその場で頭をかかえた。

ピノコがしゃくり上げながらいう。

「らって、こんな台風じゃ、タクシーらって来てくえないよのさ」

「――待て。そっちはいま台風なのか？」

そう聞いてB・Jは渡航前のテレビの天気予報を思い出した。大型の台風が三つ続けて本州に上陸するといっていたはずだ。いま自宅は台風の直撃を受けているところなのだ。

「ワンちゃんはお家の裏の崖から落ちたの。助けたけろぜんぜん返事ちないの」

「なんてことだ。そんな暴風雨のなか、おまえたちだけで崖を下りたのか？」

B・Jは悪態をついた。ピノコやトロ子に対してではなく、自分がその場にいられないことへの怒りだった。

その場からいったん離れていたアカリが、こちらへと駆け戻ってきてB・Jに伝えた。

「先生、いま手術をなさったばかりですね？　その手術室は空いています。MSFと交渉して確保しました。ジロとハナコをそこへ運びます」

B・Jは頷《うなず》き、そして懸命に頭を働かせ、電話の向こうのピノコにいった。

「――わかった。こうしよう。ピノコ、そこにトロ子がいるな？　トロ子がスマートフォンを持っ

ているかどうか訊くんだ」

ピノコが電話口から顔を離して声を上げるのがわかる。B・Jはピノコから返事があるまで辛抱強く待った。

「持ってゆって」

「よし。それを借りよう。トロ子のスマートフォンで、犬の全身写真を何枚か撮って、いますぐこちらの病院に送信してくれ。容体がわかるようにな。それから至急、血液検査だ。すねの静脈から血液を採って機械にかけるんだ。毛はバリカンで刈れ。それくらいできるだろう？　その血液データも送れ。それを見て電話する」

「治ちてくれゆの？」

「見てからだ！」


いったんB・Jは電話を切った。これでトロ子とピノコから仔犬の詳細が送られてくるまで、一〇分間はこちらで動ける。

B・Jも手伝って、二匹のシェパードとふたりのハンドラーを手術室へ運んだ。寝かせるベッドやストレッチャーが足りないので、まずは覆布《おいふ》を敷いて部屋の隅に並べる必要がある。アカリが不安げに呟く。

「手の空いているスタッフはいません。ふたりはMSFに任せないと……」

「向こうさんも手いっぱいだろう。待たされるだけだぞ。だがおまえさんが救急処置をしてくれた

おかげで、ふたりはなんとかなりそうだ。問題はこの犬たちだ」

Ｂ・Ｊはすばやく外傷を調べていった。

「見ろ、二匹とも出血がひどい。おそらく内臓はぐちゃぐちゃだ。ちょっと切って縫ったくらいではとうてい間に合わない。それにこの皮膚の火傷だ。どちらも自家移植ではまかなえないくらいの広い熱傷だぞ」

アカリの目が潤む。横になってこちらを見つめていたハンドラーの男たちも、Ｂ・Ｊの言葉を聞いて唇を噛んだ。

「このままでは二匹とも死ぬ。すぐに移植手術でもしない限りはな。だがどうすればいい？　人間が相手なら、応急処置用の皮膚シートをストックしてある医療組織もあるだろう。ＭＳＦだってそうしたものは持っているかもしれない。だが犬に移植する皮膚など――」

そこまでいって、はっとＢ・Ｊは目を見開いた。

「そうだ、移植だ」

そしてアカリにいった。

「おまえさん、この三匹の犬はみんなきょうだいだといっていたな？」

「はい」

「ならば互いに臓器移植できる！　三匹で臓器を分け合うんだ。そっちの元気な犬から臓器をもらうぞ。タロといったな？　火傷のところはタロの皮膚をほかの二匹に移植するんだ！」

アカリが顔を輝かせる。

「――はいっ」

タロがB・Jとアカリに向かって力強くひと声吠えた。自分がこれから何をするのか、どのようにしてきょうだいたちを助けるのか、わかったとでもいうかのようだった。

「タロをそこのベッドに寝かせろ。すぐに麻酔をかける！」


タロ、ジロ、ハナコの三匹に全身麻酔をかけている間、B・Jは忙しく動き回り、犬たちの麻酔の様子を横目で確認しつつハンドラーたちの緊急手術へと入った。

「指の切断もない。骨折も内臓破裂もない。ただし全身に裂傷と火傷がある。手足がいくらかひどいな……。こちらの日本人は大腿筋《だいたいきん》と血管が断裂しているかもしれん。グラフト採取と縫合手術をおこなう」

ふたりのハンドラーたちに向き合ったそのとき、扉が開いてロジスティシャンの男が何枚かの紙を持ってきた。アカリが入口で受け取ってB・Jへ差し出す。

「ピノコさんからよ」

「広げて見せてくれ」

B・Jはハンドラーたちへの処置の手を止めずに、アカリが掲げるプリントアウト用紙へと目を向けた。仔犬の全身写真と血液検査の結果だ。

「呼吸困難でショック状態だ。出血している。内臓がやられたな。脚も骨折している」

本来ならX線撮影やエコー検査が必要なところだ。しかしピノコにそれは無理だ。所見と血液検

査で見当をつけなければならない。

腹部に紫斑《しはん》は見えない。膀胱《ぼうこう》破裂はないだろう。血液検査の結果から、幸いにして肝臓や腎臓が重度の損傷を受けた形跡も認められない。それらの臓器に特有の酵素群が高値を示していないからだ。しかし胸からはっきりと血が出ている。

「おまえさんもスマートフォンを持っているか?」

「ええ」

「よし、ありがたい。おまえさんはそのスマートフォンで、さっきのトロ子に連絡してほしいんだ。向こうにいるトロ子のスマートフォンへ、ビデオ通話をつないでくれ」

「ビデオ通話?」

「そうだ。お互いの顔が見える通話アプリがあるだろう? そいつでここと日本をつなぐんだ」

「待って。向こうの電話番号を確かめてくる」

「ついでに顔と手を洗って、手術衣に着替えるんだ!」

アカリは急いで手術室を出て行く。B・Jはその間にもハンドラーたちの処置を続けた。三匹の犬の全身麻酔も効いてきていた。

「この格好でいい? 電話は病院のWiFi経由でつなげられるわ」

「よし、雑菌が飛び散らないようスマートフォンにビニール袋をぴっちりと被せて、そこに立ってつないでくれ。手袋も忘れるな」

アカリがビデオ通話アプリでトロ子のスマートフォンへと発信する。しばらく呼び出すと回線が

つながった。驚いたようなトロ子とピノコの顔が映った。

B・Jはマスクをつけたまますばやく告げた。

「ピノコ、こちらが見えるか」

「先生！」

「いいか、よく聞け。その犬はおそらく横隔膜《おうかくまく》に穴ができて、胃や腸が胸部に流れ込んでいるんだ。それで肺が圧迫されて呼吸しづらくなっている。横隔膜ヘルニアというやつだ。こいつは緊急手術をしなきゃならん。ピノコ、おまえが犬の腹を開いて内臓をもとの位置に戻し、それから横隔膜を縫合するんだ。骨折の処置は後でもいい。まずは内臓だ」

「そんらのできないわよのさ」

「難しい手術じゃない！　わたしのいう通りにやるんだ。脚の静脈を取って点滴をしろ。それでショック症状は和らぐ。それから全身麻酔だ。こいつが少々厄介だぞ。塩梅《あんばい》を間違えると麻酔死する！　おまえは人間の手術で麻酔を手伝ったことがあるだろう？」

「うわーん。やゆわ。やゆわよのさ」

かつては外傷による横隔膜ヘルニアの場合、怪我をしてすぐの手術は動物の状態が安定していないためかえって死亡率を高めるといわれて推奨されず、あえて少し待ってから手術がおこなわれることが多かった。だが近年では統計データからその説は必ずしも正しくないことが示され、すぐに手術されるケースも増えてきている。今回は犬が呼吸困難に陥っているので、待たずに手術をおこなう必要があるとB・Jは判断した。

「ピノコ、おまえもトロ子も雨でずぶ濡れだ。まずふたりとも身体をきれいに拭いて、手術衣に着替えるんだ。トロ子にも手伝ってもらうぞ。あと念のために訊くが……、ピノコ、おまえは鍋をコンロにかけっ放しにしていないか？」

「ええッ。わアーッ、大変らのよさ」

ピノコは居間を飛び出してゆく。B・Jは深く溜息をついた。やはり夕食の仕度を放り出したまま忘れていたのだ。

しょげて戻ってきたピノコを励ますようにB・Jはいった。

「いまは犬の治療が大事だ。さっきいったことをふたりですぐにやれ。トロ子のスマートフォンをしばらく借りることになる。回線は切るな。こいつが生命線になるぞ」

ピノコとトロ子はようやく指示に従って動き始める。B・Jはそのまま画面越しに自宅の様子へ目をやりながら、こちらで爆発物探知犬たちの最後の麻酔調節をおこなった。いちばん被害の少ないタロも深い眠りに入ってベッドに横たわっている。ハンドラーがふたり、探知犬が三匹。そしてディスプレイの向こうの自宅に仔犬が一匹。B・Jはすばやくアカリにこれからのことを説明した。

「ピノコとトロ子に手術室に入ってもらう。ピノコが向こうからカメラで映像を送る。わたしがそれを見て、こちらから映像を送ってピノコを指導する。もちろんこちらの処置を遅らせはしない。同時手術だ！　ピノコは手術の経験はないが、何十回とわたしの助手をしてきた。わたしの指示通りに動けば仔犬の応急処置ができるはずだ！」

「そんなことが、可能なんですか？」

「できるとも！　おまえさんがこのなかではいちばん軽傷だ。すまないが手伝ってもらう」

B・Jは驚くアカリに力強くいった。

「わたしに任せろ。日本の犬も、こちらの犬も、おまえさんたちも、みんないっぺんに助けてやるぞ！」

8

ピノコとトロ子はB・Jの指示を受けて、仔犬をかかえて手術室に入る。B・Jはビデオ通話の映像越しにその様子を見ながら、ハンドラーふたりの処置を続けていた。

ピノコたちが仔犬を手術台に横たわらせるのを確認し、目の前に立つアカリに指示した。

「あの犬たちの麻酔装置にカメラを向けてやってくれ」

マスクをつけたアカリは頷いて、両手で構えたスマートフォンをそちらに向ける。タロとジロ、ハナコが全身麻酔にかかっている。

「ピノコ、こちらの映像もそっちで見えるな？　映っている様子を参考にして、その仔犬に麻酔をかけるんだ」

そう伝える間にもB・Jは手を休めずにハンドラーたちふたりの裂傷部を切開し、止血していった。回線の向こうでピノコがあたふたと準備を始めるのがわかる。スマートフォンはピノコか

らトロ子に手渡され、今度はトロ子が中継を始める。

「トロ子、ピノコと仔犬の様子をしっかりと撮り続けるんだ」

トロ子は最初のうちこそ慣れずにびくびくしているようだったが、やがて手ぶれも減って、撮影に集中し始めた。仔犬は手術台の上に載せられ、無影灯の光を浴びている。ピノコがどうにか麻酔をかけ始めた。Ｂ・Ｊはハンドラーたちの処置を進める一方で、ピノコに麻酔の方法を説明していった。全身麻酔は無事にかかったようだ。いまのところ問題はない。Ｂ・Ｊはアカリに、自分の方へスマートフォンのディスプレイを向けるよう指示する。

「ピノコ、手術台の前に立て。トロ子は反対側から撮るんだ」

手術衣を着たピノコは脚立《きゃたつ》を手術台の横に引きずってきて登り、首を伸ばして不安げにレンズを覗き込んでくる。Ｂ・Ｊはひとり目のハンドラーの応急処置を終えながらいった。

「ちゃんと手を洗ったな？　器具は滅菌してあるな？」

ピノコが頷くのが見える。ピノコは両手に手袋を嵌《は》めている。ピノコの横には器械を並べたトレーが用意されているはずだ。ふだん自宅で手術をするとき、ピノコはＢ・Ｊの横に立ち、その小さな身体で器械出しをおこなっているのだ。背が低いのでピノコが術野を見ることはまずない。だがいまは脚立の上に立ち、手術台全体が見下ろせる位置にいる。いつもとはまったく異なる光景が目に入っているはずだ。Ｂ・Ｊはふたり目のハンドラーの傷口を縫合しながら伝えた。

「よし、メスを持て。腹部正中《せいちゅう》切開だ。つまり腹をまんなかで縦に切るんだ。びくびくするな。思い切ってやれ」

ピノコの手が震えている。ようやくメスを持ったが、そのまま動きが止まってしまう。B・Jは言葉で励ました。

「大丈夫だ。ピノコ、おまえならできる。いま手本を見せてやる」

B・Jはハンドラーの処置を終え、アカリにこちらに来るよう伝える。そして黒犬のジロの横たわるストレッチャーまで行くと、無影灯を引き寄せ、アカリに自分の手元を撮影するよう指で示した。

アカリが息を呑《の》む。だがB・Jは躊躇《ためら》うことなくメスを持ってジロの腹を開いた。

「どうだ、わかるか、ピノコ？　こうやるんだ。おまえならできる」

ピノコは回線の向こうで怯んでいる。B・Jはスマートフォン越しに、日本にいるピノコへ辛抱強く言葉をかけた。

ピノコがついに動き始めた。メスの先を仔犬の腹に当てた。

そしてメスを入れた。

B・Jも思わずその瞬間は息を詰める。指示通り、ピノコは躊躇わずに一気に引いた。最後に動きを止めたときだけ、わずかに手先がぶれるのが見えた。

しかし上出来だった。B・Jは拍手を送りたくなった。

「あーん、血がどばっと出たわのよさ」

「生きているんだから当たり前だ！　いいから丁寧にぬぐい取れ。生理食塩水をかけてきれいにしろ。そして血が出ている場所を探すんだ」

ピノコは脚立の上からトレーに手を伸ばす。B・Jはピノコの一挙手一投足に、こちらの手術台に横たわるハンドラーや犬に対するのと同じくらい注意を払っていた。ピノコはふだんから助手を務めているので、どの器械が何に使われるのかはわかっているはずだ。手術中のどの時期にどれを使うかもおおむね把握しているだろう。だが自分ではそれを術部へあてがったことはない。自分でメスを持って切ったことはないのだ。

つまりピノコはメスを手に取ることはできるが、自分でどこをどれほど切ればよいのかはわからない。よっていまB・Jはピノコの目となり、そして手順を判断する脳とならなければならない。

これは一種の遠隔手術だった。日本でも使われている《ダビンチ》のような手術支援ロボットは、一般に手術台とは離れた場所に設置されているコンソールから外科医が術部の映像を見てスティックを操作し、患者の身体のなかでマイクロアームを動かす。いまB・Jとピノコはそれと同じことをしようとしているのだった。B・Jは遠く離れた日本の映像を見ながら指示を出す。ピノコがB・Jの手となって仔犬を処置する。だがそのためにはふたりの息がぴったりと合う必要がある。

そしてB・Jは、むろんこちらでも自らの手を休めてはいなかった。アカリに指示する。

「ハンドラーふたりの応急処置は終わった。そっちの白い犬と茶色い犬をストレッチャーに載せ替えるぞ。手を貸してくれ」

中央の手術台のほかには二台のストレッチャーしかない。それだけでは足りないのでハンドラーたちを床に寝かせる必要があるのだ。B・Jはハンドラーや犬たちの間を行き来しながら手当て

を進めていった。いずれの位置からも日本の様子がわかるよう、アカリは何度もカメラと画面の角度を調整してB・Jに提示する。ピノコがディスプレイの向こうで切開部のなかへ手を入れ、血を吸い取りながらカメラレンズに向けて広げて見せる。

もしも胃腸や肝臓にも傷があれば、いっそう深刻な事態となる。傷ついた部分を切除し、縫合しなければならないが、そこまでの技術を求めるのはピノコには無理だ。「ナム三！」と声を上げるほかない。

だが血液検査の見立てはB・Jに希望を与えてくれた。ピノコが見せる腹腔内《ふくくう》は、思っていたよりもずっと状態がいい。崖から落下したとはいえ、仔犬は必死で受け身の体勢を取ったのだろう。あるいは雨が降っていたおかげで地滑りが起こり、それに流されたために、かえって強く身体を打ちつけずにすんだのかもしれない。

「そこだ！　ピノコ、横隔膜が破れているのがわかるな？　腸が胸腔《きょうくう》へ入り込んでいる」

「ろうちたらいいの」

「ゆっくりと腸を引き出してもとに戻せ。こちらにも同じ怪我をした犬がいる。いま見せよう」

B・Jはジロの腹腔内をアカリに撮影させた。レンズの前で実際に腸を引き戻してみせる。

こちらで三匹の犬を処置する間に、向こうで一匹の仔犬を救うのだ。ここにいる三匹の処置の様子をつなぎ合わせてビデオ通話越しに見せれば、ピノコにも一匹分の手術ができるはずだ。

「よし、それでいい。ほかに出血しているところはないか？　よく探すんだ。トロ子、わたしにも見えるようにカメラの角度を変えてくれ」

ピノコの小さな手が腹腔内をかき分けてゆく。B・Jは自分の手元とピノコの映像のふたつに分け隔てなく同時に集中する。

ピノコはスマートフォンの直径わずか数ミリのレンズ越しに、B・Jへ懸命に仔犬の状態を伝えようとしていた。B・Jのてのひらの半分にも満たないその手で、ピノコ自身の肌ではなくB・Jがつくって用意した合成繊維の皮膚に包まれたその両手で、内臓をかいくぐり、つかんで左右へ開き、少しでも広く、わずかでも大きく、そこにあるものを遠い国のB・Jに伝えようと、強い無影灯の光を浴びながら、血の滲む術野で手を動かしているのだった。倒れそうになるのをこらえて気を張り詰めているに違いなかった。

こんなピノコは見たことがない。手術室でこれほどピノコのことを考えたことはない。

いや、そうではなかった。ピノコを彼女の姉の肉体から取り出してひとりの少女の姿にしたその日から、ピノコはいつでもここにいるピノコだったのではないか。ピノコもまたB・Jが事故に遭った直後と同じように、最初は自分の足で立つことさえできなかった。壁を伝いその両手で壁を押して体重を支え、何度もよろめいて倒れながら、一歩ずつ前へ進めるようになっていった。

ピノコにはB・Jの左頬に残されたタカシの皮膚に相当するような、生涯で友人と呼べる者の形見は残っていない。身体を得た後は実の姉からも疎まれ、まるで汚物のような存在として目を背けられた。ピノコは形見さえ持たずに生き続けてきたのだ。

「よし、横隔膜の縫合だ！　ほんの数針縫うだけだ、おまえにもできる。わたしが針で縫うところはいつも見ているだろう？」

「手が届かないわのよさ。だから八頭身にちてって先生にお願いちたわのよ」

「わかった。わかったからぐずぐずいわずにやるんだ。ここでやめたらかえって助からないぞ」

B・Jはピノコに絶えず声をかけながら、手元では爆発物探知犬の臓器移植へと進んでいた。タロの腎臓をひとつ切り取ってきょうだいのジロへ、そして肝臓の一部をハナコへと接いでゆく。ディスプレイの向こうでもピノコはなんとか針に糸をつけ、ピンセットで摘まんで縫合を開始しようとしていた。

「よーし、いいぞ。焦らなくていい、ひと針ずつ、ゆっくりと慎重に縫うんだ。糸の結び方も教える」

自分の手元の処置と、ピノコへの指導。テンポの異なるふたつの手術を、B・Jは同時に進めていった。自分の手元では続いて火傷を負った部分への皮膚移植へと進んでいた。ディスプレイの向こうでピノコが進める縫合は、深呼吸をするかのように遅い。それでよいのだ。ピノコは額に汗を滲ませているかもしれない。ピノコの合成皮膚は体温調節のためにしっかりと汗をかく。汗で目が覆われてしまうということをピノコは人生で初めて体験しているかもしれない。B・Jがときおり自分の汗で視界が濁るように。

ピノコは横隔膜を縫合し切った。不器用ながらピノコは身を乗り出して懸命に糸を結ぶ。

ピノコが最後に腹部を縫合してゆくのを見届けながら、B・Jも三匹の犬たちの処置を終えた。ピノコの手術は無事に終わろうとしている。

もう大丈夫だ。そう確信してから、B・Jは目の前で懸命に中継を続けているアカリへと顔を

上げていった。

「よし、おまえさんの番だ。傷口を縫合するぞ」

いちばん裂傷の少ないアカリの処置が最後になった。アカリは床に横たわり、部分麻酔を受けた。

「おまえさんの初動対応のおかげで、ほかのふたりも助かった。犬たちも大丈夫だ」

彼女はそれを聞いてほっとしたように目を閉じる。B・Jは彼女の額と上腕部の傷口の具合を確かめながら囁いた。

「おまえさんはタカシの形見のブローチをわたしに見せてくれた。今回の手術代はそれで充分だ」

「先生、これからジロとハナコは、ふたつの毛の色を持つようになるのね。ちょうど先生みたいに……」

アカリは目を閉じたまま、そんなことをいう。B・Jはふっと笑った。

彼女ならば、二匹の犬にタロの一部が移植されたことの意味をよく理解できているだろう。

タロの毛は茶色い。ジロの毛は黒く、そしてハナコの毛は白い。ジロもハナコも、皮膚移植した部分の毛の色はタロのものになっている。つまりいま移植を受けた二匹の犬たちは、黒毛や白毛のなかにタロの茶色い毛並みが混じっているのだった。

ジロとハナコは、これからタロの毛とともに生きてゆくのだ。その印は誰にでもひと目でわかるようになるだろう。B・Jがタカシの肌と生きてゆくように。

「先生、ありがとう。この子たちはきっと、これからも互いがきょうだいだということを決して忘れないわ。——わたしたちも決して」

9

ピノコが縫合を終えて、ふーっと深い息をつくのが聞こえる。B・Jはピノコをねぎらった。

「よくやった、ピノコ。あとは骨折の応急処置だ。折れた骨は外に露出していない。つまり閉鎖性だ。いまは副え木を当てれば充分だ。副え木といっても木の棒を使う必要はない。新聞紙で脚を包《くる》んで、テープで留めるんだ。それからタオルで暖かくしておけばいい」

「ほかには？」

「骨折の治療にはちゃんとしたレントゲン検査が必要だ。骨の固定手術はおまえには無理だ。骨にピンを刺さないといけないからな。すぐやらなけりゃならないというわけじゃない。台風が収まったら獣医へ連れて行って診てもらうんだ」

「また元気になゆ？」

「大丈夫だろう。犬が目醒めてから自分の傷口を嚙まないように、厚紙を切ってメガホンのかたちにして、首に巻いて顔を覆っておけ。それで充分だ。おまえは立派に手術をこなした。さすがはわたしの助手だ」

「あたち、先生のおくたんらのよ……」

どうやら最後の最後で失言したらしい。B・Jはこのときばかりは素直に非を認め、すまないといった。

だがピノコはB・Jの言葉を聞いていないようだった。まだスマートフォンはトロ子が持った

ままだ。しかしピノコは脚立から下りて、レンズの視界の外に出て行った。

「先生、腕が棒みたいになったわのよさ。とっても疲れたわのよ」

「麻酔を解いて、犬をベッドに寝かせてやれ。今夜はおまえもトロ子といっしょに休むといい。台風が過ぎるまで、戸締まりはしっかりとな」

「先生、もうすぐ帰ってくゆ?」

「ああ、すぐに帰るとも」

「今日はカレーを焦がしちゃったわのよさ……」

画面の外でピノコが欠伸《あくび》をするのが聞こえ、B・Jは思わず微笑んだ。

「よし、回線を切るぞ、ピノコ」

B・Jはアカリから借りたスマートフォンを操作して、ビデオ通話を終えた。手術室に静けさが戻った。

振り返って見ると、アカリも眠りに就いていた。


「終わったのね! ワンちゃんは元気になる?」

ふたりで仔犬を居間へと運び、トロ子が尋ねる。

ピノコはその場でマスクを取ると、まるでいっぱしの外科医のように答えた。

「安心ちてくらちゃい。手術《シウツ》は成功なのよさ……」

「よかったー!」

トロ子はぬいぐるみを高々と上げてバンザイする。そのとき手術室からスマートフォンの着信音が鳴るのが聞こえてきた。トロ子はピノコと顔を見合わせ、そして手術室へと飛んでいった。

「はい……。あッ、仁古見さん！」

しばらくして電話を終えたトロ子が、スマートフォンを持って居間へ急いで戻ってきた。

「アハハー、ピノコちゃん、あたしまたテレビに出られるんだって」

「本当？」

「プロデューサーの仁古見さんがね、明日のお昼のワイドショーに出させてくれるって。今度は中継じゃなくてスタジオ出演なんよ。なんでかあたしがいないと13号スタジオで事故が起こるんだってさー。あたしがいると大丈夫なんだって。そういえば、今日もあたしがいなくなったとたんに照明が落ちてきたもんねー。だからしょうがないからあたしを出すんだって。常務さんがそういってたって」

トロ子は嬉し涙を浮かべながらその場でピノコの手を取り、くるくると回って踊った。

ふたりで仔犬を毛布にくるみ、絨毯《じゅうたん》の上に寝かせる。仔犬は静かな寝息を立てている。

「ワンちゃんは先生が帰ってくゆまでここにいたらいいのよさ。先生にはないちょらのよ」

「わアー。じゃあ、あたしのトッポちゃんを預けていくわ。だってワンちゃんはトッポちゃんを見てついてきたんだもン」

ピノコは大きく欠伸をした。眠気が一気に襲ってきたのだ。

まだ外では台風が吹き荒れている。家はぎしぎしと鳴っている。しかしこれなら大丈夫だろう。

以前のように吹き飛ばされる心配はないに違いない、とピノコは思った。

「先生が手術の後、すぐ眠っちゃうわけがわかったわのよさ……」

ピノコは仔犬のそばで横になる。トロ子もいっしょに居間の中央で、ピノコたちを抱くようにしてとろとろと横たわった。ふたりはともに目を閉じた。

「先生の……。先生の……」

ピノコは拗《す》ねたときの口癖をいおうとしたが、睡魔に襲われて最後まで言葉が出なかった。代わりに眠りに落ちる直前、目を瞑《つぶ》ったままピノコは微笑んで、誰にも聞こえない声で呟いた。

「先生、愛ちてゆ……」

出演（登場順）

トロ子	根沖《ねおき》トロ子『ブッキラによろしく！』
ワン	パン『新宝島』
アカリ	アゲハ『ミクロイドS』
タロ	ベン『フライングベン』
ジロ	ウル『フライングベン』
ハナコ	プチ『フライングベン』
ハンドラー1	矢野徹《てつ》『フライングベン』
ハンドラー2	カルロス『フライングベン』
仁古見宇呑	ハム・エッグ『ジャングル大帝』

第四話
女将と少年

1

「ウヒョーッ、冷えるねえ」

彼はコートの襟を立て、がらりと店の戸を開けて、背中を丸めながら入ってくる。カウンターの向こうで女将《おかみ》が振り返った。

「いらっしゃい、先生」

コートとマフラーを脱いで壁のハンガーにかけ、彼はいつものようにカウンター席に座る。

「おみっちゃん、燗《かん》を一本。それからおでんだ」

「はいはい」

「うわーっ、眼鏡が曇りやがった」

そういって自分の眼鏡をハンカチで拭くのは、近くの回生《かいせい》病院に勤める手塚《てづか》医師だ。名字の「塚」の字は点つきが正しい。もうそれなりに年齢を重ねて、いまは若手というほどでもない。鼻が大きいのは父親譲りで、しかもぽつぽつと毛穴が目立つ。むしろこの容貌がトレードマークで、患者に顔を憶《おぼ》えてもらいやすいともいえる。仕事帰りにこの《よし乃《の》》に寄って一杯やるのが彼のささやかな楽しみだった。

「えーと、卵に大根、それにがんもどき」

「先生のお好みはわかっていますよ」

おみっちゃんと呼ばれて客から慕われるこの女将は、まだ三〇代半ばだ。髪を上げてまとめてお

り、和服に割烹着《かっぽうぎ》がよく似合う。手塚は頬杖《ほおづえ》をつきながら、菜箸でおでんを皿に取る女将の姿を眺める。鼻筋が通っており、横顔も正面から見る顔も清楚《せいそ》できれいだ。思わず手塚はでれでれとしてしまう。女将は手塚のそんな様子に気づいているはずだが、あくまでも接客にふさわしい優しげな微笑《ほほえ》みを浮かべていた。

熱燗の徳利《とっくり》とお猪口《ちょこ》が差し出される。手塚は最初の一杯を女将から受けて、口から持っていってずずーっと啜《すす》る。

「ハーッ、沁《し》みる」

実をいうと手塚はあまり酒の味がわからないのだが、この季節は《よし乃》で呑《の》む熱燗が最高だと信じて疑わなかった。温かなおでんも運ばれてくる。手塚は待ってましたとばかりに箸を手に取る。

「がんもどきは、おでんのなかにしかありません……ッと」

発がん作用を専門とする有名な医師が以前にいったそんな言葉を呟《つぶや》いて、口に運ぶ。出身が兵庫県の宝塚である手塚は、子供のころがんもどきのことは飛竜頭《ひりようず》と呼んでいた。しかし地方の大学に入って医学生として過ごし、それ以来関西からは離れている。卒業後もずっと出身大学病院の医局に勤めていたが、四〇代になる前に、都心からいくらか離れたこちらの病院に移ってきた。地域病院としてはそれなりに大きな方だ。

そして越してきて数ヵ月後、この病院近くの《よし乃》を見つけたのだ。以来、手塚はずっとここを贔屓《ひいき》にしている。本当は女将のおみっちゃんの顔を見たいのだ。

「先生、こんばんは」

店の奥から少年が現れて、ぺこりと手塚に頭を下げる。

「やあ、サトシ」

手塚も手を上げて挨拶を返す。サトシはこの店のひとり息子だ。最初に会ったときはまだほんの子供だったが、今年はもう中学一年生だというから驚きだ。サトシは後ろに隠していた大ぶりの箱を取り出した。昆虫の標本箱だ。大小のチョウが針で留められて並んでいる。

「おーっ、こりゃすごい」

「ぜんぶぼくが採ったんだ」

女将が仕事の手を止めずに言葉を添える。

「秋からは部屋に籠《こ》もって、虫と向かいっきりだったんですよ。ようやく夏を過ぎてあちこち出かけるのも控えるようになったと思ったら、今度は標本ですって」

「いやア、おみっちゃん、チョウの標本づくりは繊細な作業なんだぜ。ちゃんと乾燥させて、展翅《てんし》板《ばん》で格好を整えないといけない。前翅《ぜんし》の下側の縁をね、こうやって左右一直線に持ってくるんだ。手先の器用さだけじゃなくて根気も必要だよ」

手塚はサトシから標本箱を受け取って眺め入る。これまでもサトシのつくった昆虫標本は見たことがあったが、どんどん腕を上げてきているのがわかる。細部への気配りがいっそう行き届いて、全体のバランスも見事だ。

「おじさんも子供のころは毎日虫採りに出かけていたもんだ。あのころおじさんの故郷はまだ雑木

林も畑も残っていてな、中学のときには虫好きの同級生たちとサークルをつくっていた。立派な会誌を出して、おじさんもスケッチを載せていたんだぞ」

「先生も標本をつくったの？」

「ああ、つくったとも。カブトムシやクワガタムシなんかもな。近くの博物館でコンクールをやっていたからそれに応募した。みんなと違う標本にしようと思って、わざと放射状に並べて目立とうと工夫したっけ」

手塚はこんなふうにサトシと虫の話をするのが好きだ。きっと標本箱を見つめる自分の目も輝いていることだろう。

「ゼフィルスを採りたいんだ。青くてきれいなやつさ。でもこのあたりにはいないよ」

「ゼフィルスか！　シジミチョウだな。おじさんも子供のころは採りたかったよ。ふつうのミドリシジミなら見かけるだろう。でも採り飽きてくると、だんだん珍しいやつを狙いたくなるもんだ。ウラジロミドリシジミがどうしても採りたくてね、一度だけ道端で見かけたことがある。でも逃げられちまった。ほら、チョウは同じところに何度も戻ってくるだろう。だからその道端に張り込んで、あいつがやって来てはこうやって網を振って……、それでもまた逃げられる。ウラジロとおじさんの決闘だ。そのときは向こうの勝ちだったけどね」

「越冬卵とか見つからないかな？」

「ナラガシワの木に産みつけるそうだ。おじさんもそこまでは見たことがないな」

「いまカブトムシの幼虫を飼ってるんだよ。冬の間はそっとしてやらないといけないから、ここに

は持って来られないけど……」

「まあまあ、ふたりとも、本当に虫の話になると夢中ね」

女将が燗をつけながら笑う。手塚とサトシはふたりで笑みを交わした。虫に関しては、手塚はサトシと盟友のようなものだ。手塚自身、子供のころは昆虫少年だったからである。医学の道に進んだ原点は、昆虫にあったといっていいかもしれない。捕った虫を持ち帰るには、毒瓶に入れたり三角紙で包んだりする。ふだんから手帳やノートに観察記録を書きつけ、標本をスケッチして彩色する。サークルの友人たちと発行していた会誌には、昆虫の世界について当時の年齢からすればいくらか背伸びをした文章を寄稿したものだ。サトシが昆虫好きであることは、この《よし乃》に通い始めてしばらくしてからわかった。サトシと虫の話をしていると、手塚は自分が医師であることも忘れて少年時代に還《かえ》るのだ。

女将はサトシが小さかったころ夫と死に別れて、女手ひとつでここまで息子を育ててきた。もともとこの《よし乃》は女将の夫が料理人で、夫婦揃《そろ》って始めた店だと聞いている。しかしいまは女将ひとりで切り盛りして、おでんが名物になっているのだった。

「サトシ、もう遅いんだから引っ込んでなさい」

「ちぇっ、まだ遅くなんかないよ。先生、お母さんをちゃんとよろしくね。ぼくはいつでも大丈夫だから」

サトシはそういって頭を下げると、大事に標本箱をかかえて家のなかへ戻ってゆく。残された手塚はしばらく言葉がなかった。サトシが「よろしく」といい残したことで、医師としての現実に引

き戻された気がしたのだ。

「あの子ったら」

と女将は苦笑して、手塚に酒を注《つ》いでくれる。だがその後いくらかぎこちない雰囲気が残った。どちらも言葉を発しなかった。

手塚は考え込む。サトシがよろしくといったのは、決して単純な挨拶の意味ではない。もちろん手塚と自分の母親の仲を取り持つといった意味でもない。手塚はお猪口の酒をくいと呑み干し、背を向けている女将を見て、その背中にいった。

「おみっちゃん、近いうちに病院に来てくれよ」

「わたしはまだまだ大丈夫ですよ」

「でも、いつまでもというわけにはいかない。ぼくはおみっちゃんを助けたいんだ。サトシだってあの歳になって、自分なりに考えているんだろう」

「わたしはともかく、あの子に負担をかけたくないんです」

彼女がそういうのはいつものことだ。手塚は黙り込んで手酌で酒を注ぎ足し、呷《あお》ってから身を乗り出していった。

「ぼくの知り合いで、ブラック・ジャックという腕の立つ医者がいるんだ。彼なら協力してくれると思う。おみっちゃんさえよければ彼に話してみる」

女将は振り向かない。手塚はそのまま返事を待った。

店でこの話題を出すのは控えてきた。互いに気まずくなるだけだからだ。しかしこの半年ほど、

サトシが顔を出して手塚と話をするとき、いつも一瞬だが大人びた表情を見せる。そして自分の母親に目を向けて、「ぼくは忘れていないよ」とでもいうかのように頷《うなず》いてみせるのだ。いつも女将は忙しくて気がつかないふりをするが、手塚にはふたりの微妙なその呼吸の意味が充分にわかっていた。

女将は病気をかかえているのだ。このままでは一生治らない病気を。

「そうですねえ。ずっと行かないのも、かえってあの子に心配をかけてしまうかもしれないし」

「そうだよ。明日にでも検査に来てくれよ」

手塚は鼓舞する。だがちゃんと返事を聞く前に、がらりと店の戸が開いて、サラリーマン風の客が三人入ってきた。すでにどこかで呑んできた様子で、全員顔が赤い。陽気に女将に声をかけてカウンター席に座る。いままでの静かな空気がいっぺんに変わった。

「また来るよ」

手塚は一〇〇〇円札を置いて店を出た。頰を切るような夜の冷気が身を包み、思わずぶるりと震えてコートの襟を立てる。

軒先から空を見上げると、どんよりと曇って星も月も見えなかった。この冬いちばんの冷え込みかもしれない。ひょっとすると近いうちに雪が降るだろう。

2

手塚医師の毎日はこまごまとした仕事の連続であり、多忙ではあるが華やかではない。自分では慎《つつ》ましく日々を過ごしていると思っていた。

手塚は消化器外科医だ。午前中はたいてい手術の予定が入る。食道がんや胃がんのような悪性腫《しゅ》瘍《よう》の手術に加えて、十二指腸潰瘍《かいよう》や急性虫垂炎《ちゅうすいえん》といった手術もおこなう。何でもやるというわけだ。組織のなかで彼はトップではないが、しんがりでもない。大学病院を辞めてこちらに越してきてから、出世競争には首を突っ込まずにやってきた。地域病院には長い年月によって培われてきた地元の人々とのつながりがある。子供のころに診た患者が何年か経ってまた診察室を訪れてくることもあれば、何年もいっしょに時間を重ねて、いつしか互いに人生の一部となったような高齢の患者もいる。

つまり手塚が母校の大学病院を去ったのは、いつの間にか派閥に巻き込まれ、そして居場所がなくなったからだった。もともと若いころから騙《だま》されやすくておっちょこちょいな性格だ。権力闘争には向いていない。

それでも何かをあれこれ考えたり、ものを書いたりすることは好きだったから、こつこつと論文を書いて学会誌に投稿する。大学病院時代には肝機能障害や肝硬変《かんこうへん》が専門だった。こちらの病院に来てからは、いわゆる〝世界初の症例〟のような華々しい治療に携わることはなくなったが、それでも肝疾患の患者を担当することはよくあり、他の疾患より勉強する機会も多かった。いつしかそ

の分野の論文が、自分の歩いた後に残ったのである。

医者になっていなかったら自分はどんな職業に就いていただろうかと思う。人づきあいはうまくないから、昆虫学者になってどこかの博物館で働くのもよかったかもしれない。地元の虫を研究しながら、展示スペースに自筆の解説図を描いたりして、子供たちに楽しんでもらうのだ。

もちろんそんな人生は空想にすぎない。地道に日々を過ごしながら、これからも同じようにひとりひとりの患者と向き合い、一歩ずつ歩み続け、ささやかながら人々の健康に貢献して、このままこの地に骨を埋《うず》められたらそれでいい。手塚はそんなふうに考える男だった。

とはいえ彼には彼なりの情熱もある。どうしても助けてあげたいと、数年越しで相談に乗って、治療を勧める患者もいる。決して一部の人を特別扱いするわけではないが、それでもこの人ならまだ自分がやったことのない治療法で、何とか救ってあげたいと願う患者は出てくる。

そうしたひとりが《よし乃》の女将であるおみっちゃん、すなわち白城美智子《しらきみちこ》だった。

「やあ、来てくれてありがとう」

その日、手塚は午後の外来診療で美智子と対面した。美智子は看護師に連れられて部屋のカーテンを潜《くぐ》ってきた。手塚は白衣姿、美智子は普段着で、ふたりとも店で会うときとは異なる服装だ。美智子はふだんと違って少しうつむき加減である。

「うーん、やっぱり少しずつ肝硬変は進行しているよ」

手塚は新しい検査値を見て正直に伝えた。肝細胞が障害を受けていることを示すマーカー値が上昇し、そして血小板数も以前より低くなっている。

「いまの状態じゃ肝移植しか根本的な治療法はない。忙しいのはわかっているけれど、そろそろどうだろう、もう一度考えてみたら……」

もともと美智子は手塚がこの病院に来てすぐの時期、突然吐血《とけつ》して運ばれてきた患者だった。そのころはまだ《よし乃》も知らず、美智子とは初めての対面だった。店に立っていたとき、何の前触れもなく鮮血を吐いて倒れてしまったのだという。

食道静脈瘤《りゅう》による吐血だった。そのときは手塚が緊急で内視鏡を入れて静脈瘤の部位を特定し、血管内に硬化剤を注入してしのいだのである。

この時点で美智子は肝硬変が疑われた。食道静脈瘤は、肝臓に血液を運ぶ門脈《もんみゃく》という血管の流れが弱まることで起こりやすい。肝硬変になるとこの門脈の血液が滞り、ときには逆流を起こしたりする。門脈は食道の表面を走る静脈ともつながっているため、そちらの血管に血液が流れ込み、血圧が上がり、もろくなってしまうのである。ちょっとした刺激で出血し、吐血することがある。この食道静脈瘤はほとんど自覚症状がないのでとても危険だ。瘤《こぶ》が破裂すれば出血性ショックで命を落とすことさえある。

美智子は入院して検査を受けた。いったんは静脈瘤を固めて血を止めたが、肝臓を詳しく調べる必要がある。

手塚は美智子に問診し、そこで初めて彼女が飲み屋の女将であることを知った。ひとり息子のサトシがランドセルを背負って、毎日心配そうに病棟に通ってくる。それでふたりが母子家庭なのだということも知った。

問診によれば、美智子は居酒屋を経営しているものの、客といっしょに深酒をする習慣はないという。実際、彼女はアルコール性肝炎ではなかった。もっとも、アルコールをほとんど飲まない人でも肝炎になることはある。肥満や糖尿病の人に起こるNASHと呼ばれる脂肪肝炎だ。血糖値を下げる働きをするインスリンが、体内で効きにくくなってしまったときに生じるのである。手塚は術後の検査値などを見ながらこれだろうかと最初は首をひねったが、美智子は肥満体ではなく、むしろすらりと痩せている方だ。

その後、彼女がB型肝炎ウイルスのキャリアであることがわかり、手塚は仰天したのである。いったい、いつどこで感染したのか。美智子も自分が感染していることは知らなかった。

だがこれまでの病歴を詳しく尋ねてゆくうちに、彼女が子供のころ交通事故に遭い、その手術時に輸血を受けていたことがわかった。美智子はその輸血で感染したのだ。輸血によるB型肝炎ウイルス感染は非常に少なくなっているが、それでもいまなおゼロではない。年間十数例という報告が出ている。彼女の感染は人的災害だったのである。

そして手塚は絶句した。一〇年以上前に彼女が輸血を受けたのは、かつて手塚が勤めていた大学病院だったのだ。

もちろんそのころのことは、手塚は何も知らないし関わってもいない。だが自分の勤務していた病院が感染の原因をつくってしまっていたことには、さすがに申し訳なさでいっぱいになり、わかったときにはひどく心が痛んだ。

当時、手塚は美智子に説明した。いまのように顔見知りの関係ではない。だから手塚の言葉は硬

くてぎこちなかったかもしれない。だがひとりの医師として誠実に伝えたつもりだ。

「大人になってからB型肝炎ウイルスに罹《かか》っても、ほとんどの場合は不顕性感染で自然に治るんです。しかし子供のころに感染すると、ずっと身体のなかにウイルスが棲《す》み着いてしまうことがある。白城さん、あなたの場合はそれです。ウイルスのキャリアになったからといって、必ずしも肝臓がやられるわけじゃない。それでも全体で一割の人は、慢性肝炎から肝硬変、あるいは肝がんへと進展する可能性がある。どうかこれから定期検査を受けてください。クスリで病状を遅らせることはできます」

ウイルスを保有していると、感染した肝細胞が免疫作用の攻撃を受ける。その細胞は死んで、肝細胞は再生するが、また感染すると免疫の攻撃を受けることになる。細胞死と再生が繰り返されると、細胞の間に線維ができ始める。これが肝臓を硬くする原因だ。またウイルスの遺伝子が肝細胞に取り込まれると、細胞はがん化してしまう。

美智子が最初に心配したのは、自分の身体ではなくひとり息子のことだった。

「待ってください。わたしがウイルスに感染しているなら、息子は大丈夫なんでしょうか。ひょっとしてあの子もキャリアなんですか。それはあんまりです」

「すぐに調べましょう。高確率で感染している可能性がある」

手塚は息子のサトシの血液も検査した。母親がB型肝炎ウイルスのキャリアなら、産道を通してほぼ確実に子供も感染してしまう。事前に母親が保有者とわかっていれば、いまはワクチン接種で子供のキャリア化を抑えることはできる。だがサトシはワクチン接種していない。キャリアであっ

てもおかしくない。

結果は幸運にも陰性だった。いったんは母親のお腹《なか》のなかで感染したのだろうが、持続感染には至らなかったのである。その結果を美智子とサトシに告げたとき、美智子は涙を流して横に座っている息子を抱きしめた。

「この子さえ健康なら、わたしはそれで幸せです」

手塚は大学病院にいたころ、肝硬変の患者に対して内科的な薬物療法を併せた治療を積極的におこなっていた。それで何報か論文を書いたこともある。今回の美智子もクスリをうまく投与し続けることによって、根治《こんち》はできないまでも長く幸せに暮らせるよう導くことはできるかもしれない。そう期待して彼女の担当になった。《よし乃》を見つけたのは偶然である。ある夜の帰り道で暖簾《のれん》を見かけて、戸の磨《す》りガラスから漏れてくる暖かそうな灯《あか》りに誘われて店に入り、初めて割烹着姿の美智子と対面したのだ。

息子のサトシが昆虫好きの快活な少年であることも、店に通うようになって初めて知った。美智子は受診しに来るときとは別の、優しい自然な微笑みをいつも湛《たた》えていた。美智子は患者としては決して聞き分けのよい方ではなかったかもしれない。手塚が口を酸っぱくして定期検査を勧めても、店を切り盛りするのが忙しいからと、予約をすっぽかしてしまうことが多かったからである。

手塚としても毎回目尻を下げて店に通うばかりだったわけではない。実際、最初に吐血で病院に運ばれてからも、美智子は何度か容体が悪化し、一度は食事が喉を通らなくなって入院に至っている。慢性肝炎の患者は倦怠感《けんたいかん》や食欲不振を起こすことが多い。手塚はクスリの処方を変えてみたが、

じわじわと美智子の肝炎は進行しているようだった。

そして美智子が入院したとき、病棟を訪れていたサトシが、回診中の手塚に突然いったのだ。

「ねー、先生。お母さんにぼくの肝臓をあげるよ。肝臓移植ってのがあるんでしょう？　移植すればお母さんは治るよねッ」

ベッドに寝ていた美智子も、そして手塚自身も、このサトシの言葉にはびっくりして、すぐには返答できなかった。確かにいまの美智子には肝移植しか治療の方法はない。それでも息子のサトシから生体部分肝移植をおこなうなどという発想は、手塚の頭のなかに少しもなかったからである。

サトシはあっけらかんとした表情だった。まるでそれが当然で唯一の治療法だとでもいうかのようだった。小学生のサトシがどこで肝移植のことを知ったのかはわからない。テレビの報道番組や医療ドラマで観たのかもしれない。だが確かにサトシのいう通り、両親もきょうだいもおらず母子家庭の美智子にとっては、息子からの肝臓提供がいちばんの道なのである。

美智子も息子からの臓器提供など考えもしなかったようで、サトシの言葉を聞いたときは狼狽《ろうばい》し、

「あなたは何も心配しなくていいのよ」と取りなそうとした。それでもサトシははっきりとした言葉遣いで母親と手塚にいったのだ。

「ちゃんと考えておいてよ。ぼくはいつでも大丈夫だから」

そのときはそれで話は終わった。美智子は息子が気まぐれなことをいったのだと思っただろう。手塚もそれ以上は訊《き》かなかった。少々呆気《あっけ》に取られてもいた。

しかしサトシは忘れなかったのだ。

数ヵ月後に美智子がサトシを連れてまた検査に訪れたとき、サトシはほとんど無邪気ともいえる顔でいった。

「先生、ちゃんと考えてくれた？」

あのときと同じように、サトシは〝ちゃんと〟という言葉を使ったのだ。ようやくサトシが本気だったことが手塚にもわかった。《よし乃》に出向いたときも、ときおりサトシは店の奥から顔を出す。自分でつくった飼育ケースを持ってきて見せてくれることもある。そんなとき、ほとんどの場合、手塚はサトシと明るく虫について言葉を交わすのみだ。サトシは丁寧に観察日記をつけていて、それは手塚自身の少年時代を思い出させてくれた。店の厨房《ちゅうぼう》に入っているときの美智子も、店内に客が手塚ひとりのときはサトシのそうした行為を見逃してやって、話の輪に加わったりもしてくれた。手塚もそんなときは美智子の病気のことを忘れている。美智子だって同じかもしれない。

しかし当のサトシは虫の話がひと区切りついたとき、不意に自分が肝移植のドナーになる意思があることを、明るい口調で伝えるのだった。〝ちゃんと〟自分は憶えているよ、先生も〝ちゃんと〟忘れないでいてよ、とでもいうように。

「なあ、サトシ、きみは本当に肝臓をお母さんにあげてもいいと思っているのかい」

あるとき検査についてきたサトシに手塚はそう尋ねたことがある。美智子はエコー検査を受けていてその場におらず、診察室でふたりきりで向かい合い、それは男と男の腹を割っての会話となった。

「うん、ちゃんとそう思ってるよ」

「お腹に大きな傷が残ることになるぞ。かなり目立つだろう」

「ぜんぜんへっちゃらさ」

「いいか、ちょっと専門的なことをいうぞ。サトシはまだ小学生だ。身体が小さくて、大人の臓器とは大きさが合わないんだよ。血管の太さも違うから、縫い合わせるのも大変だ。それにサトシからかなり大きく臓器を切り取らなきゃいけない。きみにだって負担がかかる」

「肝臓はサイセイされるんじゃないの？　だから切ってももとに戻るでしょ」

「うーん、そいつは正確じゃないな。確かに肝臓は、三割くらい残っていれば、健康な人ならほとんどダメージはないだろう。残りの部分で肝臓の機能は果たせる。それに一年くらいすればだいたいもとの大きさに戻る。でもすっかり前と同じになるわけじゃないんだぞ。〝再生〟というより、残った肝臓が大きくなって助けてくれるといった方がいい。切った部分がもう一度生えてくるわけじゃないんだ。サトシはまだ小さい。いざ切ってからサトシの体調が悪くなってしまっては困るんだ。どのくらいまで切っていいか、医者としては細心の注意を払わないといけない」

「ふーん。でも健康ならいいよね。お母さんが治るなら、ぼくはいつでも準備ＯＫだよ」

「さっきもいった通り、大きさの問題もある。どちらにしても、小学生から大人への臓器移植はとても難しい。ほとんど例がないことなんだ」

「じゃあ、ぼくはもっと大きくなるよ。背も伸びるしさ。そうすれば大丈夫でしょ？　ノウシの人を待つよりずっといいじゃない」

サトシが「再生」や「脳死」という言葉を使ったことにも手塚は驚いた。サトシのいう通り、移

植をするなら脳死のドナーを待つか、家族や親族からの提供を期待する以外に方法はない。人間にはひとりひとりに固有の組織適合性というものがある。その適合性がかけ離れていると、移植しても免疫拒絶反応が強く働いて、臓器は排除されてしまう。だから少しでも拒絶反応を抑えるため、臓器移植ネットワークに登録して、自分と相性のよい脳死のドナーが現れるのを待つのだ。それでも登録したからといってすぐさまドナーが見つかるわけではない。何年待っても適合ドナーが現れず、また現れても場所が遠すぎて臓器を運べなかったり、タイミングが悪くて次の候補者に回されてしまったりすることもある。

家族から臓器が提供されるなら免疫拒絶反応はかなり抑えられる。サトシは美智子の子供であり、遺伝子の半分は美智子から受け継いでいるからだ。それでも一〇〇パーセント成功が約束されるわけではない。運悪く生着《せいちゃく》しないケースもある。それに生体部分肝移植はその名の通り、ドナーから肝臓を部分的に提供してもらって移植する方法だ。ドナーは手術後も生きてゆくのだから、肝臓のすべてを取り除いてしまうことはできないのである。とうぜんドナーの身体にも大きな負担がかかる。その後の人生にも影響を及ぼす。

サトシは自分からはいわないが、そうしたことを充分に承知している様子だった。

美智子はそんな息子の言葉に取り合わなかった。息子から肝臓を提供してもらうことなど論外だと考えている様子だった。しかし美智子は移植ネットワークにも登録しない。手塚は病院の内科医と相談しつつ、何とか化学療法で美智子を診てきた。しかしそろそろ肝臓の硬化を抑えきれなくなりつつある。このままではじきに店に立つこともできなくなる。

サトシは中学生になっていた。

「――サトシの臓器提供意思は本物だよ。どうだろう、真剣に考えてみてもいい時期なんじゃないかな。手術に関してはもちろんぼくが責任を持つが、昨日もいったように助《すけ》っ人《と》を頼むこともできる」

手塚は目の前の美智子に、改めてそう切り出した。美智子は答えない。手塚は自分のなかで決意しながらもうひと押しする。

「実をいうと、ぼくはまだ生体肝移植の手術をしたことはない。この病院でも前例はないんだ。その点ではきみの信頼を得られないかもしれない。だけどぼくは医者として全力を尽くすよ。きみを助けたいんだ」

ここは病院だ。《よし乃》のカウンターではない。だが手塚は美智子の伏し目がちな顔を見つめ、心のなかで〝おみっちゃん〟と呼びかけていた。店の外でその名を唱えるのは初めてだ。手塚はさらにいった。

「サトシもぼくがちゃんと責任を持って診る。きみは心配しなくていい」

そして待った。

しばらく沈黙が続いた。こんなに熱意を込めて患者に話したのは久しぶりだ。美智子を特別扱いしているわけではない。しかし自分でも知らないうちに言葉に力が入っていた。そのことに気づいて思わず頭がかっと熱くなる。

やがて美智子は、目を伏せたままゆっくりと頷いた。

「――あの子といっしょにこれからも生きてゆくのなら、わたしが逃げちゃいけないわね」

「そう。そうだよ!」

ようやく美智子から前向きな言葉が聞けたのだ。手塚は喜びのあまり立ち上がりかけた。

そして自分がおっちょこちょいだとわかったのは、その直後のことだった。

椅子から腰を浮かしたとき、手塚は不意に眩暈《めまい》を覚えたのだ。よろめいて机に手をつく。

美智子が目を見開いて顔を上げた。

「先生、どうしたんです?」

「なんだか急にぼーっとなってね……」

苦笑しながらそう取り繕ったが、自分の額に手を当てて驚いた。ひどく熱っぽい。先ほどかっと熱くなったように思ったのは、ただの気持ちのせいではなかったのだ。本当に自分は発熱している。

「ウッ……」

思わず呻《うめ》いて腹部を押さえた。痛みが急激に広がってくる。堪えきれずに目を瞑《つぶ》ると、そのとたんに天地がひっくり返るような感覚が襲ってきた。

「先生……!」

美智子の叫び声が聞こえたが、それまでだった。手塚はその場に倒れ込んだ。

気を失う寸前に喉から絞り出せたのは、先ほどから頭の隅で思い描いていた旧友の名前だった。

「ブラック・ジャック……!」

3

「ここは……？」

「お目醒《めざ》めだな」

手塚は目をしばたたいた。自分がベッドに寝ていることがわかる。声が聞こえて、ようやく意識がはっきりしてきた。目の前に立っているのは白衣姿の旧友、ブラック・ジャックだった。

彼はカルテを手に持って、血圧の数値か何かを書きつけていた。

「おまえさん、倒れたときに、わたしの名を呼んだだろう。看護師がそれを聞いていて、わたしに電話してくれたんだ」

「きみが……」

起き上がろうとして、腹部に鈍い痛みを感じた。自分が輸液チューブにつながれていることもわかる。上体を起こすことができない。顔の左側に皮膚移植の痕のある旧友は、ちらりと目を向けてそっけなくいった。

「おっと、絶対安静だ」

わずかに頭を動かすことはできる。反対側へ視線を向けると、見知った顔の看護師がいた。ということは、ここは自分が勤める回生病院の救命救急病棟なのだ。どうやら診察中に倒れて、そのまま緊急入院となったらしい。

「いまはいつだ」

「倒れてからひと晩経っている。おまえさんは胆管炎《たんかんえん》だ。駆けつけたときには黄疸《おうだん》と発熱がひどかった。わたしが緊急ドレナージ処置をして、胆汁《たんじゅう》を外へ出したんだぜ。まったく世話を焼かせる男だ」

「胆管炎……？」

驚いて手塚は言葉を失う。自分の身体がそんな状態になっていたとはまったく知らなかったからだ。

「——まさか、がんなのか」

「ああ。肝門《かんもん》部胆管がんだろう」

にわかには信じられない。だが手塚は消化器外科医であるから、肝門部胆管がんがいかに危険ながんであるかということはわかる。

胆管とは、肝臓でつくられた胆汁が胆嚢《たんのう》を経て十二指腸へと流れてゆく管のことだ。ここにがんができると胆汁の出口が堰《せ》き止められるため血液に流れ込み、黄疸が生じる。何の前触れもなく突然発熱するのも病状の特徴だ。

もしもがんが胆管の周りの血管にまで浸潤《しんじゅん》していたら危険だ。手術は一気に難しさを増す。近くの胆嚢や肝臓までがんに侵されていることになり、そうした臓器まで切り取らなければならないからだ。

B・Jはカルテを看護師に渡すと、両手をポケットに突っ込んでいった。

「いまはいったん症状を抑えたにすぎないが、あと一日は動いちゃならん。今回は緊急の手当てだ

から、手術代はまけておこう。おまえさんとのつき合いに免じてな」

「待ってくれ、ブラック・ジャック」

もっと詳しいことを訊こうとしたが、身体がだるくて声が出てこない。だが自分がこんな状態であることは、頭ではとても納得できるものではなかった。

「ぼくは、いつ仕事に戻れるんだ」

「まずは検査結果を待つことだが、確実に胆管や肝臓も取り除くことになる。少なくとも二週間は入院が必要だろう。まあ、観念して根治に専念するんだな」

「それは……、だめだ」

手塚はベッドから訴えた。B・Jは片目で手塚を見下ろしている。彼の一方の目はいつも白髪の長い前髪で隠れているのだ。

「そんなに休んではいられない……」

起き上がろうとするが、とてもそんな力は出てこない。言葉を発することさえやっとなのだ。

「おいおい、無茶《むちゃ》しなさんな。絶対安静だといったはずだ」

「きみに手伝ってほしい手術があるんだ。ぼくは何としてでも……」

「手術だって？　そんなことができる身体だと思っているのか。とにかく休め。明日また様子を見に来てやるよ」

そうじゃない、待ってくれ……と手塚は懇願しようとしたが、無理だった。再び手塚は眠りに落ちた。

ブラック・ジャック――間黒男《はざまくろお》と手塚が親しくなったのは、大学の医局時代のことだ。ふたりは大学の同期で、医局もいっしょになったのだ。

無口でぶっきらぼうな間黒男は、その特異な容貌もあって、医局では目立つ存在だった。そして気味悪がられ、遠ざけられていた。彼自身そんな立場は充分に了解し、受け入れていたことだろう。だがふしぎと手塚は彼と顔を合わせて話す機会が多く、そして手塚にとってそれは決して苦痛ではなかった。ふたりで病棟の屋上に上って、広い景色を眺めながら、互いに個人的なことを語り合う時間もたびたびあった。だから手塚は彼が少年期に遭った不幸な事故のことも知っている。彼の顔にある傷痕は医局や病棟で噂《うわさ》の種になりがちだったが、彼の経歴を知った手塚には気にならなかった。

当時から彼の手術の腕前はずば抜けており、医局の先輩たちもそのことだけは認めていた。そのあまりの切れ味ゆえに、周りから敬遠されていた節さえある。手塚自身、この男は自分とはまるで違う人間だ、と感じていたし、何度か手術室で彼の手さばきを間近に見て、天才とはこのようなものなのかと驚嘆した。自分と同い年だとはとても思えないほどの、まさに天性の技能がそこにあった。

彼はふだん、無表情な目をしていた。笑ったり、怒ったり、泣いたりと、人前で感情を顔に出すことがないのだ。見る方向によっては寂しげな目つきであり、また正面から目を向けられれば冷たい視線だと感じる。話し方もつっけんどんであるから、患者からも非情な医者だと思われることが

多かっただろう。だが手塚は彼と屋上にいるとき、彼がはるか遠くを見つめるように、目を細めることがあるのを知っていた。それは病院の向こうに広がる街の光景ではなく、もっとずっと遠くを――つまり手の届かない過去か、あるいはおのれの未来を、見据えているように思えたのだ。

そしてそんな目をした後に彼がときおり、ほんのかすかだが感情を滲《にじ》ませることがあるのを手塚は見逃さなかった。あの顔つきを表現するうまい言葉はいまも見つからない。ときにそれは何かに対する憎しみや憤怒《ふんぬ》のようにも見えたし、昔を懐かしんでいるように見えることもあった。ただ、いつも彼は口を真一文字に結び、その唇の端だけがかすかに震えていた。

一度、手塚はB・Jと並んで屋上のフェンスに凭《もた》れながら、単刀直入に訊いてみたことがある。

「ブラック・ジャック、どうしたんだ。天才の名が重荷かい？」

「いや……」

と、彼はそのとき言葉を濁したにすぎなかった。

そうしていまも手塚はB・Jと連絡を取り合っている。おそらく彼が医局を出て行って以来、患者の紹介を受け入れているのは同期の手塚からだけだろう。彼は大学時代の恩師には敬愛の念を抱いていたようだが、大学の同窓会に出てきたことはなく、連絡を取っている仲間もいないはずだ。

そんななかでなぜか手塚からの電話だけは受けてくれる。

――あいつに手術をしてもらうとは思わなかったな。

ぼんやりとした意識のなかで、手塚はそんなことを思った。

なんだかんだで、長いつき合いだ。なぜ彼は、ぼくのような平凡な医者を見棄《みす》てずにいるのだろ

う――。

「――先生」

いま、声をかけられたような気がして、手塚は目を開けようとした。瞼《まぶた》が貼りついたようで最初は動かなかったが、ようやく白っぽい天井が見えた。

ゆっくりと周りの物音が耳に届いてくる。まだ自分は救命救急病棟のベッドのなかだ。自分を先生と呼ぶのは、この病院の職員だろうか。医局の誰かがやって来たのか。頭を動かせずにいると、今度は別の声が聞こえてきた。女性だ。

「手塚先生」

顔を覗《のぞ》き込んできたのは看護師だ。彼女のことは知っている。最初に目を醒ましてB・Jと顔を合わせたときもそばにいてくれた。

「先生のお知り合いの子が、どうしても話したいそうですよ。お見舞いです」

「先生」

と、再び声が聞こえてきた。相手は男の子だ。そこまでわかって、ようやく頭のなかで回路が連結した。

「やあ、サトシ」

やっとのことで頭を横に向ける。帽子を脱いだサトシが立って、こちらの顔を覗き込んでいる。あまりに深刻な顔をしているので手塚は笑みを浮かべようとした。

「ごめんな、おじさんは油断してたんだ。でも心配しなくていいぞ。お見舞いに来てくれてありが

とう」

「先生、お母さんはどうなるの……？」

そうだ、自分は美智子を診察している最中に倒れたのだ。ひどく心配をかけてしまったに違いない。手塚はサトシを安堵《あんど》させるために手を伸ばして大丈夫だと伝えたかったが、腕に力が入らなかった。

「これからもおじさんがちゃんと診るから……」

「違うよ。おじさんがいま手術できなかったら、お母さんはどうなるの？　ぼくの肝臓を使ってっていったのに」

看護師がそっとサトシの肩に手を置いて諭そうとする。

「サトシくん、その話は後にしましょう」

「先生がお母さんを治すはずじゃないか」

「――何かあったのか？」

手塚は不安になって看護師を見た。彼女は誰かに助けを求めるかのように周りを見回す。やがて手塚の視界の外で誰かが合図を返したらしい。看護師はそちらを見て小さく頷き、そして手塚に向き直って告げた。

「先生が担当なさっている、白城美智子さんの容体が急変したんです」

「ええっ」

手塚は叫ぼうとしたが、喉が詰まって声が出なかった。やっとのことで掠《かす》れた声で訊いた。

「いつだ。いったいどうして」

「今朝方のことです。白城さんは自分の診察中に先生が倒れたのでひどく心配なさって、夜までずっと待合室に詰めていらしたんですよ。いったんお帰りになったんですが、少し額を押さえていらっしゃったので心配でした。それでご自宅で朝食をお摂《と》りになった後、急に悪寒に見舞われて、倒れてしまわれたんです。いまはこの救命救急病棟にいます。救急の先生が治療に当たっていますから」

無理をして風邪でもこじらせたのだろうか。もしそうだとしたら、ずっとこの病院に足止めを強いたこの自分に責任がある。

「待て、彼女はぼくが治す。起こしてくれ。ぼくが診ないで誰が診るんだ！」

「先生はまだ動いてはいけません」

「そんなこと、関係あるか！」

必死で訴えたが、最後の方はほとんど言葉が出ない。手塚はベッドから起き上がろうと、全身に力を込めた。看護師が手塚をなだめようとする。ほかの救命救急スタッフもやって来て手塚を取り巻き、腕や肩を押さえた。もちろんそのなかには知った顔もある。同じ病院の仲間なのだ。

「いまはわれわれに任せて、先生は落ち着いてください」

「ばかっ、これが落ち着いていられるか！」

もはやその声はほとんど出ていなかったかもしれない。だが美智子がこうなったときのために、何年も前から自分は彼女を診てきたのではなかったか。いつなんどき彼女がのっぴきならない状況

に置かれても、自分はすぐさま対応できるよう生きてきたのではなかったか。

自分は医者だ。患者が本当に助けを求めているとき手を差し伸べられなくてどうするというのか。鎮静薬を打たれたらしい。手塚は自分が眠りに引きずり込まれてゆくのを感じた。自分を押さえ込むスタッフの向こうに、サトシの顔が一瞬見えた。

母親が運び込まれたので学校も休んで見舞いに付き添っていたのだろう。サトシはこの自分を探したはずだ。いつも母親を診ていたのはこの自分だったからだ。それなのに見当たらない。看護師たちに訊いて回ったに違いない。そしてここへやって来たのだ。

サトシ、よく知らせてくれた。こんな身体になったが、ちゃんとおじさんはお母さんを診てやる。この眠りから醒めたら、必ず助けにいってやる。

4

「やはり肝門部胆管がん、病期は3Aというところか。おまえさん、肝臓の半分は切除しなきゃならないな」

翌日も手塚は救命救急病棟のベッドにいた。B・Jがカルテを見てそう告げる。

「後はおまえさんの同僚がやってくれるだろう」

「ブラック・ジャック、もう一度いう。ぼくはきみにお願いがある」

手塚は枕に頭を横たえたままB・Jを見上げた。

「ぼくにはいま治したい患者がいる。その患者は生体肝移植をやる必要があるんだ。きみに協力してもらいたい」

「いまはおまえさんも病人なんだぜ」

「だからぼくの手術をやってほしい。もちろん根治までは時間がかかるだろう。だがぼくが手術に立てるくらいまでは回復させてほしいんだ。それもできる限り早く」

意を決しての訴えだった。B・Jはしばらく黙って手塚を見下ろしていたが、やがて大げさに肩をすくめた。

「おまえさんがそんなに頑固だったとはね」

「きみがいつも大金を請求していることは知っている。ぼくも払おう。一生かかってでも返済する覚悟がある。だからどうか引き受けてくれないか」

「そういう問題じゃない」

「ほかに何の問題があるというんだ」

きみは金次第で何でもやってのける男じゃないか——という言葉を、手塚は呑み込んだ。旧友を相手にそこまで口に出して問うことはできなかった。無茶な要求をしていることは医者であるこの自分がいちばんよくわかっている。それでもその無茶を頼めるのは、この男しかいないのだ。

「そこの棚に患者のカルテがある。見てくれ。三六歳、女性。飲み屋の女将なんだ。移植のほかに道はない。一三歳の男の子がひとりいる。その子から部分肝移植をするんだ。ぼくがずっと診てきた患者だ」

「一三歳だって？　まだ子供じゃないか。臓器が小さすぎる」

「ふたりの検査もやってきた。何とか移植できる大きさになっていると思う。だが異例の手術になる」

肝移植のドナーは二〇歳以上からとされることが多い。健常者であっても年齢が極端に高齢であったり、逆に若すぎて提供できる臓器が小さかったりと、一般的なドナーの基準に収まらない人のことをマージナルドナーと呼ぶが、今回のサトシはまさにこれに相当する。

「これはぼくが担当しなきゃならない案件なんだ。一二時間でいい、ぼくを手術に立てるようにしてくれないか。そしてきみも手伝ってほしい。第一助手になってくれ。ぼくに万が一のことがあっても無事に切り抜けられるように」

「フン……」

B・Jはカルテを読み込み始める。手塚はその様子を見つめていた。いままで伝えてきた話は、すでにこの病院の同僚にも意思表明し、願い出たことだ。同僚たちは手塚に同情の表情を見せながらも、しかし頷いてはくれなかった。それは医師として当然の判断だろう。仮に手塚が同僚の立場だったとしても、首を縦には振らないに違いない。後は自分たちに任せて、きみはひとまず休めと進言するだろう。

つまり手塚がいまB・Jにいっていることは、わがままにすぎない。だが一方で、これは決してわがままではないのだと手塚は思っていた。どうしても自分で治したい人がいる——そんな気持ちを抱くことは、医者なら誰にでもあることではないだろうか。そしていま目の前に、天才と呼ば

れた旧友がいる。ひとりの人を救うために、通常ではあり得ない奇跡的な一時的回復が自分自身にまず必要なのだとしたら、それを成し遂げてくれるのはこの旧友以外にいないのではないか。

手塚はなぜこの男が世のなかで求められるのか、初めてわかった気がした。人がこの世で生きてゆくなかで、おそらくは一生に一度といえるほどのときに、自分のような平凡な医者とは違うブラック・ジャックという奇跡を叶える唯一無二の男が、どうしても必要とされることがあるのだ。

「この患者は飲み屋の女将だといったな。どうしておまえさんはそんなことまで知っている」

「行きつけの店なんだ。誤解しないでくれ、だから特別だというわけじゃない」

「そこの名物はなんだい」

「おでんだよ。がんもどきは絶品だ。がんもどきは、おでんのなかにしかありません……ってな」

ふっとB・Jが笑みを漏らした。

手塚もつられて笑った。腹が引き攣《つ》って、痛みをこらえる。泣き笑いの顔になってしまった。

B・Jは美智子のカルテと手塚のカルテを見比べる。そしていった。

「どちらも治ったら、おでんをおごってくれるかい」

涙が滲んでくる。その言葉は彼にとっての「OK」の意味だとわかったからだ。

「恩に着る、ブラック・ジャック！」

「明朝、おまえさんの手術をおこなう。同僚たちに話をつけておいてくれよ。おまえさんが周りを説得させられなけりゃ、わたしだってこの病院の手術室に立てないんだからな」

「わかっている。ありがとう！」

「まず一二時間だ。一二時間だけおまえさんを手術に立てるようにする！　そして明後日に生体肝移植だ！」

5

翌朝午前九時、手塚は手術室に入った。

執刀医はB・Jだ。助手には手塚の同僚である医局の医師たちがつく。これまでにも何度かB・Jは、手塚が仲介するかたちでこの病院で手術をおこなってきた。その際には医局のメンバーがサポートに回ってくれた。よって彼らはB・Jのことを知っている。安心して任せられる仲間たちだといえた。

「肝右葉《かんうよう》と肝外胆管の切除術をおこなう」

と事前にB・Jからは聞かされていた。つまりがんが浸潤している胆管の周りの臓器もごっそり取り除くわけだ。肝右葉ということは、肝臓の右半分も摘出してしまうことになる。

手塚は手術室で全身麻酔を受ける。もう数え切れないほどこの手術室には出入りしてきたが、手術台の上に寝たのは初めてだ。いつも見えている景色とは、目線の高さも角度もまったく違う。麻酔医の声が遠ざかってゆき、自分が眠りに就こうとしているのが自覚できる。目を閉じる直前、手術衣姿のB・Jが視界に入ってくるのがわかった。手術帽をかぶってマスクをつけ、その両目が自分を見下ろしている。彼が髪を掻《か》き上げて両方の目を見せるのは手術室のなかだけだ。その目の

鋭さがよくわかる。

彼は「安心しろ」とも「心配するな」ともいわない。ただこちらを見つめている。それで充分だった。手塚は目を閉じ、麻酔に身を任せた。


手塚は夢を見た。

ほんの一瞬のような気もするが、それは自分の体感にすぎない。実際はどのタイミングでどのくらいの間、夢を見ていたのかわからない。おそらくは手術室を出てからのことだろう。

それでも自分は、手術台の上で夢を見ていたような気がしたのだ。

夢のなかで、自分は医者でもなければ昆虫学者でもなかった。自分は何かものをつくる仕事に就いていた。孤独であると同時に、大勢の仲間と集まってひとつのものをつくり上げる、そんな奇妙な仕事をしているようだった。というのも自分はひとり籠もって作業を続けていた部屋から出てきて、共同作業をしている仲間のところへと階段を下りてゆき、じゃあ今夜はこれでと声をかけて回っていたからだ。

封筒をかかえて建物の外に出ると、仲間のひとりが庭先で何かをじっと見つめていた。その男もやはり根を詰めて仕事に疲れたのだろう。そして気分転換に外へ出たのかもしれない。男も自分自身も半袖姿で、いまは夏なのだということがわかった。

手塚が男の肩越しに目を向けると、建物の壁を照らす灯りが昆虫を呼び寄せて、庭の木々が虫たちでいっぱいになっているのだった。

男は手塚に気づいて、鈴なりのコガネムシです、と振り返って伝える。嬉しくなって自分も身を乗り出し、葉の上を動く虫に手を伸ばす。

「すごいねえ、コフキコガネだ。この辺にはまだこんなのがいるんだねえ。コフキコガネの目はとってもかわいいねえ」

と手塚は笑った。その建物は彼が仲間と仕事をするために新しく郊外に建てた仕事場で、周りにはまだ自然が残っているのだ。どうやら自分は複数の仕事場を持っているらしい。週に一、二度、こちらにやって来て、仲間に指示を出す。だが相手の男がくしゃくしゃのシャツを着て無精髭《ひげ》を生やしていることから、自分のやっている仕事はそこらにたくさんあるようなものではなく、環境も条件も過酷なものなのだと察せられる。

夢を叶えたいという何ものにも代えがたい情熱、それがひとりひとりの孤独をつないでいるのだった。

そして次の場面で彼はどこかの病室のベッドにいた。窓から夕日が射《さ》しており、自分は天井を仰いでいた。自分がやつれていることはわかる。セーター姿の男が見舞いに来ていた。仕事仲間であるらしい。彼は手塚の本当の病状をいわない。それどころか手塚の話を聞くために、手帳にメモを取っている。

自分はうすうす何の病気だか察しているが、それでも数週間もすれば再び仕事場に戻れると信じている。なにしろやりかけの仕事が山のようにあるのだ。つくりかけの夢がまだ残っている。途中のまま自分が死んでしまうことなんてあり得ない。頭のなかではまだ物語は続いているのだから。

自分は天井を見上げたまま、見舞いに来た男に何かいった。

その最後の声は、聞こえなかった。

手塚は目が醒めた。


B・Jは白衣姿でベッド脇から手塚を見ていた。

「やあ」

と手塚は声をかけた。現実の世界に戻ってきたことへの挨拶でもあった。

看護師が横についているのがわかる。彼女は手塚が目醒めたことでほっとした表情を浮かべた。

「あと三時間もしたら、おまえさんは離床の準備をすることになる」

「手術に立てるんだな」

「そのための準備だ。指先に痺《しび》れや違和感はないか」

手塚は毛布から両手を出して、自分自身で眺めてみた。握って、そしてまた開いてみる。

「大丈夫だ。これならメスを持てる」

「リハビリの突貫工事はこの病院の専門医に任せる」

「わかった。手術は明日だな。頑張るよ」

そう答えると、不意にB・Jは話題を変えた。

「おまえさん、虫は好きなのに、蜘蛛《くも》は大の苦手だそうだな」

「何だって？」

手塚は面食らった。

「どうして、そんなこと知ってるんだ」

「フフフ、おまえさんの弱点を聞いたよ」

B・Jが笑い出すので、手塚は呆気に取られて、そしてようやくわかった。

「サトシに会ってくれたんだな」

蜘蛛が大嫌いだという話は以前サトシにしたことがある。子供のころ虫取り網を持って近所の山によく出かけたが、木の枝から目の前に蜘蛛がぶら下がってきたときは、悲鳴を上げて逃げ出したものだった。サトシはその話を聞くと、「先生も弱虫だなあ」といって腹をかかえて笑った。手塚は店のカウンターで憮然《ぶぜん》としたが、厨房で女将の美智子もくすくすと笑みをかみ殺して、結局のところ手塚も苦笑いをしたのだった。

「おまえさんが眠っている間にいろいろと明日の用意が進んだ。病院の同僚に感謝するんだな。ドナーとレシピエント、ふたりの意思も最終確認して、検査も終わって、後は手術を待つのみだ。みんながおまえさんを待っているぞ」

「成功すると思うか」

「おまえさんが成功させるんだ」

「そう。その通りだ」

手塚はベッドのなかで頷いてみせた。

力が湧き起こってくる。

上体を起こし、両足を床につける。看護師に支えられて立ち上がる。一歩、二歩、と前に進む。中心静脈用の点滴チューブや腹腔《ふくくう》ドレーンが鬱陶《うっとう》しいが、それは仕方がない。自分は両手を動かし、周囲を見渡し、この両足で立つことができる。それで充分だ。

足を前へ出すことが自分を前進させることになるのだと手塚は実感した。この身体だけでなく心が、気持ちが前へと進んでゆく。

同僚から美智子とサトシのデータを見せてもらい、自分でも確認する。ついにこのときが来たのだ。手塚はベッドサイドに手術器具を並べてもらって、明日の手術のイメージトレーニングにも励んだ。夜が明ければ自分はふたりの身体にメスを入れる。移植は時間との闘いだ。執刀医としては、頭も身体もすべて澄んでいなくてはならない。

夜が更けてから看護師に頼んで、美智子とサトシのもとへと赴いた。

「大丈夫だ、もう自分で歩ける」

つき添ってもらいながらも手塚は自分の足で病棟の廊下を進んだ。美智子は個室に入っていた。手塚がなかに入ったとき、美智子はすでに眠っていた。その寝顔を見るだけで充分だった。明朝には手術の前に言葉を交わすことができるだろう。ベッド脇まで行って、毛布の上に手を置いて囁《ささや》いた。

「おみっちゃん、ついにこのときが来たぞ」

そして手塚はサトシと会った。

「先生」

サトシはベッドで身体を起こし、ぱっと顔を輝かせた。この時間でもまだサトシは起きていた。明日の手術に備えて病棟に入ったものの、暇を持て余していたらしい。机の上にはマンガや昆虫図鑑がある。そんな様子を見て手塚は嬉しくなり、思わずサトシの両肩をかかえ、そして抱きしめた。

「手術は恐くないか、サトシ」

「ぜんぜん平気だよ」

「おじさんは戻ってきたぞ」

「ちゃんとぼくの肝臓、使えるよね？」

「ああ、使えるとも。明日からはお母さんの身体のなかで、サトシの肝臓が生き続けるんだよ。ちゃんとおじさんがそうしてやる」

「お母さんにずっと生きていてもらいたいんだ」

「わかってる。おじさんも同じだ」

そして手塚は心のなかでいった。

お母さんだけじゃない、サトシ、きみもずっと生き続けるんだぞ。

手塚は身を離し、そして机の上にある昆虫図鑑を手に取った。ページには開きぐせがついており、サトシが読み込んでいることがわかる。図鑑の後ろの方には冬の昆虫の探し方というページもあった。虫たちが卵や蛹《さなぎ》、幼虫や成虫といったさまざまな姿で、冬越しをしている様子が図解されている。落ち葉の裏や木の幹の隙間に虫は生きている。寝ているオサムシを崖の土や枯れ木から掘り返

す昆虫愛好家たちの写真もある。

「なあ、サトシ、いまの季節でも森へ行けば虫が見つかるぞ。お母さんが元気になって、サトシも動けるようになったら、おじさんと虫を採りに行かないか。サトシがいつも行く場所へ連れて行ってくれよ」

「だって先生は忙しいでしょ」

「少しは休めるさ」

「お母さんのおでんを食べるだけじゃなくて？」

「いつも標本や虫籠を見せてもらうばっかりで、いっしょに採りに行ってないじゃないか。おじさんも久しぶりに虫を採りたくなってきた」

「うん、いいよ」

「指切りをしよう」

手塚は小指を差し出す。サトシは意表を突かれた様子だった。だがいくらか照れながら、そっと小指を出してきた。

いままで患者から指切りをお願いされたことはある。まだ若かったころ、小児の患者に細い小指を差し出されて、どうしたらよいかもわからずに、それでも笑顔をつくって応えたことがある。患者の家族の子供にお願いされたこともある。お父さんは元気になるの、お祖母《ばあ》ちゃんを治してくれる？　先生、指切りげんまんしてよ、と、ぷくぷくとした小指を差し出されたことも何度かある。そうして指切りを交わした子が、何年か経ってまた病院を訪れてきて、当時の指の感触を思い出す

ことも一度や二度ではなかった。

だが自分から指切りをしたことはなかった。医者は〝必ず治す〟や〝約束する〟といった言葉を、患者に対して不用意に使うことができない。つねにリスクを念頭に置かなければならない。

だがいまは違った。そんな一般論など忘れて、サトシと約束を交わしたいと思った。ふたりをちゃんと幸せにしてみせるという思いだけが、いまの手塚の胸にあった。


そして夜が明けて、手塚はベッドのなかでおのれの心を整えた。

起床してから何度も時計を確認していた。そして最後に時刻を目に焼きつけると、自分の力で立ち上がった。

これから一二時間だ。一二時間で美智子とサトシを助ける。手塚はロッカー室で着替え、白衣をまとった。自分の足でまず医局に向かい、同僚と挨拶を交わし、そして朝の打ち合わせに参加した。

「じゃあ手塚さん、行きましょうか」

同僚とともに、手塚は早めに手術室へと向かった。

入口の前で、すでに用意を整えたB・Jがひとり待っていた。

「どうだい、調子は」

「ありがとう。最高さ」

やがてストレッチャーで美智子とサトシが別々に運ばれてくる。手塚はストレッチャーに横たわる美智子の顔を覗き込んだ。診察室で倒れて以来、美智子と直接言葉を交わすのはこれが初めてだ。

「先生、サトシをよろしく頼みます」

美智子は手塚に目を向けてそういった。自分のことではなく息子の名を出したのだった。

「おみっちゃん、任せてくれ。いっしょに頑張ろう」

手塚は美智子の手を握った。

そしてサトシはいつもと同じように、ほんのわずかに微笑んでさえいた。これから大変な手術に立ち向かうのだということを充分に理解していながら、本当に少しも恐れていない様子だった。むしろわくわくするような大冒険に出かけられるのだと、ふつうの人ならまず体験できない地平線の向こうまでの大旅行に行けるのだと、好奇心と期待で胸をいっぱいに膨らませているかのようだった。

「先生、お母さんを〝ちゃんと〟――」

「〝ちゃんと〟治すよ。大丈夫だ」

ふたりの〝ちゃんと〟という声が重なって、サトシはにっこりとストレッチャーの上で笑う。

「始めよう」

手塚は宣言した。全身が奮い立っている。美智子とサトシは別々の手術室に運び込まれ、それぞれ麻酔を受ける。サトシから肝臓を取り出し、そしてすぐさま隣の手術室に運んで美智子に移植するのだ。手塚はB・Jとともに、摘出と移植の両方をおこなう。回生病院初の生体部分肝移植だ。

あと一〇時間、自分はこのまま立って、手術を最後までやり遂げてみせる。自分はそのために生まれてきたのだとさえ、そのとき手塚は思った。

「ブラック・ジャック、よろしく頼む」

目線を交わし合う。これまで何度かいっしょに手術室でメスを握ってきた。だが今回ほど彼がともにいることを嬉しく感じたことはない。

B・Jはいつものように、頷きもしなければ「ああ」と声に出して返答もしない。だが、執刀医はおまえさんだ、といっているように思えた。こちらがその通りだと強く頷くことを見越して。

——おまえさんが成功させるんだ。

彼はそう語りかけているように見えた。

6

一二時間後きっかりに、手塚はベッドへと戻った。そして深い眠りに就いた。

やり遂げたのだ。

その思いを胸に抱いて手塚は眠った。後は同僚たちに任せるほかはない。移植は手術だけで終わるのではないからだ。しかしいまはひとつの大きな山を越えた。

翌朝、手塚は目を醒まして、真っ先に看護師に美智子とサトシの容体を尋ねた。自分だって本来ならばあと一、二週間は寝ていなければならない身だ。それなのにまず尋ねたのはふたりのことだ。手術室に入っていったときのふたりと同じだと気づいて、心のなかで苦笑する。

「おふたりともお休みになっていますす。術後経過は順調ですよ」

そう告げられて手塚はほっとし、深く息をついた。そしてまた眠った。

早くふたりの顔が見たい。ふたりの声を聞きたい。自分が体力を取り戻すのと、ふたりが元気になるのはいわば二人三脚、いや三人四脚だ。いっしょに足を踏み出して進んでゆくのだ。

一日の大半を、手塚はうつらうつらしながら、それでも幸福感に抱かれて過ごした。見上げる室内の空気も輝いているように感じられた。

手塚を担当している看護師は、美智子とサトシのことを笑顔で伝えてくれた。ふたりとも肝機能は良好に回復しており、ベッドサイドを訪れる医師や看護師たちにも明るく話しかけるようになったという。そうした報告を聞いて手塚は嬉しく思い、ふたりの笑顔を想像した。


そして手術から三日後のことだった。

「おはよう。ふたりの様子はどう?」

快適に目を醒ました手塚は、やって来た看護師に声をかけた。

ふだんなら看護師は脈拍や心拍数を確認しながら明るく返事をしてくれる。だがそのときは違った。彼女は目を伏せたのだ。そして彼女の後ろから同僚の医師が現れて、低い声でいった。

「手塚先生、白城美智子さんは——お亡くなりになりました」

「何だってーッ」

手塚は頭のなかが真っ白になり、そして絶叫して起き上がった。

7

手塚は白くて小さな部屋のなかにいた。壁にふたつ、照明が灯《とも》っている。祭壇となるわずかな凹《くぼ》みに、ささやかな花が生けられている。ストレッチャーの上に横たわった彼女は動かず、身体は毛布で覆われ、顔には白い布がかかっている。

病院の地下一階にある霊安室は、数人も入ればいっぱいになってしまうほどの大きさだ。院内の案内板には載っていない。

手塚は自分の足で立って、美智子の遺体を見下ろしていた。手塚の横にはB・Jがいた。つい先ほど到着したのだ。ふたりの後ろについていた同僚の医師がいった。

「白城美智子さんは、昨晩遅くに容体が急変しました。いったんは息子さんの肝が順調に生着したかに思えたのですが、超急性拒絶が生じたのです。移植片対宿主病《いしょくへんたいしゅくしゅびょう》――GVDHでした」

手塚にとっては何度目かの説明だったが、B・Jはいま初めて詳細を聞いたことだろう。

「血縁者間の移植で起こりやすいといわれる症状です。移植における免疫拒絶反応というと、通常は臓器を受け取ったレシピエント側が、ドナー側の移植臓器を異物と認識して攻撃することが多いわけですが、この場合は反対に、ドナー側の移植片がレシピエントの肝を免疫攻撃するのです。いったん起こるとその症状はきわめて激烈で、致死的なものとなります。われわれもシクロスポリンなどを投与して最善を尽くしましたが、未明に息を引き取られました」

臓器移植の際には拒絶反応が起こらないよう、免疫抑制剤が投与される。つまり美智子の免疫反

応は抑えられていた。そこへサトシの肝臓が移植された。肝臓といっしょに美智子の体内に入ったリンパ球が、免疫状態の低下していた美智子のなかで結果的に優位に働き、逆に美智子の身体を異物として攻撃したのだ。

なぜGVDHが起こるのかはいまもよくわかっていない。だがいったんそうなったら発熱や発疹《ほっしん》や下痢が生じ、多臓器不全に見舞われる。

「ちくしょう……。ちくしょう……！」

手塚は嗚咽《おえつ》を漏らした。目をきつく瞑り、肩を震わせた。立っているのがつらい。気を緩めたらいまにもこの場に崩れ落ちてしまいそうだ。

手術は成功していた。誰も失敗はしていない。ふたりの臓器はちゃんと手に手を取り合って機能し続けていた。免疫抑制剤による感染症にはもちろん気をつける必要はあったが、こんなかたちで美智子の命が失われるとは夢にも思っていなかった。

だが——と手塚は頭を振る。唐突に自分を責める思いが湧き起こってきたのだ。自分はひょっとして慢心していなかったか。自分が手術に立てるとなったことで嬉しさが優先し、それにB・Jが第一助手についてくれたことで、万が一にも失敗に終わるはずはないと、どこかで安心していたのではなかったか。未来への希望を信じすぎていたのではないだろうか。

自分がどれだけの思いを込めて手術室に立とうが、どれだけB・Jが天才だと呼ばれようが、自分たちの思いとは無関係に、人はこの世から去ってゆく。

「ブラック・ジャック……！　ぼくは……、ぼくは大馬鹿者だ！　おっちょこちょいの大間抜け

だ！　一生を費やしても人ひとり救えやしない！」

「おまえさんが泣いてどうする。それでも医者か」

手塚は息を呑んで顔を上げた。自分は涙で頬を濡《ぬ》らしている。だがB・Jは表情を少しも崩さず、前髪の間から覗く片目で、手塚を見つめ返すばかりだ。その冷静さに手塚は腹が立った。自分の胸を指して声を上げた。

「医者である前に、ぼくは、自分が人間だとわかったんだ！」

だがB・Jは表情を変えずにいった。

「ならば医者を辞めろ」

手塚は絶句した。突き放すようなその言葉に衝撃を受けた。

ぐらりとよろめき、手塚は一歩下がり、思わず美智子の横たわるストレッチャーに手をかけた。声が出てこない。

「失礼します。サトシくんをお連れしました」

ドアが開いて、車椅子に乗ったサトシがゆっくりと入ってくる。看護師が後ろからハンドルを押している。手塚は慌てて眼鏡を取り、手で顔を拭いた。サトシが顔を上げて母親の遺体に目を向ける。

「お母さん」

サトシが発したのは、そのひと言だけだった。

お顔の白い布を取りましょうか、という看護師の問いかけに対し、サトシは無言で首を振った。

サトシは覆われて鼻筋のかたちがわかる顔よりも、毛布で見えない母親の腹部に目を向けている。そこにはサトシの提供した肝臓があるのだ。母親の死によって、その肝臓もまた生命のしるしを失ってゆく。

手塚は理屈ではわかっていた。臓器を提供されるレシピエントだけでなく、提供するドナーの側のケアも同じように大切だ。臓器を受け取った母親が亡くなったいま、提供した側の喪失は計り知れないものになるだろう。ましてやサトシはまだ子供だ。そして今日から肉親はひとりもいなくなる。

「すまない、サトシ。ぼくは……」

手塚は〝ぼく〟に戻っていた。サトシの前ではいつも〝おじさん〟といっていたのに、このときばかりはその言葉が出た。

だが、次の言葉がどうしても見つからなかった。

「先生、ぼくは後悔してないよ」

サトシが顔を上げていった。まるで声を出せない手塚を気遣っているかのようにさえ思える口調だった。

「みんな頑張ったんだよ。先生はちゃんとやったよ」

そして再び母親を見つめた。

「お母さんもちゃんとやったよ」

サトシが看護師とともに出て行った後、手塚はついにその場に膝を落とした。そして泣いた。おいおいと大人げなく泣いた。

途中でようやく手塚は気がついた。

B・Jは立ち去らずに自分を待っていてくれた。

8

美智子は、手塚と息子のサトシに手紙を残していた。容体が急変するまさにその日、彼女は自らペンを持って、ベッドのなかでふたりに宛てて言葉をしたためていた。

細い字で書かれた、短い手紙だった。

《手塚先生、

このたびは本当にありがとうございます。

これからも聡《さとし》の話し相手になってやってくださいね。

あの子は先生と話すのが本当に好きなのです。

一日も早いご快復をお祈り申し上げます。

先生にお目にかかって御礼をお伝えできる日を、いまも心待ちにしております。》

まず息子のことを書き、そして手塚の容体を気遣う。自分のことは最後に一筆、つけ加えるように記されているにすぎない。感情が直截《ちょくせつ》的に吐露されているわけでもない。

しかし手塚はこの便箋の一行ごとに、美智子がペンを止めて思案し、息をついて、言葉を懸命に探し当てようとしていたことが感じ取れた。そして最後の一行は、それまでの行とわずかに隙間が広く空いて、その空白に美智子の呼吸が込められている気がした。

——あの後、手塚は霊安室でひとりでは立てなくなり、車椅子の助けを借りてベッドに戻った。美智子の葬儀はやや遅れて、ひとり息子のサトシが車椅子で外出できるようになった一週間後に執りおこなわれた。手塚も車椅子で参列した。

「先生、ぼく、親戚の家に行くことになったんだ」

葬儀後にサトシと話した。病棟でも手塚は何度か訪ねに行ったが、こうして外で言葉を交わすのはいつの日以来のことだろう。手塚はサトシの顔を見て感じ入るものがあった。彼は風の冷たさゆえに頬を赤らめている。それは手塚にとってまさに彼が、いま生きている証《あかし》であるように思えたのだ。

「住んでいた家は売ることになったよ。退院したらすぐ引っ越しの準備なんだ。だから先生にひとつお願いがある」

「何だい」

「飼っているカブトムシをもらってほしいんだ。いま幼虫で、腐葉土のなかで越冬しているんだよ。

あんまり動かすといけないから、引っ越し先へ持って行けないんだ」

「わかった。ちゃんと育てるよ。蛹になったら写真を送ろう」

「うん」

「新しいところへ行っても、虫を採るのかい」

「わからないよ。虫の居場所が近くにあるかどうかもわからないんだ」

「遠征すればいい。虫のいるところへ、遠くへ」

「そうだね」


後半の会話は、少しすれ違った感じのものになってしまった。

それが寂しいと手塚は思った。だがこれが現実なのだ。もう《よし乃》の暖簾を潜ることはない。温かなあのおでんを口に運ぶこともない。

サトシはこれから継続して精神面のケアを受けることになる。近くの基幹病院に申し送りがなされて、カウンセラーが定期的にサトシと面談し、母親を失った家族ドナーとしての喪失を乗り越えてゆく支援がおこなわれる。サトシはただひとりの肉親と同時に、自分の臓器の半分も失ったのだ。手塚もいまは肝臓の半分を失っているわけだが、がんであった自分とは経緯も何もかもが違う。しかも今回はGVDHによって、レシピエントである美智子は亡くなっている。自分の提供した臓器がレシピエントである母親の身体を攻撃したという事実は、サトシにとって深い心の傷となってしまうかもしれない。それだけでなく実際にサトシの身体には大きな手術痕が残っており、これからも彼はその傷と生きてゆくのだ。ドナーとしての過去を忘れることはできないのである。

だからこそ充分な事後のケアが求められる。しかしサトシはこの町から離れてゆく。今後その現場に手塚が貢献できることはほとんどないだろう。それが手塚にとっては心残りであったが、地方の病院で働くとはそういうことなのだった。患者はいつか遠ざかってゆく。人はそれぞれの人生を生きる。

サトシに直接聞くことはなかったが、あるときサトシを担当している看護師が手塚に教えてくれた。

美智子が息子に最後に残した手紙には、手塚の名があったのだと。

あなたと手塚先生のおかげでいまお母さんはこの手紙を書けています、本当にありがとう。あなたの肝臓はとても元気よ、と。

そして手紙の最後にはこうあったのだそうだ。

あなたがわたしの子であったことは、お母さんにとって人生でいちばんの幸せです。

サトシが退院する日、手塚は久しぶりにB・Jと会った。

「どうだ、調子は」

「ああ、おかげで大丈夫だ。もう仕事に戻っているよ。夜勤は控えて早く帰っているけどね」

サトシの見送りに行く前に、ふたりでそんな会話をした。手塚は白衣を着て医局でB・Jを待ち、そして廊下で会ったのだ。

ごく平凡なやりとりだ。しかし美智子が亡くなった日、霊安室であんな言葉を交わした後だけに、

手塚にとってはこのさりげなさがありがたく、心に沁みた。いま思えばB・Jは、ひょっとしたら手塚に対してというよりも、これまでずっと自分自身に対して、あのような言葉を放ってきたのではなかったか。彼の言葉が冷たく聞こえたのは、彼が自分自身に対して誰よりも強く突き放してきたからではなかったか。

手塚は彼と同じ医局で学び、医療の世界へと入っていった。だが自分と彼は途中で別の人生を歩んだ。彼は医師免許をついに取得することがなかった。それでもなお人を治す現場で生き続けている。

その覚悟があのときの言葉となって出たのではないか。手塚はそう思うようになっていた。

「そろそろ時間だ。行こう」

手塚はB・Jを促して一階へと下りた。ロビーは外来患者でいっぱいだ。この病院は建物が古くて、ロビーはさほど広くはなく、椅子の数が足りないのだ。そしていつも特有の空気に満ちている。ちょうど人間の肺が身体の内部と外界をつなぐように、病院のロビーも呼吸をして、日常と非日常の間を行き来しているように思える。そしていつもほんのわずかに、ささやかなくらいに暖かいのだった。

サトシは医師や看護師に見送られた。担当の看護師が代表して、サトシの胸ポケットに小さな洋菊の花を挿し入れる。病室に飾ってあったものだ。本来ならこの場にはふたつの大きな花束が用意されているはずだった。人々はそれを口には出さない。だがサトシは微笑んでその花を受け入れた。手塚も同僚たちといっしょにそれを見守った。

つきそいの人はいない。サトシはひとりきりだった。親戚も遠方のため今日は足を運べなかったのだろう。手塚は一歩前に出ていった。

「サトシ、ぼくが家まで送ろう。タクシーに乗ればすぐだ。それにカブトムシも受け取らないとな」

「先生」

サトシは手塚に向き直った。

「お母さんを手術してくれてありがとう。ぼくは手術してよかったと思っているよ。ねえ、先生、わかってほしいんだ」

そしてサトシは自分の腹に手を当てていった。

「ぼくはね、お母さんに肝臓を半分あげたから、いまはもう半分しか残っていないんだ。でもね、半分なくなってよかったと思っているんだよ。先生、教えてくれたよね。これからぼくに残った肝臓が、少しずつ育って大きくなってゆくんだよね? いまぼくは肝臓の半分がないでしょう? だけどね、ぼくは、半分ないから、お母さんのことを思い出せるんだ。いま半分ないから、お母さんがいなくてもやっていけるよ。空いたところをこれから埋めてくれる肝臓は、きっとお母さんとの思い出が、ちゃんといつまでも詰まっているんだよ」

あまりにも不意な言葉で、手塚は涙が出そうになった。思わず手で顔と口を押さえ、息を止めてこらえた。

自分は医者ではないか。患者と別れるたびに泣いていてどうする。あの日Ｂ・Ｊに窘《たしな》められたではないか。それなのに何てことだ。

泣くのはあの日で最後だと心に誓ったのだ。自分は医者である前に人間だが、それと同じくらい大切なのは、自分が人間であり、そして何よりも医者である、ということなのだ。医者か人間かのどちらかであるのではない。自分は医者であり、そして人間なのだ。だからむやみに泣いてはならない。

あの日を境に自分はそのことを思い出したのだ。

Ｂ・Ｊが、美智子が、そしてサトシが、本当に大切なことを思い出させてくれた。

手塚は大きく洟《はな》を啜り、そしてにっこりと笑って頷いてみせた。

「さあ、行け」

それまでずっと後方に控えていたＢ・Ｊが、最後に手塚へ言葉をかけた。

「おまえさんの心のうちまではわたしも治せない。だがわたしが知るよりずっといい治療法を、この子は知っているだろうよ」

手塚はサトシと手を取って、ふたりで病院の玄関へと歩いて行った。

外へ出ると冬の空は、青く遠く澄み渡っていた。

出演（登場順）

白城美智子　手塚文子『天空に夢輝き～手塚治虫の夏休み～』（特別出演）

サトシ　大西三郎『ふしぎな少年』

看護師　綾『陽だまりの樹』

参考文献

手塚治虫『昆虫つれづれ草』小学館文庫、2001

手塚治虫漫画全集 別巻1『手塚治虫エッセイ集1』講談社、1996

原作＝手塚治虫、漫画＝小林準治『マンガ 手塚治虫の昆虫つれづれ草』講談社、2012

原作＝宮﨑克、漫画＝吉本浩二『ブラック・ジャック創作秘話』第三巻、秋田書店、2013

第五話

三人目の幸福

1

B・Jはある決意を持って横浜の小路を進んでいた。

右手に《港の見える丘公園》の小高い丘が見える。いま徒歩で進んでいるのは海に近い側で、丘の斜面の下に広がる古い住宅区だ。路地を横へと折れてほんの数分行けば広い幹線道路へと出るが、この辺りはむしろ華やかな都市開発から取り残されたエアポケットのような区域でもある。細い道に並んで立つ何本もの電信柱が、奇妙なほど存在感を持って目に映る。

昼下がりだが人の姿はなかった。いや、ただひとり、小路の向こうから女性が姿を見せて、こちらへと歩いてくるのがわかる。肩に大きめのバッグを提げている。B・Jはふだんと同じく黒いコートを身にまとっていた。女性は途中でB・Jに気づいて顔を上げ、黒ずくめの身なりを見て怪訝《けげん》に感じた様子だったが、自分の腕時計に目を落として足早に進み、道に面した古いマンションの玄関口へと入っていった。

B・Jは少し遅れてそのマンションの前で足を止めた。そして建物を仰ぎ見た。

まさにその場所こそが、B・Jの目的とする住所だったからだ。

六階建てだ。築二〇年は経《た》っているだろう。

玄関口からロビーへと足を踏み入れたが、オートロック式の自動扉はなく、誰でも出入りできるつくりだ。そうした近代的セキュリティシステムが普及する前からこの土地にあったマンションなのだろう。B・Jは郵便受けの名札を確認し、目的の部屋が二〇二号室であることを確かめたが、

そのいくつかの口には広告チラシが突っ込まれたままになっていた。

エレベーターはあるが、二階ならばわざわざ使うこともない。階段を上ろうとしたそのとき、B・Jは驚いて目を瞠《みは》り、思わず唸《うな》った。

「ムッ」

階段からひとりの男が下りてきたのだ。相手の男もB・Jに気づいて足を止める。

「これはこれは……、ブラック・ジャック」

「キリコ！」

B・Jは相手の名を呼んだ。

「こんなところで鉢合わせとは奇遇だな」

「どうしておまえがここに！」

「それはこちらの台詞《せりふ》だよ。なぜこんなところにいる？」

「わたしは人を捜しているんだ」

「そうかい。ご苦労なこった。だが、おれの仕事は邪魔しないでくれよ」

「また誰かを殺そうとしているのか！」

「あいかわらず人聞きが悪いな。こちとらは商売だぜ。あんたが無免許で人を切ったり貼ったりしているのと同じだよ」

B・Jは古くからこの男を知っていた。ドクター・キリコ、「死神の化身」と呼ばれる男だ。

キリコはB・Jを見下ろし、薄笑いを浮かべる。この男はいつも黒のスーツ姿だ。髪は風にな

びくほど長く、白みがかった銀色をしている。首元にはスカーフのようにも見える幅広のアスコットタイを締めている。左目に黒い眼帯をつけ、頬《ほお》はこけて影をつくり、まさに死神のように肌は白く、痩せている。ふだんから手に提げているトランクの中身が、依頼人を麻痺《まひ》させ安楽死へと至らせる超音波発信装置だということをB・Jは知っていた。

「ブラック・ジャック、あんたの顔は見飽きたぜ。行く先々でまとわりつくのはやめてもらおう」

そういってキリコは階段を下り、B・Jの横をすり抜けようとした。B・Jは彼の腕をつかんだ。

「どこへ行っていた?」

「安心しろよ。今日は何もしていないぜ」

キリコはB・Jの手を振りほどき、にやりと唇の端に笑いを残して立ち去っていった。

B・Jはしばらくその場に立ち尽くしていた。確かに相手のいう通り、キリコとは日本だけでなく海外でも何度も顔を合わせてきた。それはB・Jが患者の治療をするときに、キリコが先回りをして安楽死させようとしてきたからだ。葛藤する重病の患者やその家族が、万にひとつの賭けに出て手術をとるか、あるいはこのまま楽になる方を選ぶのか、心のなかで揺れているからである。そうした現場に決まってあのキリコは現れるのだった。

かつてキリコはこう嘯《うそぶ》いたことがある。

「おまえは金次第で命を助ける。おれは金次第で安楽死を遂げさせてやる。似たようなもんさ」

言葉を呑《の》み込んだままB・Jは階段を上がる。マンションの二階に人の気配はない。外廊下は狭く、やや貧相で、雨風で汚れてさえいる。部屋のいくつかは入居者がおらず無人のようだ。

二〇二号室のドアの前に立つ。「石橋《いしばし》」と小さな表札が出ている。間違いなく目的の名だ。

B・Jはチャイムのボタンを押した。

「はい」

と内側から声がしてドアが開いた。意外なことに顔を見せたのは女性だった。細おもてで、目が小さい。髪を額の中央から左右に分けている。まだ三〇代になったばかりだろうか。地味な印象を受ける。

つい先ほど、道の反対側から来てバッグを提げながらマンションに入っていった女性だとB・Jは気づいた。小柄なその女性はエプロンをつけており、ドアのノブを持ったままB・Jを見上げた。

「どちらさまでしょう?」

「ここは石橋さんのお宅では?」

「はい、そうです」

「あなたは?」

「この近くにあるホスピスの看護師なんです。今日は石橋さんの在宅ケアの日ですから……」

「失礼」

B・Jはぐいと身体を割り込ませて玄関に足を踏み入れた。狭いマンションだ。廊下も細く、左右にこまごまと生活用品が置かれており、人がひとり通るのがやっとというところだ。突き当たりに部屋が見えるが、やはり棚にさまざまなものが突っ込まれ、段ボール箱が積まれている。

B・Jは構わず靴を脱いでなかへと進んだ。ダイニングキッチンの紐暖簾《ひものれん》を手でかき分けて潜《くぐ》る。女の持っていたバッグがテーブルに置かれている。流し台は片づいており、まったく料理をしていないことがわかる。ガスコンロの上にはやかんが置かれているだけで、鍋やフライパンなどの調理器具は長いこと使われた形跡がなく、生ごみもない。

そしてB・Jは振り返り、ダイニングキッチンの奥の部屋から、ひとりの男がよろよろとやって来るのを見た。

B・Jは息を呑んだ。

男はひどく痩せて、骨張って見えた。目も肌も濁っていた。髪は短く刈られているが、ほとんど白髪だ。男は灰色のトレーナーを着ていた。ふだんからの部屋着で、そして寝間着なのだろう。だがその襟も裾も伸びて、すでに痩せた彼の身体には大きかった。

「——どなたです?」

男は掠《かす》れた声で、戸口に手をかけて顔を上げた。

この男はまだ六〇代前半のはずだ。しかし腰も背も曲がっている。

左の首もとに瘻孔《ろうこう》が見える。経皮経食道胃管挿入術《けいひけいしよくどういかんそうにゆうじゆつ》——PTEG《ピーテグ》だ、とすぐさまB・Jは悟った。消化管腫瘍《しゆよう》や消化管狭窄《きようさく》などの理由でふつうに食事を摂《と》ることのできない患者が、首から胃へチューブを造設して、栄養ルートを確保する際の方法である。

「見つけたぞ。おまえさんが石橋渡郎《わたろう》か。曲《まが》り浜《はま》の役所で働いていた……?」

「そうですが、あなたは……」

そういいかけて、男は目を見開いた。Ｂ・Ｊの顔に思い当たった様子だ。

「石橋さん、お知り合いの方ですか？」

看護師だという女がやって来て石橋の肩を支える。石橋は大きく目を剝《む》いてＢ・Ｊを見つめ、やがて震え出した。

「あなたは……、もしや……」

「わたしが誰だかわかるのか」

「その顔の傷は……！」

男はあえぎ、目を背けて手で顔を覆った。歯を食いしばり、ぜえぜえと息をして、払うようにＢ・Ｊに手を向けた。

「すまないが帰ってくれ……。もう過ぎたことだ……！」

「あれからずっと、わたしはおまえさんを捜してきたんだ」

「話すことはない！」

「わたしが誰だかわかるんだな！」

「帰ってくれ！」

男は悲鳴のように声を上げ、Ｂ・Ｊに背を向けた。看護師の女は何が起こっているのかわからない様子でうろたえた表情を見せ、男の身体を支えようとする。男は歩くのもしんどいといった感じで奥の部屋へと戻ってゆく。

だが途中でうずくまり、Ｂ・Ｊに丸めた背を見せながら、すり切れた声を出した。

「胸が……、胸が……！」

「石橋さん！」

看護師が屈《かが》んで声をかける。男は前へと手を伸ばし、這《は》っていこうとする。奥の部屋に布団が敷かれているのだろう。いままで寝ていたに違いない。

看護師の女が奥へと男を連れて行く。B・Jはダイニングキッチンに立ったまま、次々と浮かんでくる考えで頭がいっぱいになっていた。

ううーっ、とか、あーっ、と苦悶《くもん》にうめく声が耳に届いたが、看護師の女が懸命になだめているようだった。しばらくすると男の声も消え、静寂が戻った。

看護師がひとり戻ってくる。

「すみません……。石橋さんもあのようにおっしゃっていますから……」

そういってB・Jを玄関まで送ろうとする。

「待ってくれ、彼は病気なのか？」

「ええ……。本人もご承知ですが、重度の食道がんで、浸潤《しんじゅん》もひどいんです……」

ならば先ほどの見立てよりもさらに病状は悪い。首もとのチューブの孔《あな》は、食道が使えないための処置なのだ。消化管だけでなく食道閉塞《へいそく》もあれば、口から水を飲むことさえできなくなる。水を飲むと嘔吐《おうと》してしまうため、完全に飲食を絶たなければならない。

だがPTEGを入れておけば、飲んだものはいったん食道を下っても、がんの閉塞の手前でチューブを通して外に排出できるので、少なくとも水は飲めて喉の渇きは癒やされるのである。

生活の質《QOL》を向上させるため末期がん患者の在宅医療で使われるようになってきた施術だ。しかし逆にいえば、それほど石橋の病状は進行していることになる。

B・Jは女に促されて廊下を戻ったが、靴を履いたところで振り返って尋ねた。

「教えてくれ。ひょっとして、ついさっきまでここに、眼帯をつけた背の高い男がいなかったか？」

「さあ……。わたしはいま着いたばかりなので、どなたも……。失礼します」

そういって看護師の女はドアを閉めた。

内側で鍵がかけられるのがわかった。

B・Jはドアの前でしばし呆然《ぼうぜん》と立っていた。

「──そんなばかな！」

B・Jは呟《つぶや》いた。

「──彼はキリコを呼んだというのか？」

2

自宅で机に向かい、パイプをくわえて椅子に凭《もた》れ、腕を組んで瞑目《めいもく》していると、遠い昔のことが脳裏に蘇《よみがえ》る。

自分はまだ小学生だった。あのころは何ひとつ不自由なく、ただ毎日を楽しく過ごしていたと思

う。B・Jはその日、母親と手をつないで散歩に出ていたのだった。

浜辺を歩いた。B・Jが両親と住んでいた家は、海に近い新興住宅区の一角にあった。小さくてもきれいな戸建てが並び、町はこれから歴史を刻もうとしているところだった。浜辺は狭く、コンビナートも対岸にあって海水浴には適さなかったが、それでも潮の香りがして、かもめが空を舞うのが見えた。

何度もB・Jは母親とその浜辺をいっしょに歩いたことがあった。その日は陽射《ひざ》しが海に照り返して眩《まぶ》しかった。すべてが幻のようだった。自分と母親さえも影になっていたように思える。黒い影になった自分は笑みを浮かべ、そして手をつなぐ母親もまた、太陽を背にして微笑《ほほえ》んでいた。自分は無性に駆け出したくて、母親の手を引きながら前へ、前へと先に進み、何度も振り返っては母親の微笑む顔を見上げたのだった。

それは砂のなかからわずかに露出していた。

自分は後ろを向き、陽に翳《かげ》る母の顔を見上げながら、踵《かかと》でそれを踏んだのだと思う。自分の記憶に残るのは母の微笑みしかないからだ。

そして起こったことは、後の文章や写真の記録でしか知らない。砂に埋まっていた不発弾が爆発し、自分も母も吹き飛ばされた。凄《すさ》まじい熱風が身体を襲い、いくつもの金属片が突き刺さり、肉はもがれ、肌は爛《ただ》れ、身体はばらばらになって砂地に叩《たた》きつけられた。爆発の轟音《ごうおん》はすぐそばの住宅区を揺るがし、海岸沿いの道を走っていた車は何事が起こったのかと路肩に寄せて止まり、運転手たちは真っ黒な煙がもうもうと湧き起こり空へと広がってゆくのを見つめたという。

小さな子供がわずかに体重をかけただけで不発弾は爆発するものなのだろうか？　土地が民間へ払い下げられた後、その浜には道路が敷かれ、住宅がたくさん建てられた。そうしたすべての建設工事を逃れて、その不発弾はずっと眠っていたのだ。そこへたったひと組の母子が通りかかり、偶然にも子供が足をかけただけで、それは取り返しのつかない惨事を引き起こした。あまりにも不運な出来事だが、それを不運のひと言で片づけることは正しいだろうか？

――それからの数ヵ月のことはほとんど自分の記憶から掻《か》き消されている。少年と母親は病院に運び込まれ、大手術を受けた。本間丈太郎《ほんまじょうたろう》という医師が懸命にふたりの命を救おうとしてくれた。少年はばらばらになった四肢を継がれ、広く火傷《やけど》を負って爛れた皮膚は自家移植と他家移植で縫い合わせられ、全身を包帯で巻かれた。衝撃のあまり少年の髪の半分は白くなっていた。自家移植の皮膚が足らず、少年はその顔の左側をタカシという同級生から譲り受けなくてはならなかった。少年は奇跡的に目を醒《さ》ましたが、最初はベッドから起き上がることさえできず、しばらく経っても自分の足で歩けなかった。

少年はそうしてようやく自分の母親と再会した。母親は別の病室のベッドに横たわり、意識はなく、少年に再び声をかけることなくやがて死んだ。少年は母親のベッドに突っ伏して泣いた。父親はついに病院に現れなかった。重傷を負った自分と母親を見棄《みす》てて、愛人とともに海外へ出て行ったのだ。父に愛人がいたことなど少年は何も知らなかった。意識を失った母親でさえ、そのことは最後まで知らなかっただろう。

彼はひとりになった。車椅子の生活を続け、リハビリに取り組み、やっとのことで自分の足で歩

けるようになった。だがそのころには彼は誓っていた。母親を見棄てて海外へ逃げた父親にいつか復讐《ふくしゅう》すると。そして不発弾が残っている可能性があったにもかかわらず無責任に土地を払い下げ、そしてほんの軽い司法の裁きのみで放免され、世間から許され、のうのうと生きている大人たちに、いつかこの手で制裁を下してやると。

少年はひとりぼっちの自宅で布の人形に向かい、罪深い大人たちに見立てて、涙を流しながら何度もその胸にダーツを突き刺し、ぼろぼろになるまでやめなかった。

彼は自分の心がぼろぼろだったのだ。

そのとき自分がどんな顔をしていたのか、彼は知らない。だがもしも鏡を見たなら、それは鬼の形相だったろう。

「先生《ちぇんちぇい》、ろうちたの」

B・Jは目を開けて振り返った。ピノコが不安げに部屋の戸口からこちらを見ていた。

「何でもない……」

B・Jは手で顔を拭い、ピノコに行けと仕草をした。わずかに汗が滲《にじ》んでいた。

歯を食いしばり、目を見開き、拳で机を叩く。そのまま拳を押しつける。

脳裏にキリコの顔が浮かぶ。階段からこちらを見下ろし、にやりと唇の端を歪《ゆが》ませていたその表情がどうしても消えない。

自分にとって、復讐の相手はすべて悪でなくてはならなかった。ほかの誰でもなくこの自分が鉄《てっ》槌《つい》を下すべきなのだとこれまで信じて生きてきた。それが正義だと考えていた。その思いがあった

からこそ、自分は今日まで生きてこられたのだ。

それなのに、相手はこの世から逃れようとしているのか。

ふたり目の男に続いて、今度の男もまた自分の前から消えようとするのか。

翌日の午後、B・Jは再び横浜に向かった。

中華街からさほど遠くない場所に建つ小さなホスピスを訪れた。昨日、石橋渡郎のマンションで会った看護師は、近くから来ているといったのだ。B・Jは地図で横浜のホスピスを探し出し、ここだと見当をつけたのだった。

「ああ、それなら吉井《よしい》さんですね」

受付の女性事務員に看護師の容姿を告げて尋ねると、すぐに答えが返ってきた。陽射しのよく入るロビーで待っていると、薄桃色の制服を着た彼女がやって来た。吉井という名札が胸につけられている。彼女は食堂を兼ねていると思われるラウンジにB・Jを案内し、窓際の席を勧めた。

「石橋さんのことですか？」

彼女はB・Jとの距離を測りかねて慎重に尋ねてくる。実際、B・Jもこうした穏やかな場に自分が不釣り合いな人間であることは承知していた。自分は全身黒ずくめの姿で、加えて髪の半分は色が抜けて白髪であり、そして顔には大きな傷痕が残っている。警戒されるのも無理はない。

「彼のことを、わたしはもう二〇年以上捜し回っていたんだ。彼の容体を教えてほしい」

吉井はわずかに首を傾《かし》げ、B・Jを見つめる。知り合いではあるようだがいったいどんな関係

なのか。親族でなければ仕事上のつき合いのあった人だろうか——と思案している様子だ。

「石橋さんはここの部屋が空く順番を待っていらっしゃるんです」

と彼女は話し始めた。

「うちにいらっしゃったのは二ヵ月前のことです。ただ、そのときはすぐにお部屋を予約なさったのですが、実際に空きができても何度かご辞退してしまうことがあって……。まだご自身のなかで迷いがあるのでしょうね。それでいまは様子を見ながら、在宅ケアを中心にお世話しているんです」

「二ヵ月前にはすでに末期がんだった？」

「そうです。ご家族もいらっしゃらないですし、ずっとおひとりのようで、わたしも個人的に心配しています。以前は大学病院を受診なさっていたようですが、なかなか難しいとのことで、いまはうちで緩和ケアを受けていらっしゃるところなんです」

「大学病院に見放されたわけだな。ほかの臓器にも浸潤して、病期が進んでいる。がんで食道が閉塞するからものが食べられないし、唾も飲み込めない。嘔吐を繰り返す。胸も痛い。およそ人間らしい生活は送れなくなる。化学療法もつらかっただろう。——だがまだすぐに死ぬというわけではない。ここに入らないのはなぜなんだ？　金がないわけじゃないだろう。住まいは小さなマンションだったが、彼は役所勤めの男だった。ちゃんと一定の給料はもらっていたはずだ。見たところいまは働いていないようだが、退職金だって出ただろう」

「さあ、そこまでは……。どうしてそんなことをお尋ねになるんです？」

「あの男の行動に不審な点はないか?」

「えっ?」

「いいか、ずばり訊《き》こう。あの男は安楽死を望んでいるんだ。そうじゃないのか?」

吉井は息を呑む。ラウンジがしんと静かになった。世間話をしていた数名の老人が、びくりとした様子でB・Jたちに目を向けてくる。

「――まさか、そんな」

「いや、あの男はおそらく、安楽死を請け負う闇の医師と連絡を取っている。わたしは見たんだ。キリコという男だ。このまま放っておくと、彼はキリコに殺されるぞ」

老人たちが聞き耳を立てている。不穏な内容の発言に、吉井はうろたえて周りを見回した。

B・Jはじっと相手を見つめて待った。だが彼女は人目をはばかり、B・Jを制するように手を差し出した。うつむいて彼女は考え込む。再びちらりと入所者の老人たちに目を向ける。ようやく決心がついたらしく、囁《ささや》くようにいった。

「今日は六時に仕事が終わります。駅前に喫茶店があります。そこでもう一度お目にかかれないでしょうか。ここでお話しするのはちょっと難しいですから……」

「結構」

B・Jはそういい置いて立ち上がった。

吉井看護師は午後六時をわずかに回ったところで喫茶店に姿を現した。すでに私服に着替えてい

る。彼女はおずおずとB・Jの前に座った。

「あなたはブラック・ジャック先生ですね」

吉井は切り出した。

「以前にお噂《うわさ》をうかがったことはあります……。そのお顔からわかりました。先生は有名ですから……」

「聞きたいのは石橋という男のことだ」

B・Jは単刀直入にいう。吉井は頷《うなず》いた。

「はい。あの後、心配になって石橋さんのところへ電話したんです。今日はご無事でした。やはり痛みは続いているようでしたが……。明日はお宅へうかがいます」

少なくとも今日はまだ生きているのだ。彼女はまずそれを伝えたかったようだ。

「あの男はいま点滴で栄養分を毎日補給しているに過ぎない――そうだな?」

「ええ。ですがわたしたち緩和ケアの人間は、そもそも患者さんが安楽死なんて考えず穏やかに暮らしていただけるようお世話をするのが仕事なんです。それができていなかったとなると……。ですから先生のお話はショックでした」

そういって深く息をつく。B・Jにも彼女の気持ちは理解できた。

「先生のおっしゃっていたキリコさんという方は存じ上げません」

「そうだろう。だが日本だけでなく世界中で患者を死に追いやっている男だ。いうまでもないがこの日本では積極的安楽死は違法だ。医者が患者の死に手を貸したら有罪になる。致死薬を注射する

のも違法だが、患者自身がクスリを飲んだりクスリ入りの点滴のコックを開けたりするのに手を貸す自殺幇助《ほうじょ》もだめだ。ところがキリコはずっと前から密《ひそ》かに安楽死を請け負って、患者から金をもらっている」

「石橋さんは確かに末期の患者さんです。でも自分から安楽死をほのめかしたことはありません」

「〝死にたい〟といったこともないのか？」

「それは……」

「あるんだな？　訪問看護師のおまえさんにも、あの石橋という男はこれまで〝死にたい〟と漏らすことがあった。まともな食事もできず痛みをかかえて痩せ衰えてゆくしかない毎日に耐えかねてのことだろう。だがそれだけではないに違いない。おまえさんはさっき、あの男には何か迷いがあるといっていた。それはどういうことだ？　彼は何を迷っている？」

「石橋さんは、何というか……」

吉井はとまどいながらも言葉を探した。

「そう、生きる気力が失われているんです。すでに緩和ケアのステージですが、それでも残りの人生を充実して過ごすことはできます。一日一日を大切に生きてゆくことはできるはずなんです。けれども石橋さんは、そうやって生きてゆくことに、どこか罪の意識を持っていらっしゃる……」

「罪の意識だと？」

「はい。まるで自分が生きて暮らしてきたことが罪だったとでもいうような、そんな後ろめたさ、後悔の念をお持ちのようなんです。それがわたしたちのケアを拒絶する原因になっている気がしま

す。ご本人はケアを受けたいと考えていらっしゃる。けれども同時に、そんなケアを受ける資格は自分にはないのだと、苛《さいな》まれているようにも見えるんです」

「どういうことだ？」

吉井はこうした話題を言葉にするのは苦手らしい。だがその目は数時間前に会ったときよりもずっと真剣だった。いままで心のうちに溜《た》め込んでいた思いを何とか表現しようとしているのがわかった。目の前にいるB・Jの素性を知り、そして「安楽死」という衝撃的な言葉を聞いたためかもしれない。おそらく彼女は真面目で一途《いちず》な看護師だ。自分の担当の患者をしっかりと看《み》ている。そうでありながら、相手の心に寄り添いすぎてしまうのをつねに警戒し、プロフェッショナルとして自らを律し、自分の心が燃え尽きてしまわないよう気をつけている。

だがこの場ではいままで言葉にしなかった思いを打ち明けようとしている。吉井は身を乗り出した。

「ブラック・ジャック先生は、石橋さんを助けようとなさっているのですか」

B・Jは答えられなかった。吉井はさらに問いかけてくる。

「ブラック・ジャック先生は、お金もたくさんお取りになるそうですが、それでも素晴らしい手術で患者さんをお助けになると聞きました。先生は石橋さんを救おうとなさっているのですか。それならお話しします」

汗が滲む。B・Jは相手の吉井から目を離すことができなかった。助ける？　自分が？　あの石橋を？

「わたしはあの男を見つけなければならなかったんだ、どうしても」

「石橋さんは、過去に何か大きな事件に巻き込まれたんです」

吉井はついに思い切ったようにいった。

「たぶんそのことをずっと気に病んでいらっしゃるのだと思います。『ぼくは昔、大きな過ちを犯したんだ』とおっしゃったことがありました。『もう何十年も前のことだ。でもどうしても忘れられない……。ぼくのような小市民が、取り返しのつかない罪を犯してしまったんだ』と。それが石橋さんの心を縛ってきたんです。石橋さんはずっとおひとりで暮らしてこられたようです。きっとその罪の思いがあって、ご家族を持つことも、幸せになろうと願うこともなく、これまで孤独に生きてきたのではないでしょうか。がんに罹《かか》ったことをまるで天の裁きだと考えている節さえあります。わたしのような看護師からケアを受けることにさえ慣れていないのです」

吉井はB・Jをまっすぐ見つめ、強い口調で訴える。

「先生は石橋さんのお宅をご覧になりましたね。とても質素に暮らしていらっしゃいます。贅沢《ぜいたく》など何ひとつせずこれまで過ごしていらっしゃったのです。だから先生がおっしゃるように、わたしどものホスピスに入所なさるだけの蓄えもきっとあることでしょう。それでも入所なさらない。石橋さんのおっしゃる『取り返しのつかない罪』がいったい何なのか、わたしにはわかりません。でもすがその罪悪感を拭い去らない限り、このままでは石橋さんは幸せに残りの時間を過ごすこともできません。わたしはその心のしこりを取り除いてあげられないのが悔しくてならないんです」

B・Jは自分の額から汗が流れるのを感じた。

大きな過ちだと？　取り返しのつかない罪だと？　なぜそんなことをいう？　なぜそんな思いを看護師に漏らす？　なぜ罪の意識に苛まれる？

あの男も、爆発事故を忘れられずに生きてきたというのか？

「先生。どうか助けてあげてください」

「わたしは、おまえさんが思っているような聖人じゃない……」

自分が声を絞り出す番だった。だがそこから先に続く言葉を告げることはできなかった。自分は聖人じゃない、自分は復讐のためにあの男を捜してきたのだとは。

「——明日、あの男と会わせてほしい」

ようやくそういった。

「わたしから直接あの男に問い質《ただ》したいことがある……。おまえさんにお願いしたいのは、あの男がばかな考えを起こさないようにすることだ。どうやらあの男の話し相手になれるのはおまえさんだけらしい」

Ｂ・Ｊは立ち上がった。

「待ってください、先生！」

だがＢ・Ｊは振り返らなかった。

振り返ることができなかったのだ。

そのまま喫茶店から出たＢ・Ｊは、一度だけきつく目を瞑《つぶ》り、呻《うめ》くように吐き捨てた。その声は誰にも届かなかった。

「ちくしょう！　——ちくしょう！」

3

「先生、ボーッとちてゆ」

ピノコにそういわれて、B・Jは顔を上げた。テーブルの向かいでピノコはぶすっとした顔でB・Jを見つめている。いわれるまで自分が機械的にスプーンを口に運んでいたことに気づかなかった。ずっと石橋と吉井看護師のことを考えていたのだ。

「ねー、このカレー、おいちいれしょ？　腕によりをかけたわのよさ」

ピノコは身を乗り出し、目を輝かせて尋ねてくる。

「ああ、うまいな」

「そうれしょー？」

うふふとピノコは微笑むが、すぐにやめて両肘をテーブルにつき、頬をかかえて黙ってしまった。眉根を寄せてB・Jを見つめている。本当はB・Jが味になど何の関心もないとわかっている様子だった。

B・Jが食べ終わると、ピノコは再びぱっと笑顔をつくり、いそいそとテーブルを片づけ始めた。

「待っててくらちゃい。今日はデザートがあゆわのよさ」

にこにこしながら皿を重ねて持ってゆく。B・Jがぼんやり椅子に座っていると、やがて台所

の方から「あちーッ」という声が聞こえてきた。そしてしばらくすると、何かがぱちぱちと弾ける音が響いてきた。

「ジャーン」

ピノコは花火が刺さった小さな生クリームケーキを持って現れた。テーブルの中央に置くと椅子によじ登り、にーっと笑みをつくってみせた。

「どうしたんだ、これは」

「うふふー、らって今日は記念日らもの」

「記念日？」

「んー、んー」

ピノコは椅子の上で立ち上がり、目を閉じてB・Jに唇を突き出してくる。キスをせがんでいるのだ。

B・Jはびっくりして、咄嗟《とっさ》に手で払ってしまった。

それがひどい失敗だとわかったのは、ピノコがはっと息を呑んで身を退いたからだった。

「先生、本当に今日が何の日かわかやないの……？」

「ああ、わからん」

ピノコは呆然として、そして顔をしかめた。その目に涙が滲み始める。

ついにピノコの涙が決壊した。

「うわーん、今日はあたちと先生の結婚記念日らのよさ」

ピノコは大きく口を開けて、ぼろぼろと涙を流しながら、椅子に立ったまま天井を仰ぐ。

「今日は先生があたちを生き返らせてくえた日なのよさ。らから結婚記念日らのよさ」

B・Jはようやく理解した。ピノコはふだんから自分はB・Jの奥さんなのだといい張ってきた。子供扱いされることを何よりも嫌っていた。今日はB・Jがかつてピノコの双子の姉の身体から臓器や組織を取り出し、ひとりの人間の姿にした日なのだ。それ以来、ピノコはこの日を特別な記念日だと考えてきた。

これまでにもピノコがこの日を祝おうとしたことはある。ふたりきりでいいムードになって、かわいらしいケーキですてきな時間をB・Jといっしょに過ごしたいと願ってきたのを憶《おぼ》えている。それくらいピノコにとって今日は特別な日なのだった。

B・Jは慌ててピノコをなだめようとした。これは全面的に自分が悪い。ほかのことばかり考えていて、夕食の味にさえ気を配らなかった。加えてピノコがケーキを運んできても、心ここにあらずで冷たい言葉を発してしまった。

「先生、きやい！」

「待ってくれ、ピノコ。悪気があったわけじゃないんだ」

「きやい！」

ピノコは泣いて椅子から飛び降りると、そのまま駆けるように寝室へ行ってしまった。

B・Jの前に、かわいらしいケーキだけが残される。蠟燭《ろうそく》のように立てた花火が、まだぱちぱちと弾けてふたりの記念日を祝っている。ケーキの中央には、「先生」と「ピノコ」という文字が

ハートマークで囲って書かれていた。ピノコが書いたのだ。

そしてB・Jは、ケーキの載った皿に、小さな封筒が添えられていることにようやく気づいた。「先生へ」と書かれている。裏返すと封のところにもやはりハートマークが書かれている。ピノコがB・Jのいない間に書き綴《つづ》った手紙に違いない。

B・Jはその場で封を開け、手紙を読んだ。つたない字だが、ピノコが机に向かい、その小さな手でペンを持ち、B・Jの顔を何度も思い浮かべ、ときににやにやしたり照れたりしながら、胸を高鳴らせて言葉をしたためたのが目に見えるようだ。

B・Jは立ち上がり、寝室へと向かった。ピノコがベッドに突っ伏して泣いている。B・Jは狼狽《ろうばい》した。ピノコからの手紙を掲げて声をかけた。

「読んだぞ。なあ、ピノコ、わたしが悪かったよ。許してくれ。さあ、いっしょにケーキを食べよう。おいしそうじゃないか」

「いやッ、ひとりれ食べて!」

「ピノコ……」

「らって先生、このごろずっとひとりで塞いで、何もピノコに話ちてくえないもん! 今日は楽ちくお話しちたかったのに!」

返す言葉がなかった。B・Jは仕方なくダイニングに戻った。花火はもう燃え尽きて消えていた。

B・Jは花火の燃えかすを取って、ひとりでうつむいてケーキを食べた。昨日以来、初めて味

を感じるものを食べた気がした。

寝室にそっと戻ると、ピノコはうつぶせの姿勢のまま眠っていた。

4

「どうぞ」

と看護師の吉井は石橋に部屋の玄関でB・Jを迎え、奥へと通した。

「いまはオピオイド貼付剤で痛みも治まっています……。ですが、どうか……」

心に負担をかけることはやめてください、と彼女はいいたい様子だった。B・Jは無言で奥の小さな和室へと足を踏み入れた。

石橋渡郎は布団のなかに横たわり、点滴を受け、目を瞑っていた。深く息をついている。B・Jはその枕元に座った。誰もがしばらくは無言だった。吉井がそっと部屋を出てキッチンへと向かう。この沈黙に耐えられないと感じたのだろう。だがこの狭いマンションでは、どの部屋にいたとしても会話は耳に届くに違いない。

やがて石橋はゆっくりと目を開けた。

「あなたは……、間《はざま》さんのお子さんですな」

B・Jは言葉に詰まった。やはりこの男は自分の素性に気づいていたのだ。

「そうです」

「黒男《くろお》さんだ……。あのとき以来、あなたの名前を忘れたことは一日もない。本間先生が書いた本もわたしは読みましたよ……。まだ持っている。ほら、そこにある」

石橋は横になったまま目線で書棚を示す。確かに雑多な本が並ぶその棚には、『ある障害者の記録』と背表紙に書かれた書籍があった。

あの爆発事故で重傷を負ったB・Jの手術を担当した本間丈太郎医師が、B・Jの回復過程を書き綴った手記だ。決して一般向けの本とはいえず、当時もごく一部の医療関係者や、リハビリテーションに関心のある人たちの手に取られたにすぎない。絶版になってもう何十年と経つ。B・Jはその書籍の背を見つめた。周りの他の本と同様に、陽に焼けて褪《あ》せている。石橋はこの書籍を発売当時に購入していたのだとわかった。

心が揺らぎそうになるのをこらえて、B・Jは相手に向き直っていった。

「おまえさんは以前、曲り浜の役所の職員だった。――そうだな？」

「ええ、そうです……」

石橋は天井を仰いで穏やかに答える。彼は丁寧な言葉遣いを崩さなかった。

「おまえさんがそこに勤めていたとき、まだ曲り浜は開発途上区域だった。浜辺と広い野原には不発弾がいくつか埋まっている可能性があった――もともとそこは米軍の射撃演習場だったんだ。おまえさんのいた役所は、自衛隊といっしょに不発弾処理を進めて、土地を民間に払い下げようとしていた。だがその処理はズサンなものだった。土地開発を急ぐあまり、国は充分な確認もせずに安全宣言を出して柵を撤去し、道路を敷き、人を住まわせ、浜辺を開放した。誰もきちんと確認しよ

うとはしなかった！」

「あなたのいいたいことはわかります……」

「そして三年後、実際に爆発事故が起こった！　ひとりの母親とひとりの少年がその巻き添えになって、母親の方は死んだ」

「知っています……」

「あのとき不発弾処理に当たっていた責任者は五人！　少年は母親をあんな死に追いやった責任者五人をきっと捜し出して謝罪させてやると誓ったんだ……。母親の一生をめちゃくちゃにした犯人たちを突き止めて、きっとそれ以上の苦痛を与えてやると！　少年にとってその五人は、殺人者と同じだったからだ！」

石橋は聞いている。身動きはしないがB・Jの言葉を受け止めているのがわかる。

「おまえさんは当時、役所の宅地課で働いていた。――そうだな？」

「ええ……」

「宅地課長は値上《ねがみ》という男だった。あんたはその男の下で働いていたな？」

B・Jは自分でも気づかないうちに声が大きくなり、相手を指差していた。

「役所で宅地売買のいっさいの処理を取りまとめていたのがおまえさんだ。実際にはおまえさんがすべて値上からいわれるまま、書類に判子を捺《お》して事務処理を進めた。まだ不発弾が残っているかもしれない土地を、それでも民間不動産会社に売り払うのを最終的に決めたのはおまえさんだった！　どうだ、違うか？」

「違いません……」

「答えろ！　おまえさんが役人としてしっかりしていれば、親子は爆発事故に遭わずにすんだんだ！」

「すべておっしゃる通りです、黒男さん……。わたしがしっかりしていたなら、あなたも、お母さまも、事故に巻き込まれることはなかった……」

石橋はそこまで答えると、深く息を吐き出した。それはかすかに喉で音を立てて、石橋の生命そのもののようにも聞こえた。

石橋の目尻が鈍く光った。涙がひと筋、枕へと滑り落ちていった。

それを見て、B・Jは歯を食いしばった。まだ右手は相手を指差したままだった。相手を突き刺してしまいそうな鋭い指先は、しかしやがて震えて、B・Jは手を下ろし、膝の上で拳を握りしめた。

上着の内ポケットから小型録音機を取り出して畳に置く。赤いLEDライトが点《つ》いている。ここまでの会話を録音していたのだ。これまでもB・Jは復讐を遂げようとするとき、録音機を携帯するのがつねだった。相手から証言を引き出し、その言葉を記録することで、ようやく自分のなかで復讐は完結する。実際、ひとり目のときはそうやって相手の声をつかみ取った。

だが、B・Jは録音機を前にして両手を握りしめ、うつむき、肩を震わせた。身が引き裂かれそうだった。こんな証言が何になろう。自分はいま、何十年も追い求めてきた相手の証言を引き出し、記録することができた。しかし相手はそうするまでもなく、すでにずっと何十年も、深い後悔

の念に苛まれてきたのだ。Ｂ・Ｊが復讐を遂げようと誓い、憎しみを育《はぐく》んできたのと同じ期間、この男はずっとひとりで悔い続けて生きてきたのだ。

「——おまえさんは、わたしがようやく見つけた三人目の復讐相手だ」

Ｂ・Ｊは言葉を絞り出した。

「わたしは必死で調べたんだ。長い間、ずっと五人の責任者の行方を尋ね回った。やっとひとりを見つけ出し、わたしはある小島へ連れ出して恐ろしい目に遭わせた。井立原《いたちはら》という、不発弾処理を現場で監督した自衛隊特別作業班員だった男だ。わたしが見つけたときはすっかり職業も替わって、会社の社長に収まっていた。おまえさんはその男を知っているな？」

「会ったことがあります……」

「そいつはまだ不発弾が残っているかもしれないのに、払い下げの地所を早く売って儲《もう》けたがっていた役人に金をつかまされ、『立ち入るべからず』の札を取っ払った！　宅地課長の値上という男にいいくるめられてだ！」

膝の上で拳が震える。石橋は応えない。彼はもう言葉を発する力もないかのようだ。

「次に見つけたのは姥本琢三《うばもとたくぞう》という男だった！　消息がまったくつかめず一時は諦めたこともある。——ところがやっとのことで尋ね当てたとき、姥本は死人も同然だった！　おまえさんと同じように末期がんで、すでに意識不明の重体だった。わたしの言葉にはいっさい答えることができなかった……！　わたしは悩んだ末にその男のがんを手術した。回復したらゆっくり復讐しようと考えていた。しかし一年後にその男は心臓発作で倒れて死んだんだ。わたしはそいつからひと言も声を聞

いていない……。謝罪の言葉を引き出すこともできなかった！　――だがおまえさんは違う！」

B・Jはほとんど自分が張り裂けそうになるのを感じながらいった。拳で畳を一度だけ叩いた。

込み上げる感情をどうしても抑えきれなかったのだ。

「おまえさんは、まだ口がきける！」

その通りだ。その証拠に、先ほどまでこの男はB・Jの言葉に応え、すべての罪を受け入れ、B・Jの告発を肯定したのだ。ひとり目の井立原は社長の地位にのうのうと腰かけて、かつての罪などすっかり忘れてしまっていた男だった。ふたり目の姥本はあの事故をどのように考えていたのか最後までB・Jに伝えることはなかった。復讐を遂げる前に彼は死んでいった。B・Jをひとりこの世に残して。

いま目の前にいる石橋はふたりとは違う。いまB・Jにひれ伏して謝罪し、B・Jの与える苦痛を受け、自らが犯した罪をあがなうことができる。だがこの男はB・Jがずっと思い描いていたような男ではなかった。罪の意識などなくのうのうと生きているような人間ではなかった。B・Jと同じようにあの事故に囚われてずっと生きてきた男だった！

長い沈黙のあと、ようやく石橋がわずかに顔を向けていった。

「――わたしが三人目で、宅地課長だった値上さんがあなたにとって四人目だった……。そういうことですか？」

「そうだ」

「黒男さん、あなたは値上を見つけましたか？」

「いや、まだだ。ようやく見つけたおまえさんが三人目だ。おまえさんはあの事故以来、役所を転々としていたな？　まるで自分の責任から逃れるかのように、数年ごとに勤め先を替えては過去を消していった！　五人の責任者はどいつもこいつもそうやって過去から逃げていたんだ！」

石橋は目を瞑り、そして長く間を置いてからいった。

「──値上は亡くなりました。五年前に」

「なにっ」

B・Jは目を剝いた。

「ゴルフをやっているとき、心臓発作でぽっくり逝ってしまったそうです……。痛みもほとんど感じなかったでしょう。あんな楽な死に方はありません」

「やつは爆発事故のことをどう思っていた？」

「何とも思っていなかったでしょう……。自分が悪いなんてこれっぽっちも思っていなかったんじゃないでしょうか。自分には何も落ち度はない、訴えられるのは不当だと、役所では最後までいっていました」

B・Jは相手の顔を見つめる。石橋は静かな表情を崩さない。だがそれを見てB・Jはどうしようもなく激情に駆られ、拳を思わず振り上げ、だがその行く先がないことに気づいて払い、悪態をついた。

「──ちくしょう！」

「そんな上司の姿を見るのがわたしは嫌でたまらなかった……。でも、どうしようもなかったんで

す……。あなたのおっしゃるように、わたしにもっと責任感があれば……。行動に移すだけの勇気があれば……」

「ちくしょう！」

値上もまたあの事故に対して何の良心の呵責《かしゃく》も覚えない人間だったのだ。しかしその彼はB・Jが制裁を下す前にこの世からいなくなってしまった。罪を受け入れる言葉をいっさい残すこともなく消え去っていってしまった。もうB・Jは値上から母への謝罪の言葉を聞くことはできない。相手をこの手で地獄へ突き落とすこともできない。

いまB・Jができるのは、この目の前にいる石橋と対峙《たいじ》することだけだ。そしてその石橋はただひとり、ずっと悔恨の念をかかえて生きてきた男なのだった。

「うう、痛い……」

石橋が布団のなかで胸を押さえて身をよじらせ始める。キッチンから吉井が駆けつけて来た。布団を挟んでB・Jの反対側に膝を落とし、容体を確かめる。

「いまは鎮痛薬で痛みを抑えているんだな」

「そうです」

と吉井は答える。石橋は胸部に慢性的な痛みを感じているのだ。食道がんは胸の奥に焼けるような痛みを起こすことが多い。吉井は身体を支えて無理のない姿勢へと導く。

石橋は顔を歪ませながらも、何を思ったのか、乾いた声で笑った。

「フフフ……、きっとお笑いになるでしょう。あなたは事故でひどい怪我《けが》を負って、大変な日々を

過ごされたのだから……。肉体的にも、精神的にも、こんな痛みどころじゃない、本当のつらさを体験して……」

「石橋さん、もうしゃべらないで」

吉井が痩せ細った石橋の身体をさする。そしてB・Jに目を向け、これ以上は追い詰めないでと無言で懇願してくる。だが石橋はそんな吉井の願いを振り切って、さらに目を閉じながら呟き続ける。

「わたしはあのとき、一度もあなたたちのお見舞いに行けなかった……。恐かったんです、大怪我を負ったあなたたちを見るのが。わたしはあなたたちにひどいことをした。こんなわたしに生きる資格がありますか。あれ以来、わたしは人並みの幸せを手にすることも恐くなってしまった……。一生結婚しないと心に決めました。妻を持って、子供を育てて、慎《つつ》ましくマイホームで家庭を営む、そんな将来とは縁を切りました。ずっとひとりで暮らしてきたんです……。天はいまようやくわたしに罰を下したのかもしれません……。この苦しみは運命なんです。わたしなど早くこの世からいなくなったほうがいいんだ……」

「石橋さん、何をいうの」

吉井が叱りつける。石橋はまた痛みが増したのか顔をしかめたが、それでも自分の言葉を打ち消そうとはしなかった。それを見てB・Jは声を上げた。

「おまえさんは本当にそう思っているのか。この世からいなくなったほうがいいと思っているのか」

石橋は目をきつく瞑ったまま、B・Jから顔を背けようとしている。B・Jはいった。

「こっちを見ろ！　おまえさんはいまがんの苦しみに耐えかねているだろう。だがそいつは運命なんかじゃない。運命をばかにするな！　おまえさんはキリコを呼んだな？　安楽死を打診したな？　おまえさんはその苦しみから逃げて楽になりたいと思っているだけだ！」

「ブラック・ジャック先生、それはあんまりです……！」

吉井は石橋をさすりながら悲鳴のようにいった。B・Jは録音機を懐にしまって立ち上がった。玄関へと向かう。吉井が思いあまったようにあとを追ってきた。靴を履くB・Jに吉井は懇願する。

「お願いです。石橋さんを責めないでください。先生がつらい過去をお持ちのことはわかりましたが……」

「そんな話をしているんじゃない！」

B・Jは靴を履いて背を伸ばすと、振り返って吉井にいった。

「頼む、一両日中に彼のカルテを見せてくれ」

「それはできません。患者さまの個人情報ですから……」

「彼から承諾をもらえばいいだろう。彼のがんがどんなものなのか把握したいんだ。わたしからホスピスに行く。それから、どうか彼が万が一にもおかしなことをしないようちゃんと見守ってくれ。その間にわたしにはやることがある」

B・Jは荒々しくドアを開け、後ろ手に閉めた。

5

「先生、こんなに早く、ろこへ行くの……？」

「すまない。おまえには関係ない」

翌朝、Ｂ・Ｊはピノコにそういい残して車に乗り込んだ。バックミラーもサイドミラーも見ずに発進した。ピノコは明らかに心配している。Ｂ・Ｊが何かの問題をひとりでかかえていると気づいている。だがピノコに何もいうつもりはなかった。

関係ないとぶっきらぼうに投げかけて家の玄関を出たとき、ピノコが悲しげに立ち尽くすのがわかった。それでもＢ・Ｊは振り返らなかった。自分の顔が強《こわ》ばっていることが、ピノコにわかってしまうのを恐れたのだ。

横浜へと向かう途中、何度もＢ・Ｊはハンドルを拳で叩いた。こんなことはめったにない。前髪が視界を覆って、途中で何度かハンドルを切り損ないかける。自分は動揺しているのだ。

ピノコはＢ・Ｊが五人の人間に復讐を遂げようとしていることなど何も知らない。その思いを何十年も胸に抱き続けて生きてきたことも知らない。ピノコはＢ・Ｊにそんな側面があると知ったら何というだろうか？　復讐するためには金が必要だと小さいころから胸に刻み、そのためにがむしゃらに金を集め、その金で五人を捜し回っていたと知ったらどんな顔をするだろうか？　手術で法外な金を取るようになったのは、この世界に絶望したからではないのか？　金さえあれば殺人罪をもみ消すことさえできるだろう。五人を殺してその事実を闇に葬ることすらできるのだ。

相手は制裁を受けて当然の人間たちのはずだった。そんな奴《やつ》らに復讐するためなら、この世であぶく銭を使って何が悪い？　金を使って正義の制裁を下すのに何のためらいがあるというのか？

確かにひとり目には復讐を果たした。だがふたり目を見つけたときには遅かった。そして四人目はすでにこの世にいないという。自分のこれまでの人生は何だったというのか？　何のために生きてきたのか？　自分がたったひとり心から愛した母親は、浮かばれることなくただ死んでゆく運命だったというのだろうか？

やっと見つけた三人目は、唯一あの事故を悔いている人間だった。それなのに自ら命を絶とうとしているのだ。B・Jの手によって制裁を受けるのではなく、自らの意志で！　B・Jの心を置き去りにして！

B・Jは石橋のマンション前の路地に立った。

パイプをふかしながら電柱の陰からマンション入口を見張る。住宅街といってもこの辺りはほとんど人通りがなく、遠くの幹線道路から車の音が響いてくるばかりだ。ときおりジェット旅客機が空を通り過ぎてゆく。

これほどじりじりとした気持ちになったのは初めてのことだ。まだB・Jには自分がどうすればよいのかわからなかった。これから自分はどうするというのだ？　石橋というあの男に復讐するなら、あの男が死ぬのに任せる以外にない。猛烈な苦痛と絶望感のなかで死んでゆくのを黙って見ていればそれでいい。だがあの石橋という男に、後戻りができないほどの苦痛が襲ってくる前に、この世から静かに消え去ろうとしているのだ！

はたして予想は当たった。

時計の針が正午を指す直前、一台のタクシーがマンションの前に停まったのだ。なかから下りてきたのは黒いスーツを着た銀色の髪の男だ。手にトランクを提げている。

「キリコ！」

B・Jはすばやく駆け寄り、マンションに入ろうとする相手の腕を捕らえた。キリコは振り向いて苦い顔を見せる。B・Jは怒りをぶつけた。

「石橋のところへは行かせないぞ。人殺しめ」

「ブラック・ジャック、おれのじゃまをしないでくれと何度いったらわかるんだ」

一昨日と同じ時間帯だ。キリコは看護師の吉井がやって来る前に、石橋の容体を確かめに来ているに違いない。B・Jはいった。

「あの男はわたしのものだ」

「何をバカなことを」

キリコは笑ってB・Jを見下ろす。

「彼は自分からおれに電話をかけてきたんだよ。『これ以上生きていたくない、死なせてくれ』といってな。そこへおまえが割り込んできたんだ」

「わたしはあの男を何十年も捜していた！」

B・Jはキリコの胸ぐらをつかんだ。キリコは両手を上げ、あくまでも冷静を装って応える。

「まあまあ、いきりなさんな、ブラック・ジャック。今日も肝心のクスリは持って来ちゃいないよ。

診るだけだ……。おれだってこう見えても医者だからな、慎重であることに変わりはない」

「だがいつか彼を殺す気だ」

「とにかくその手を離してくれ」

B・Jは払いのけるように手を下ろした。キリコはわざとゆっくり身なりを整える。

黒い服の男がふたり、路上でにらみ合って対峙していた。背丈は違うが、どちらも〝黒い医者〟と声をひそめて噂される人間だ。

「ふん、どうやらおまえにも事情があるらしい……。だがこちとらも商売だ。話し合おうじゃないか」

キリコは石橋の住む二階をちらりと見上げたが、腕時計で時間を確認するとB・Jの後方を指差していった。

「あそこの丘伝いの階段から《港の見える丘公園》へ上がれる。こんな道端で口論するよりはいいだろう？　一五分だけおまえさんと話そう」


公園の展望台からは横浜の港が眺め渡せる。すぐ下には石橋が暮らす六階建てマンションも見えた。昼時の公園であるから散歩を楽しむ人々はあちこちにいるが、わざわざ他人の会話に耳をそばだてる者はいない。

キリコは風を受けながら海を見つめ、そしていった。

「あの男が食道がんだということは知っているな？　深達度はT４a、すでに末期だ。心膜に浸潤

している」

それを聞いてB・Jは息をつく。進行した食道がんでは、もはや根治《こんち》手術は胸部から腹部までの食道そのものと、その周りのリンパ節を脂肪組織ごとごっそりと取り除くしか方法がない。食道がなくなるので、胃の一部を上へと引き延ばして再建する。だがどんながんでもそうだが、隣接臓器にも転移しているとなれば外科治療は一気に難しくなる。

いまキリコは心膜浸潤といった。心膜とは心臓を外側から覆っている膜のことだ。ここにも広範囲にがんが食い込んでいるとなれば、ほとんどの外科医は音《ね》を上げるだろう。仮に心膜と心臓の間に溜まっている心嚢液《しんのう》にも悪性細胞が沁《し》み出していれば、さらなる転移は避けられない。手術よりも化学療法や放射線療法の適応と判断されるに違いない。

「どうだ、おまえでも治すのは難しいだろう」

確かにキリコのいう通りだ。しかしB・Jは声を上げた。

「だが、だから安楽死だというのか？　あの男は苦痛から逃れようとしているだけだ！」

「それがなぜ悪い？　彼はどっちにしろ、もう助からないぜ。保《も》ってあと三ヵ月というところだ。いまだっていっさい食事はできない。今後さらに転移が進めば、ますます痛みもひどくなる。布団のなかでのたうち回って、呻き声を上げて、胸を搔き毟《むし》り、それでも焼けるような痛みは収まらないんだ。冷静に自分の生を考えることさえできなくなる。そんな姿を他人にさらすのもいやだろう。そうなる前に死にたいというわけだ。実にまともな考えじゃないか。安楽死を望んで何が悪い？」

「まだ可能性はある……」

そういいかけたB・Jを、キリコはふんと鼻で笑った。

「そいつは治そうとする側のエゴじゃないのかね、ブラック・ジャック？　スイスにベルギー、オランダ、アメリカの一部……。すでに海外じゃ安楽死が合法化されているところがいくつもあるぜ。あの男は海外渡航するだけの決心はつかなかったらしい。まあ無理もない、平均的な日本人なら、渡航費と向こうでの滞在費をひねり出すだけでも大変だ。それに向こうの言葉でしち面倒な書類もつくらにゃならない。住み慣れた日本でひっそり静かに死にたいと願う者は昔もいまもあとを絶たないんだ」

「だからおまえさんは金を取って人殺しをして回っているんだ！」

この話はいつもキリコと会うと繰り返される。今回も押し問答になることは明らかだ。案の定、キリコは以前に聞いたことのある逸話を持ち出した。

「いいか、おれはもと軍医だった。おれはな、戦場で手足をもがれ、胸や腹を潰されて、それでもまだ死ねないでいる悲惨な怪我人をゴマンと見たんだ。そういう人間を穏やかに死なせてやると、『ありがとう……、先生、ありがとう……』といって、みんな心から喜んで死んでいったもんだ。『ああ、おかげで楽になります……』ってな。誰も彼もおれに感謝して死んでいったよ」

「うんざりだ、その話は聞き飽きた」

「おまえがわからないから何度もいってるんだ。目の前に苦しんでいる者がいる。もはや治す手立てはない。苦痛は精神的にも肉体的にも耐えがたいものになっている。そして遅かれ早かれ死ぬことが見えている——そういう人間が心から望むことは何だ？　一刻も早く苦痛から抜け出して楽に

なりたい。つまり死にたいということなんだよ。おまえのように切るだけが生きがいの人間のエゴと、どっちが尊いと思っているんだ？」

キリコはB・Jの方を向いて、憐《あわ》れむような笑みを浮かべた。

「おれならそうした者たちの痛みを優しく取り除くことができる。戦地で麻酔の技術はずいぶん学んだよ。頭に電極を刺すのでもいい。あるいはクスリの注射でもいい。やり方は何でもござれだ。患者は本当に穏やかで安らかな顔をして死んでゆくんだよ、ブラック・ジャック……。無理やり治療して再発したらどうするつもりだ？　それこそそいつにとっては耐えがたい苦痛じゃないか。それともおまえさんは何かい、そうすることであえてあの男を苦しめようとでもいうのかい……？」

B・Jは目を剝いた。キリコはまだ片頰で笑っている。キリコはB・Jの心のうちを見透かしているのだ。

「おまえはあの男を何十年も捜していたといったな。おれは知っているぜ、おまえは少年時代の恨みを晴らすために何人かの相手を捜し回っているんだろう。天才外科医などとおだてられている無免許医の本性はそれだ。おまえはあの男に制裁を加えようと思っていた。だが目の前におれが現れた。おまえは自分の復讐相手がおれに横取りされるのをいやがっているだけだ。どっちにしろおまえさんは、あの男を治療してもそれから改めて復讐するつもりだろう？　いまおれが彼を安らかに死なせてやるのと、おまえが治療してあとで復讐を果たすのと、いったいどっちがひどい仕打ちだと思ってるんだ？」

B・Jは答えられずにいた。ただ歯を嚙《か》みしめるほかなかった。キリコのいう通り、ほんの一

昨日まで自分はあの石橋という男に制裁しようと決意していたからだ。マンションの階段でキリコと鉢合わせをしなければ、いまもなお彼に復讐しようとしていただろう。

キリコは眼下の住宅街を見下ろす。石橋の暮らすマンションの二階の外廊下と、それに面した部屋の窓もわかる。カーテンが閉められていた。あの奥でいま彼はキリコを待っているのだ。

「さて、おれは行くぜ……。依頼だからな。今日最終診断をして、早ければ明日にでも処置することになるだろう」

キリコはそういって展望台に背を向けた。そしてB・Jの横を通り過ぎる際に告げた。

「生きものは死ぬときは自然に死ぬもんだ……。それを人間だけが、無理に生きさせようとする。どちらが正しいかね、ブラック・ジャック？」

6

――どうすればいい？

どうすれば？

思いがまとまらないまま翌日の朝を迎えた。B・Jはほとんど寝つけなかった。こんなことはめったにない。呻きながらベッドから身を起こす。カーテンから射し込む朝日は弱い。

そっと寝室を出て身なりを整える。そのときさえまだ心は揺れていた。

鞄《かばん》を持って家を出ようとしたときだった。

後ろからコートの裾をつかまれて、B・Jは驚いて振り返った。

寝間着姿のピノコがきつくにらんでいる。何があってもコートを離さないといわんばかりに、くしゃくしゃになるほど裾を両手でつかんで足を踏ん張っている。

「行っちゃらめっ」

「ピノコ」

「今日はピノコといっちょにお家にいゆのっ」

「離してくれ。わたしは用があるんだ」

「いやッ!」

ピノコは大きくかぶりを振った。B・Jはコートを引っ張ろうとしたが、ピノコはさらに強くつかんで離さない。足に力を込めて引き戻そうとさえする。

B・Jは言葉を失った。ピノコが足元でぼろぼろと涙を流し始めたのだ。

「先生の目つきが恐いのよさ。殺ち屋みたいな顔をちてゆわのよさ。ねえ、先生は殺ち屋やないれちょ? 先生は人の命を助けていゆのれちょ?」

B・Jは思わず声を荒らげた。

「うるさい!」

だがピノコはさらに大声でいい返した。

「らめッ! うゆさくない! おくたんとして絶対に許さないから!」

ピノコは全身の力を込めてB・Jを引っ張ってゆく。コートが破れそうになるほどだ。小さな

ピノコのどこにこんな強い力が宿っているのか。なんとしてでも行かせない、連れ戻すといわんばかりに歯を食いしばっている。

ついにB・Jの足も動いた。ピノコに引きずられるように居間へ戻り、ソファにどっと腰を下ろす。ピノコはまだ泣きじゃくっていた。涙で頬を濡《ぬ》らし、顔をしかめてB・Jを見つめていた。戸口の前に立って通せんぼをする。

ひっく、ひっく、とピノコはしゃくり上げる。次第にそれは収まっていったが、ピノコは涙を拭おうともしない。ずっとB・Jをにらんだまま仁王立ちしている。

――しばらく、どちらも動かなかった。

ピノコは戸口に座り込んだ。絶対にここを動かないと全身から意志を発散している。時計の針だけが動いてゆく。B・Jも動けなかった。ソファから立てなかった。

ふたりとも黙ったまま、時が過ぎていった。

三〇分が経ち、一時間が経った。さらに時は過ぎていった。

まだどちらも動かない。動けずにいるのだ。ピノコの頬の涙はすでに乾いて久しかったが、目を腫らした跡はわかる。まだB・Jを鋭く見据えて、トイレにも行こうとせず、寝間着姿のままB・Jの行く手を阻んでいる。

「――ピノコ」

二時間あまりが過ぎ、ついに声を出したのは、B・Jの方だった。

「おまえの気持ちはよくわかった」

Ｂ・Ｊはわずかに前へと身を乗り出す。それを見たピノコはびくりと震えて、懸命に両腕を広げて通せんぼの格好をする。

「おまえに何もいわず、すまなかった。まだわたしの目は殺し屋のようか？」

ピノコはじっとＢ・Ｊを見つめ返す。

そしてやっと、かすかに首を振った。ピノコはまた泣きそうだった。Ｂ・Ｊは急いでいった。

「まだわたしは恐い顔をしているか？　おまえを心配させるような男に見えるか？」

「ううん、先生」

ピノコはようやくそれだけ声を出すと、ぶるぶると強く首を振る。自分の思いを必死に振り払うかのようだ。

「おまえが教えてくれなかったら、わたしは気づかないところだった」

「先生」

「今日、わたしはどうしても行かなきゃならない。わたしが行かなければひとりの男が死ぬんだ。まさにいま、その男は死のうとしている。それを知っているのはわたしひとりなんだ」

「先生は、お医者さんよね？」

「そうだ、わたしは医者だ」

「人を殺ちたりちないわのよね？」

「人を殺したりはしない」

「人が嫌がゆことももちないわのよね？」

Ｂ・Ｊはピノコを見つめ、そしてゆっくりと頷いてみせた。

「ああ、嫌がることはしない」

「おくたんと約束できゆ？」

「おくさんと約束する」

「先生」

ピノコは再び泣き出し、そして立ち上がるとＢ・Ｊのもとへと駆け寄ってきた。

Ｂ・Ｊはピノコを抱きしめた。ピノコはＢ・Ｊの腕のなかでわあわあと泣いた。

「行ってらっちゃい、先生」

「ああ」

Ｂ・Ｊは立ち上がり、両手でピノコの頰を拭いた。ピノコの顔は涙でぐしょ濡れだった。Ｂ・Ｊの手の温《ぬく》もりで、ようやくピノコは笑顔を見せた。

「行ってくる」

Ｂ・Ｊは鞄を持ち、居間を出て玄関扉を開けた。

車に行くまでに一度振り返った。ピノコがポーチに出てこちらを見ていた。

運転席に乗り込み、エンジンをかける。Ｂ・Ｊの車は古いセダンだ。ブレーキを解除してアクセルを踏み込む。

バックミラーにピノコの姿が映っていた。それをしっかりと見届けてから、Ｂ・Ｊはさらにアクセルを踏んだ。

7

石橋渡郎のカルテは、前日のうちに看護師の吉井に頼んで確認してある。キリコがいっていた通り石橋は食道がんを患い、心膜浸潤を来《きた》している。今後はますます痛みも増してゆくだろう。

だが石橋が安楽死を望むのは、吐き気が止まらない、胸が痛いといったその泥沼のような症状から逃れるためではないのだ。ものも口に入れられず、痩せ衰えてゆくしかない毎日に、何よりも心が冒され、生きる意味を見失っている。彼はしきりに〝運命〟と口にし、このがんを天罰だと捉えていた。自分に生きる資格はないと漏らしてさえいた。

B・Jは車を駐《と》めると鞄を持って石橋のマンションへと走った。路地を曲がって懸命に駆ける。すでに時刻は一一時半を回っている。

マンションの入口へと駆け込み、階段を上った。二〇二号室のドアノブに手を伸ばす。

そのときだった。内側からドアが開いたのだ。

「キリコ！」

出てきたのはキリコだった。彼はすっかり帰り支度をして、手にトランクを提げている。B・Jは目を見開いた。

「ブラック・ジャック、ようやくのお出ましだな。もう処置はすんだぜ」

「殺したのか！」

「廊下で大声を出すなよ。人に聞こえたらどうするんだ」

B・Jはキリコを押しのけて部屋のなかへと入った。靴を脱ぎ捨てて奥の和室へと向かう。布団のなかで石橋が目を閉じて眠っている。周りに目を惹《ひ》くものは何もない。キリコはすべてを片づけて、自分が来た痕跡を消し去ったのだ。

「何をしたんだ！」

キリコは玄関口で肩をすくめる。

「依頼人のお望み通りのことをしてやったまでだ。おまえさんが来るのが遅すぎた。それだけのことさ」

「まだ脈がある」

B・Jは石橋の首に手を当てて確認した。まだ彼は死に至ってはいない。彼は昏睡《こんすい》状態にあるのだ。

「お得意の電極を使ったのか。それとも何かのクスリか？」

「ブラック・ジャック、その男はいま深い眠りに就いているんだ。何も感じることのない、安らかな眠りだ」

「麻酔薬を打ったんだな？　筋弛緩剤《きんしかんざい》も注射したのか？」

もしそうならば、あと数分で石橋の心臓は動きを止めることになる。だがキリコは薄く笑って否定した。

「そうじゃない。特別なクスリだよ。静かに眠ったまま死んでゆく、夢のクスリだ」

B・Jは知っている。キリコ自身の弁によれば、彼はかつて戦場で軍医として働いていたとき

戦傷者の外科的治療に当たっていたが、その後はもっぱら麻酔医として安楽死に携わってきた。患者を眠らせるのは彼の専門なのだ。無数の方法で患者の眠りをコントロールできる。

「ニューヨークのレストランでおまえさんと会ったことがあったな、ブラック・ジャック。あのとき仕入れたクスリだよ。せっかくだからもう一度教えてやろう。このクスリを投与すれば、患者はぐっすりおねんねして、心臓がだんだん静かになる。いたって楽で平和なクスリだ。しかも投与量を調節すれば、きっかり何時間後にあの世へ行くか、正確に見積もることさえできるんだ」

「カルディオトキシン誘導体か！」

Ｂ・Ｊは叫んだ。ニューヨークでこの男と会ったことは憶えている。あのときはクスリが地元の少年によって盗まれ、誤ってその母親に頓服《とんぷく》されてしまったために、あわや死に至るという状況に陥ったのだ。

「眠りから醒ますには、心内膜下にペースメーカーを埋め込むしか方法はないぜ……。ここじゃ無理だな」

「解毒剤は！」

「そんなものはない。さて、いま一一時四五分だ。その男の心臓は、あときっかり三時間で完全に止まる。おれの腕は確かだぜ、一分の違いもないだろうよ」

「ばかな！」

「いまその男はぐっすりと眠っているんだ……。ちょうど全身麻酔をかけたのと同じさ。そうさな、やろうと思えばおまえは手術だってできるだろうよ……。さあ、おれの仕事は終わった。じゃあ

な」

キリコは片手を上げて出て行った。ドアが閉まる。B・Jは石橋とふたり、和室に残された。

「――手術だってできる、だと?」

B・Jは呻いた。

そして石橋の顔を見下ろしていった。

「そうとも! 手術だ!」

8

B・Jはその場でホスピスに電話をかけ、看護師の吉井を呼び出した。

石橋にクスリが投与されてしまったことを伝えると急いで訊いた。

「そちらのホスピスに手術室はあるか?」

「いえ、ここは緩和ケアが中心ですから……。簡単な処置ができる診察室しかありません」

「わかった。ではきみがすぐにこちらへ来てくれ。手伝ってほしい」

電話を切ると、B・Jは鞄から手術器具を取り出した。キッチンに行って鍋とやかんをコンロにかける。強火でめいっぱいの湯を沸かす。メスや鉗子《かんし》を沸騰水で滅菌するためだ。

手術台として代用できそうなものはキッチンテーブルしかない。B・Jはそれを和室へ運び込むと毛布を敷き、その上に石橋を寝かせた。鞄から無菌テントを引き出して広げ、ボンベで膨らま

せる。これはB・Jがつねに携帯している非常用のビニールテントだ。出先では必ずしも充分に清潔な手術環境が見つかるわけではない。そうしたとき、このビニールテントを膨らませて雑菌が入り込まない空間をつくり、そのなかで手術をおこなうのだ。

六畳の和室は膨らんだ無菌テントでいっぱいになった。そのときようやく看護師の吉井が到着し、息を切らして駆け込んできた。

「ブラック・ジャック先生、これはいったい……！」

「この男はあと三時間で命を落とす。だが三時間はクスリで眠っている！　その間にがんを取るんだ」

「何ですって……！」

「この男はがんの症状から逃れたいんじゃない。生きることから逃げようとしているんだ！」

B・Jは手術衣に着替え、マスクをつけた。

「きみも着替えろ！　湯はいま沸かしている！　もっと沸かしてくれ！」

吉井は驚いて目を剝いていたが、弾かれたようにキッチンへと駆けてゆく。B・Jはテントのなかに入り、意識のない石橋と対峙した。

「そうだ、おまえさんは逃げようとしているんだ！　わたしと母さんの事故にずっと苛まれてきて、いま自分のがんを口実に、心の苦しみから逃げようとしている！　そいつをわたしは許さないぞ！　生きることから決して逃げるな！」

相手は深い眠りに落ちている。B・Jの声は聞こえないだろう。だがB・Jは顔を近づけて強

く告げた。

「逃がしゃしないぞ！　おまえさんは生きるんだ！」

キッチンから吉井が煮沸《しゃふつ》滅菌した器具を持って飛んでくる。Ｂ・Ｊのいう通りに手術衣に着替えてテントのなかに入る。

「前に立ってくれ。器械出しを頼む」

「わたしがですか？」

「手術を始めるぞ！　食道亜全摘・胃管再建術、ならびに心膜切除術をおこなう！」

「待ってください。人工心肺装置は？」

「心臓じゃなく心膜を切るんだぜ。そんなものは必要ない！」

「無茶《むちゃ》です。食道を全摘するだけで何時間もかかります！」

「やるんだ！」

石橋に覆布《おいふ》をかけ、Ｂ・Ｊはメスを持つ。

Ｂ・Ｊは石橋にいった。

「この手術代は――おまえさんが生きることだ！　これからも生きて、充分に自分のやったことを振り返って反省するんだ！　そしてこれからも人生を逃げることなく生きてゆくこと――それがおまえさんからいただく手術代だ！」

――吉井は眼前で繰り広げられるＢ・Ｊの手術に、終始目を瞠っていた。

「信じられない……」

器械出しをおこないながら何度そう呟いたかわからない。まばたきをする間にもB・Jの両手は胃管を再建してゆくのだ。そして一秒たりとも――いや、それどころか〇・一秒さえ無駄にせず心膜へと移ってゆく。

「心嚢液はいくらか採取しておく！　後で検査に回して、今後再発転移しないかどうか予後を診てもらえ！　だが希望はあるぞ。見ろ、この心膜なら取り切ってみせる！　ここからここまでだ。ぎりぎりで縫合できる！」

吉井は驚嘆して、ただ懸命についてゆくしかなかった。いま自分の目の前で進んでいるのは、何といえばよいのか、神がかりな手業なのだ。鬼気迫るともいえるかもしれない。いま自分の前に立つ男は、全身のすべての神経を指先に集中して、気力を注ぎ込み続けている。その集中が一瞬たりとも途切れることはない。まるで息をすることさえ止めて手術に打ち込んでいるかのようだ。

こんな手術は見たことがない。これからも絶対にないだろう。吉井は鳥肌が立っていた。

このブラック・ジャックという男は、自分の人生のすべてをこの手術に籠《こ》めているのだ。

B・Jは術野を急いで閉じて、壁にかかっている時計を見上げた。午後二時二五分。キリコの告げたタイムリミットまで二〇分ある。B・Jは吉井に指示した。

「まだおしまいじゃないぞ。これから心臓を生き返らせるんだ。蘇生《そせい》手術のできるいちばん近い病院はどこだ？　いますぐわたしの車で運ぼう。おまえさんは病院に電話して部屋を押さえてくれ」

「はい」

吉井は無菌テントから出て自分の携帯電話を操作し始める。車をマンションの前まで回す必要があった。B・Jもマスクを取り、無菌テントを出て手術衣を脱ぎ捨てる。

玄関へと駆けて靴を履く。ドアを開けて外廊下へ飛び出したとき、ふとB・Jは顔を上げた。

目の前に林が広がり、その向こうに丘が聳《そび》えている。B・Jは息を吞んだ。丘の頂《いただき》の展望台に人影があったのだ。

「キリコ！」

B・Jは目を瞠った。遠くてはっきりとは見えないが、その黒い姿はキリコであるように思えたのだ。男は展望台の切っ先に立ってこちらを見下ろしている。白い髪が風に靡《なび》いている。

ふっ、と男が笑ったように見えた。

B・Jは胸を衝《つ》かれた。

まさかキリコはB・Jが手術することを見越して、あとを見届けるために待っていたのか。

そのために三時間の猶予を取ったのか。

背後から吉井の声が飛んでくる。

「先生、ここから一〇分先の病院を確保しました。手術室を空けて、ペースメーカーを用意して待っているそうです」

「車を取ってくる。その間に仕度しておいてくれ。五分で出るぞ。向こうに着いて五分あれば蘇生できる！」

振り返って再び仰ぎ見ると、展望台の人影は消えていた。B・Jは外廊下を走り、階段を駆け下りていった。

9

その日B・Jが自宅に戻ったのは夕方遅く、陽が落ちてからのことだった。

無言で家に入り、居間のソファにどっかりと腰を下ろした。深く息をつき、目を閉じ、背もたれに身体を預けた。何も言葉を発しなかった。

照明を点けるのも忘れていた。再び目を開けたとき、室内はすっかり暗くなっていた。

「先生、お星ちゃまがきれいらのよさ」

部屋に入ってきたピノコがそういった。いままで気を遣って話しかけてこなかったのに違いない。

B・Jは立ち上がり、ピノコの声に促されて窓辺へと足を運んだ。

ピノコは窓を開け、身を乗り出して微笑む。B・Jも窓越しに空を見上げた。

ピノコのいう通り、星々が輝いていた。この岬にはほかに民家もない。人工の灯《あか》りに掻き消されることなく、遥《はる》かな宇宙はB・Jたちの頭上に広がっている。B・Jは黙って夜空を仰いだ。思えばこうして星を見上げることなど久しぶりだった。

「ね、先生。あれが先生のお星ちゃまらのよね」

ピノコが銀河から離れた星を指差す。

「あのずーっと離えてひといぼっちで光ってるのが先生よのね」

B・Jは思い出した。以前にもピノコはそんなことをいっていた。

ピノコはもう今朝のことに何も触れなかった。ただB・Jがここにいるのを幸せそうに受け止めて、身を乗り出したまま、降るような星空に向かって手を上げ、その離れて光る星の方角を指差していった。

「ねー、そいれ、あの先生の横れくっついて、ちっちゃーく光ってゆのがピノコなのよのね」

「ああ」

B・Jは家に戻って初めて声を発した。以前にピノコと星の明るさについて話したことを思い出す。星には一等星から六等星まである。六等星は人の目に見えるいちばん光の弱い星だが、それはずっと遠くにあるためかもしれない。本当は一等星より何十倍も大きな星かもしれないのだ、と。

「らかやね、先生は、本当はひといじゃないのよさ。ちゃーんとピノコがいゆわのよさ」

ピノコは空を見上げていった。

「先生はあの星と同じ。ひといぼっちじゃないわのよさ」

B・Jはふっと表情を緩めた。ようやく身体の強張りが解けた気がした。

B・Jも窓に手をつき、ピノコの横から顔を出した。

「そうだな、ピノコ」

そしてピノコの頭に手を置くと、夜空を見て頷いて答えた。

「わたしはひとりぼっちじゃない」

出演（登場順）

吉井　小城《こしろ》典子『アドルフに告ぐ』

石橋渡郎　峠草平《とうげそうへい》『アドルフに告ぐ』

ブラック・ジャックは
どこへ行くのか？
誰に会うのか
誰にもわからない。

もし
彼の姿を
どこかで見かけたら、
たぶんそのときは
彼はメスを握って
奇跡を生み出して
いるはずである。

Novelization

瀬名秀明 *Sena Hideaki*

1968年静岡県生まれ。東北大学大学院薬学研究科（博士課程）修了。薬学博士。95年に『パラサイト・イヴ』で第2回日本ホラー小説大賞を受賞しデビュー。98年には『BRAIN VALLEY』で第19回日本SF大賞を受賞。SF、ホラー、ミステリーなどさまざまなジャンルの小説作品の発表、科学ノンフィクション・文芸評論など多岐にわたる執筆活動を行い、共著・監修にも積極的に取り組んでいる。ほかの著書に『大空のドロテ』『月と太陽』『夜の虹彩』『新生』『この青い空で君をつつもう』『魔法を召し上がれ』などがある。

Opus

『ブラック・ジャック』

『週刊少年チャンピオン』誌において、1973年から1983年まで連載・掲載された手塚治虫の代表作品のひとつ。医師免許を持たないまま、高額な報酬と引き換えに神業とも思える医療技術であらゆる難病に立ち向かう「ブラック・ジャック」と呼ばれる天才外科医を描く。漫画家デビューののちに医師免許及び医学博士の学位を取得した手塚による、医療コミックの先駆け的存在。劇場映画・連続ドラマなど五度にわたる実写、また劇場版・テレビアニメ・OVAなど10作以上のアニメ、ラジオドラマやゲームなど数多くのメディア化が行われているほか、医療イベントのイメージキャラクターに起用されるなど、現実の医学界にも強い影響を与えている。現在もコミックスとして少年チャンピオンコミックス版『ブラック・ジャック』全25巻、文庫版『BLACK JACK』全17巻、新装版『ブラック・ジャック』全17巻（すべて秋田書店）など多数の形態で発売され、読み継がれている。

Original

手塚治虫 *Tezuka Osamu*

1928年大阪府生まれ（幼少期から兵庫県宝塚市）。大阪帝国大学医学専門部を卒業。46年に漫画家としてデビューし、翌年発表の『新寶島』が一大ベストセラーを記録。数々の新しい表現方法で日本のストーリー漫画を確立する。またアニメーション作家としても63年から放映された『鉄腕アトム』により、戦後最初のテレビアニメブームを巻き起こす。『鉄腕アトム』『火の鳥』『ジャングル大帝』『陽だまりの樹』ほか、少年・少女・青年向けのあらゆるジャンルに代表作を持つ。89年2月9日惜しまれながらこの世を去る。

APeS Novels（エイプス・ノベルズ）は、

株式会社秋田書店、株式会社パルプライド、株式会社誠文堂新光社の三社協業によって構築した小説を中心とする読み物を創り出すレーベルです。

常に進歩し多様化するエンターテインメントを追求し、あらゆる世代、あらゆる趣味嗜好をお持ちの読者の方々に娯しんでいただける、新しい活字メディアを創造していきます。

医学監修　長島整形外科　院長　長島公之
医学協力　順天堂大学医学部附属順天堂医院　天野篤【第一話】
とみざわ犬猫病院　冨澤伸行【第三話】
国立宇都宮病院　滝田純子【第四話、第五話】
科学協力　京都大学 iPS 細胞研究所　国際広報室　和田濵裕之【第二話】

企画協力　株式会社 秋田書店
制作・編集　株式会社 パルプライド

APeS Novels（エイプス・ノベルズ）
小説《しょうせつ》　ブラック・ジャック　NDC913

2019年7月26日　発　行

著　者　瀬名秀明《せなひであき》
発行者　小川雄一
発行所　株式会社　誠文堂新光社
〒113-0033　東京都文京区本郷3-3-11
（編集）電話 03-5800-5776
（販売）電話 03-5800-5780
http://www.seibundo-shinkosha.net/

印刷所　星野精版印刷 株式会社
製本所　株式会社 ブロケード

ISBN978-4-416-71924-4

小説 ブラック・ジャック

Black Jack

瀬名秀明

手塚治虫 原作

APeS Novels